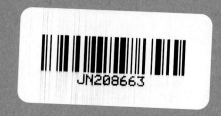

#tbk_yuko

YukoNexus6

狂った頭に翻弄されている時でも、足の爪は地道に伸びている……という肉体の着実さに気づいた時に、頭を特別扱いしない＝頭と肉をイーブンに捉える、いやむしろ肉体の僕《しもべ》が脳であるべきでは？と思うようになったんだよな。

2時42分　２０１３年12月15日

前史 10

経過 12

2013・12・27 18

日々 27

SF的検査の実際 30

3万円エステ――私のケモセラピー 34

脱毛 38

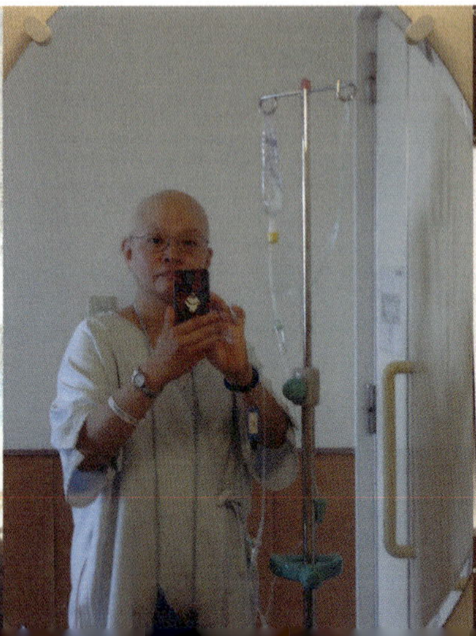

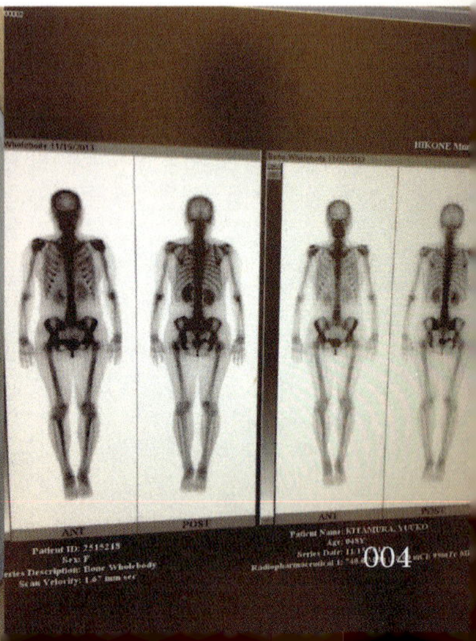

Even when I'm being made crazy by my crazy head, my toenails keep growing day by day. When I noticed this steadiness of my body I quit treating the brain as something special = treat the brain and the body equally, or rather, I have started to think that the brain should be servant to the body.

15 december 2013 - 02:42

ザ・副作用　46

躁うつとパートナーとモラハラと　50

閉経と更年期　58

再建しないの？　64

母とわたしと医療萌えと　68

お金……についてはラッキーだった　100

楽しかった入院ライフ　104

精神科医とカウンセラー　110

わたしのうつ寝込み　114

発毛　120

違和感だらけの術後　128

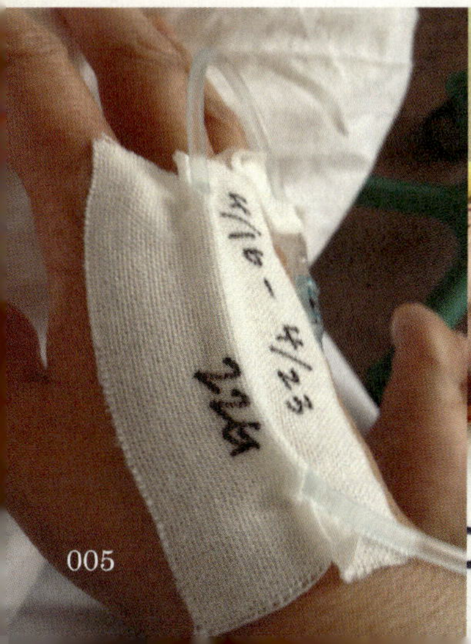

裸婦 148
閲覧注意物件は、むしろ見せていく方向で 158
再発？転移？そして？ 176
日記狂の詩 184
2015・3・7 186
対話 198

2016・2・19 206

復活 210

English Explanation 238

太地悠平撮影 Photo by Yuhei Taichi

2, 8-9, 18-26, 69-71, 122-123,
186-195, 200-201, 206-209, 239

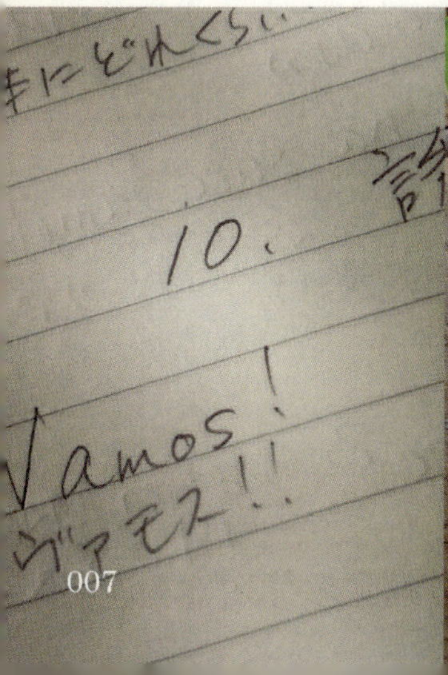

前史 Prehistory

１９６４年12月29日大阪生まれ。兵庫県伊丹市の公立小中高校を経て、１９８３年大阪千里丘陵にある私立の四年制大学に入学。１９８６年夏に就職活動を行った。それも「とても熱心に」行った。恋人に振られた傷を忘れたかったから。受けまくって落ちまくる。梅田のビジネス街をスーツで歩いてると泣けて泣けて仕方なかった。「大阪にいたら彼のことを思い出す。苦しい！」と、一件だけ内定くれた会社（のちにブラック企業と判明）を拝み倒して東京配属にしてもらう。１９８７年春上京。

１９８７年末ブラック企業退社。編集プロダクションに拾ってもらって翌年より勤務。これはいい！　自由裁量制。やることやってりゃ出社も退社も時間は自由。徹夜ハイで自らを「出来るコピーライター」と誤解。時代はバブル。不摂生生活を極める。

１９９０年代に入る頃から、休日といえば一日中布団にくるまって過ごすようになる。別に落ち込んでるわけじゃないけど何もしたくないしダルいし。酒量増える。同時に奇妙な万能感に襲われていきなり会社をひと月休んでアメリカ西海岸を旅したり。当然帰ってきたら解雇。でも気にしない。私、人気あるから、すぐ別の会社が雇ってくれたし。

１９９３年、また瀕死の重傷級の失恋。東京にいるのが嫌になり、サンフランシスコに3か月。はじめて「フリー」という名の完全無職状態を経験。でも、あっちの人って、あくせく働かなくてもなんとかやってるし、職よりも大事なことに重きをおいて生きてるよなぁって思った。

帰国したら阪神淡路大震災とか地下鉄サリン事件とか色々あって、１９９６年から滋賀県でパートナーと暮らすことに。黎明期のインターネットと格闘しつつフリーライターとしてちょびちょび仕事するも実質は主婦状態。なんかモヤモヤ。日々をごまかしてるうち、声かけてくれる人がいて２００１年春から大学の非常勤講師を体験。あ、これ、楽しいかも。充実するかも……と気をよくしていたら２００２年春、うつ発症。精神科を受診。思えば90年頃の過眠（と時々のハイ状態）から病は潜行していたらしく、以後双極性気分障害に翻弄される。好調時は楽しくて仕方ない学生さん相手の仕事も、うつの波に見舞われると難行苦行に。「大丈夫だ。死なない。死なない。

きっと良くなる。きっと良くなる。飛び降りるな。飛び降りるな。」と唱えながら、校舎の渡り廊下を歩いていた。あまりのことに、２００７年度で二件のうち一件の非常勤を辞めさせてもらう。これで無理なく仕事楽しめるかな、というのは大甘で、もう一方の大学からは切られる。２００８年春、完全失職。ガッカリして八ヶ月寝込む。うつ最悪。

それ以降、家族に食べさせてもらう無職状態を何年も。寝たきりでヘタった筋肉を取り戻すべく少しずつ身体を動かして、なるべくハイにならないように日々を調整して、それでもまた何の理由もなく気分が下降して寝込んで……危なっかしくて怖くて求職活動をしようという気も起こらないまま年齢だけが上がっていく。「パートさん募集！　45歳ぐらいまで」……って、もうあかんやん、あたし！

何度躁とうつを繰り返したのか。数え切れない気分の波。２０１３年は年頭から具合悪くほぼ寝たきりで、五月半ばにようやく床払いをした。が、夏の終わりには暗雲が垂れ込め、九月に入ると、もうどうにも動けなくなって……夜も昼もなく眠り続ける布団の中で、私は左胸の異変に気づく。

経過 Progress

長年の持病（２００２年〜）であった双極性気分障害（躁うつ）のうつ病相で寝込んでいた時、左乳房の上部内側にしこり?を感じた。鶏のささみぐらいの膨らみが出来ていて、痛みも何もない。気づいたのは２０１３年10月５日のこと。かかりつけ医に診てもらうべきだとは思いつつ、なかなか起き上がれない（うつだもん）。受診したのは10月25日だった。

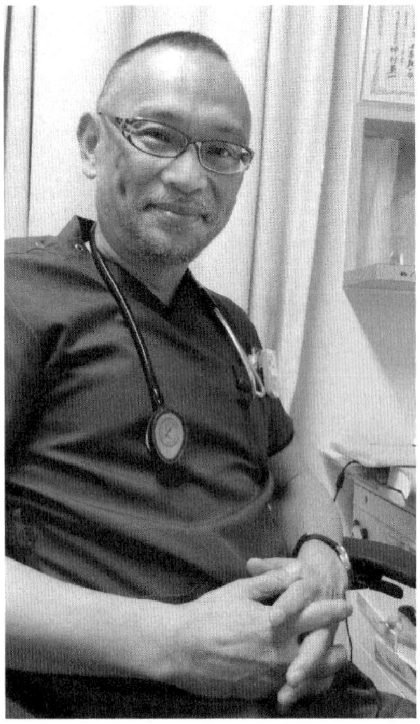

かかりつけ医の住吉健一先生
（すみよしクリニック）
Dr. Kenichi Sumiyoshi

「んー、これちょっと心配やねぇ」先生は、すぐ隣にある大きめの病院にエコーとマンモグラフィーの検査予約をとってくれた。

病院に検査にいく。マンモは何度も経験があるけど、エコーははじめて。痛くもなんともないし、ひやっとしたゼリーを塗られるのはむしろ気持ちいいぐらいだけど……

若い医師が眉間にシワ寄せ何枚も何枚も写真を撮っていくそ

の所作が、いやがうえにも不安を煽る。だって、なんともないなら、もっとすっと終わるんでしょう?

会計を待つ間は地獄だった。やけに時間がかかる。外来が終わってガランとした午後のロビーで、一人わきに冷たい汗を流していた。医師登場。緊張のあまり貧血寸前！——「結果は、かかりつけクリニックのほうに送っておきますので、明日行ってください」——腰が抜けた。

翌日クリニックへ。後から来た親子連れが先に診察室に呼ばれる。どういうこと？　私には面倒な話をしなくちゃいけないから、簡単な風邪ひきを先にしたってこと？　やっぱり、そういうことなの？　馴染みの先生がニッコリ「やぁ、良性でよかったですね」と言う光景と、「残念ながら…」と顔を曇らせる様子が交互に浮かぶ。揺さぶられる。息が苦しい。

> 正常細胞と同じく、がん細胞の増殖も一個の細胞が二個に分裂するところから始まる。正常組織では、特異的なシグナルによって増殖が刺激され、また別のシグナルによって増殖が止まるといった具合に、そのプロセスは厳密に制御されている。それに対してがんでは、無制御の増殖が次々と新しい世代の細胞を生み出していく。遺伝的に共通の祖先を持つ細胞群を、生物学者はクローンと呼ぶが、がんは今日、クローン性の疾患だと判明している。現在知られているほぼすべてのがんが、一個の細胞——どこまでも分裂しつづけ、生きつづける能力を獲得した結果、かぎりない数の子孫を生み出せるようになった細胞——に由来する。（シッダールタ・ムカジー『病の皇帝「がん」に挑む』）

「んー、やっぱりマンモやエコーではハッキリわからなかったんですよ。ですから乳腺外科のある病院に行って細胞検査を受けてもらう必要がありますね」——太い注射器のようなものを刺して細胞を取り出し、病理医が顕微鏡で診て良性か悪性かを診断するらしい。「どこの病院にしますか?」「じゃあ」——過去に何度か行って印象のよかった市立病院の乳腺外科へ紹介状を書いてもらうことにした。この選択は、偶然だったけれど、結果的にとてもよかった。

> 個々のがんの病がたどる大筋の運命は多分相当前から決まっている（たいていのがんは目に見える症状が出る前の十年、二十年で大筋が決まってしまう）のでしょうが、個々のがん患者の運命は、その先の、個々の患者の意思決定と肉体のシチュエーションにおける応答によっていくらでも変わっていくものです。（立花隆『がん 生と死の謎に挑む』）

「バチン！って大きい音しますからねー。ちょっとビックリするけど我慢してねー」

紹介状持参で組織生検を受けに行った市立病院。銀縁眼鏡でいかにも外科医な赤松先生だけど、この柔和さは小児科医みたい。左胸に麻酔を打たれ「バチン！」っと引きちぎるような音とともに組織が抜き取られるのはたしかに怖い（顔に近い部分だからなおさら）。でも、まぁ、これぐらいのこと大したことない。いままでの心理的な追い詰められ感に比べれば。この生検は、何人かの友人たちも体験しているようだった。

約一週間後の２０１３年11月7日、市立病院外科をひとり再訪。

「残念ながらねぇ、あまりいいもんではなかったですよ」

そうっと言葉を置くように告知された。もう衝撃も冷や汗もなかった。いままで散々に焦らされ宙吊りにされてきたから、やっと地面に足がついたようで、むしろホッとした。赤松先生は紙に黒と赤、二色のボールペンで説明しながらメモを書いてくれた。検査、治療、手術、術後までのチャート。乳がん治療は主にアメリカの学会で検証された標準治療が存在し、そこから個別の選択肢へと分かれていく。まずは全身検査。ここで転移が見つかれば、一気にステージ4へ上がる。検査結果に基づいて治療方針を立てるが、いまは乳房温存手術が多いこと（温存した場合二十五回五週間の放射線治療が必要になる）。どちらにせよ抗がん剤治療はマストであって、それを術前にやるか術後にするかは主治医となる乳腺外科医と相談の上、決めること、などなど。こちらの話もよく聞いてくれた。覚えているのは、不仲だった父が前立腺がんで亡くなった時、たいして見舞いにもいかなかったことについて、私が「バチがあたったんですね」と言ったら。

「そんなこと、思わんでええ」

と即座に言ってくれたことだ。「非科学的ですよね、ハハハ」と、弱い返しをしたんだが、なんというか胸をつかれて鼻のおくがツーンとした。

持病の躁うつについて、この時点で伝えておいたのもよかったと思う。この日は乳がん認定看護師の永山さんを紹介された。彼女と随分長く話していたと思う。二時間ぐらいだろうか。お金のこと、手術のこと、何より近々体験することになる検査の詳細。

私「その注射って、どの程度痛いんですか？　組織診の麻酔ぐらいですか？」

永山看護師「いや、それよりは痛くない感じです」

こうやって小さな不安をいちいち「予測のつく未来」に変換していくお喋り。病院を出たら、もう午後二時をまわっていた。

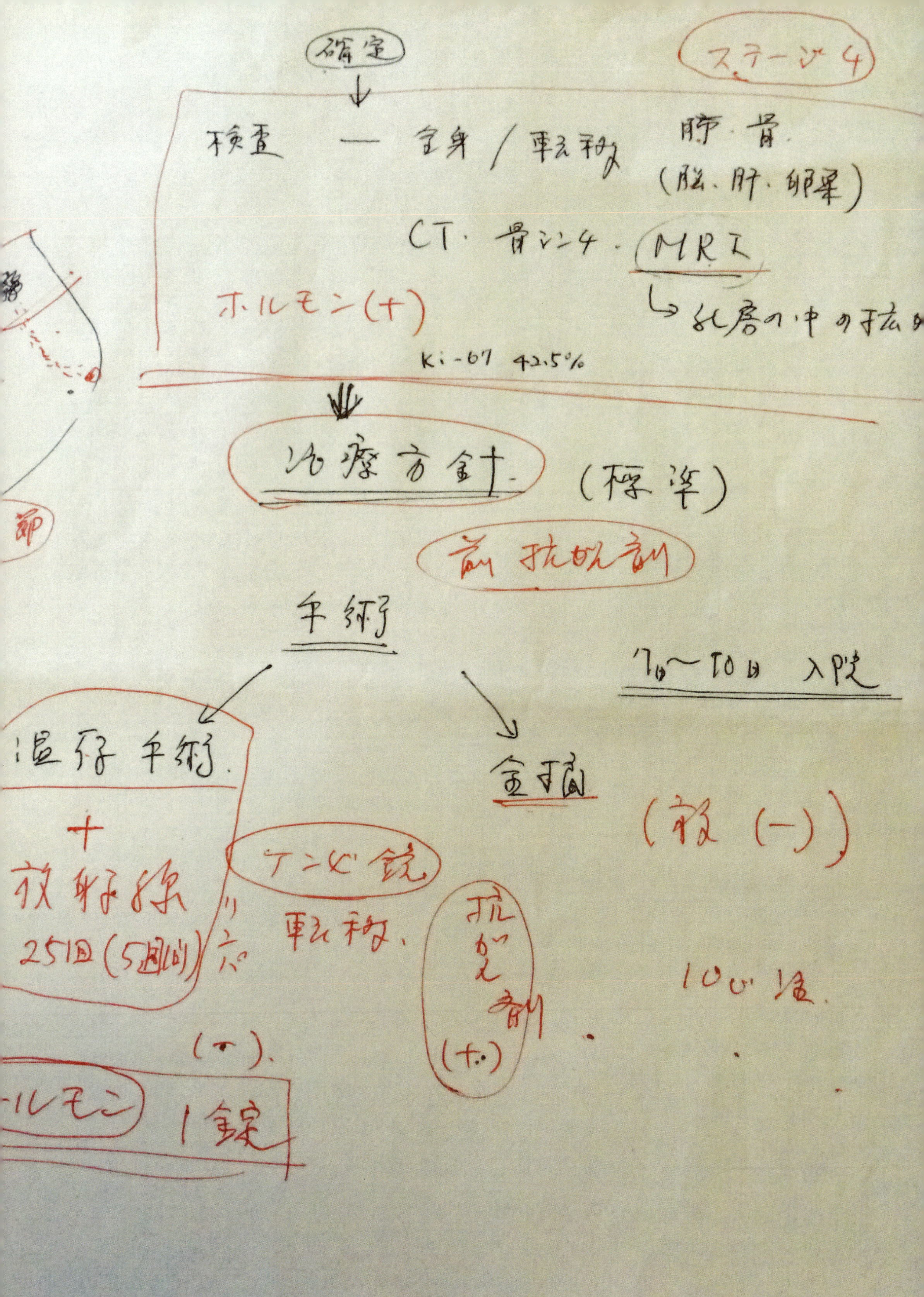
確定
ステージ4
検査 ― 全身／転移
肺・骨
(脳・肝・卵巣)
CT・骨シンチ・MRI
乳房の中の拡が
ホルモン(+)
Ki-67 42.5%
治療方針
(標準)
前抗がん剤
手術
7日〜10日 入院
温存手術
+
放射線
25回(5週間)
全摘
転移
抗がん剤
(+)
ホルモン
1錠

全身検査を11月15日に受け、11月20日にパートナーと二人で病院へ。検査してくれた赤松先生ではなく、乳腺外科医の寺村先生に結果を聞き、治療方針を立てるのだ。彼が今後、私の主治医、執刀医となる。赤松先生が一見クールな外科医タイプだとすると、寺村先生は見るからに親しみやすいお医者さんタイプ。だからだろうか「がんは左胸の上部だけでなく、下にもあります。二個あるってことは三個ある可能性もあるよね。だから温存じゃなくて全摘をすすめます」と言われても、そうかぁ、しょうがないよねぇ、と、すっと受け入れることが出来た。運のいいことに骨、肝臓、脳などへの転移は見られなかった。

問題は、抗がん剤治療を手術の前にするのか後にするのかということ。これがどう説明されてもわからない。

私「前と後、どっちかっていうと先生はどっちがオススメですか?」

寺村先生「んー、どっちかっていうと前かなぁ〜」

私「それはなんで?」

手術でがんをとり去った後、再発転移の可能性を叩くために抗がん剤を投与する。が、そもそもがんはすでにとられているので、抗がん剤が効いているのかどうかを確かめるすべがない。近年主流になってきた術前投与では、手術後の病理検査で薬剤がどの程度効いたのか明確にすることができる。将来起こる可能性のある再発転移に役立つデータが取得できるのだ。

私「あ、そうですか。じゃ、前で」

あっさり抗がん剤術前投与が決まり、11月27日から三週ごとの水曜日に化学療法を受けることにする。化学療法はChemotherapy（ケモセラピー）なので、よくケモと略される。前日11月26日はケモ担当の木下ナースによるオリエンテーション。パートナーと一緒に八階の通院治療室で説明を受ける。昔は化学療法を受けるにも入院が必要だったが（現在でもケースによっては入院が必要）、通院でＯＫなのはありがたい。かかるお金のこと、予想される副作用、やっぱり髪は抜けるので、帽子やウィッグの情報…ｅｔｃ…。窓が大きくて眺めのいい部屋。近くで飼われている羊たちが見下ろせた。

三週間ごとの抗がん剤治療を全六回。途中、免疫力低下のせいで肺炎を起こして中断、ということもあり、約四か月かかった。そして２０１４年の４月16日の午後、左乳房全摘手術。入院は約一週間。術後は二か月おきに経過観察を行い、五年間のホルモン療法を行う。それが私の「経過」だ。

私の担当看護師さんたち。
左：乳がん看護認定看護師、永山夕水さん
右：化学療法担当看護師、木下千恵美さん
left: Yumi Nagayama, Breast Cancer Nursing
right: Chiemi Kinoshita, Cancer Chemotherapy Nursing

告知をしてくれた外科の赤松信先生。「出版するん？」「まぁ、記録に残しとこうと思って」「そらそや、人生の大きな出来事やからなぁ～」
——この人に告知してもらったから取り乱さずに聞けたんだな
Dr. Shin Akamatsu

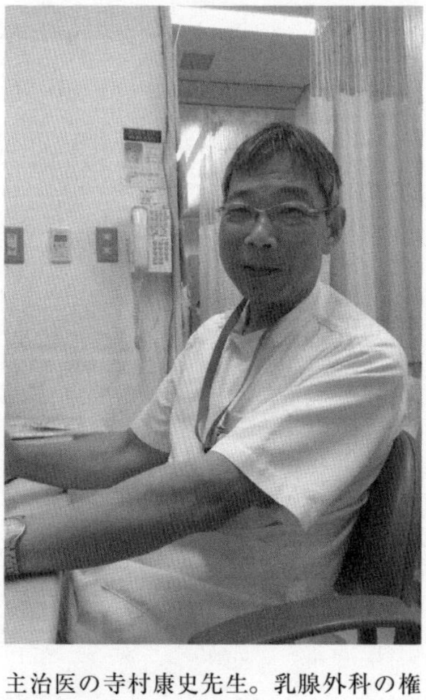

主治医の寺村康史先生。乳腺外科の権威。明るく愉快な方
Dr. Yasufumi Teramura

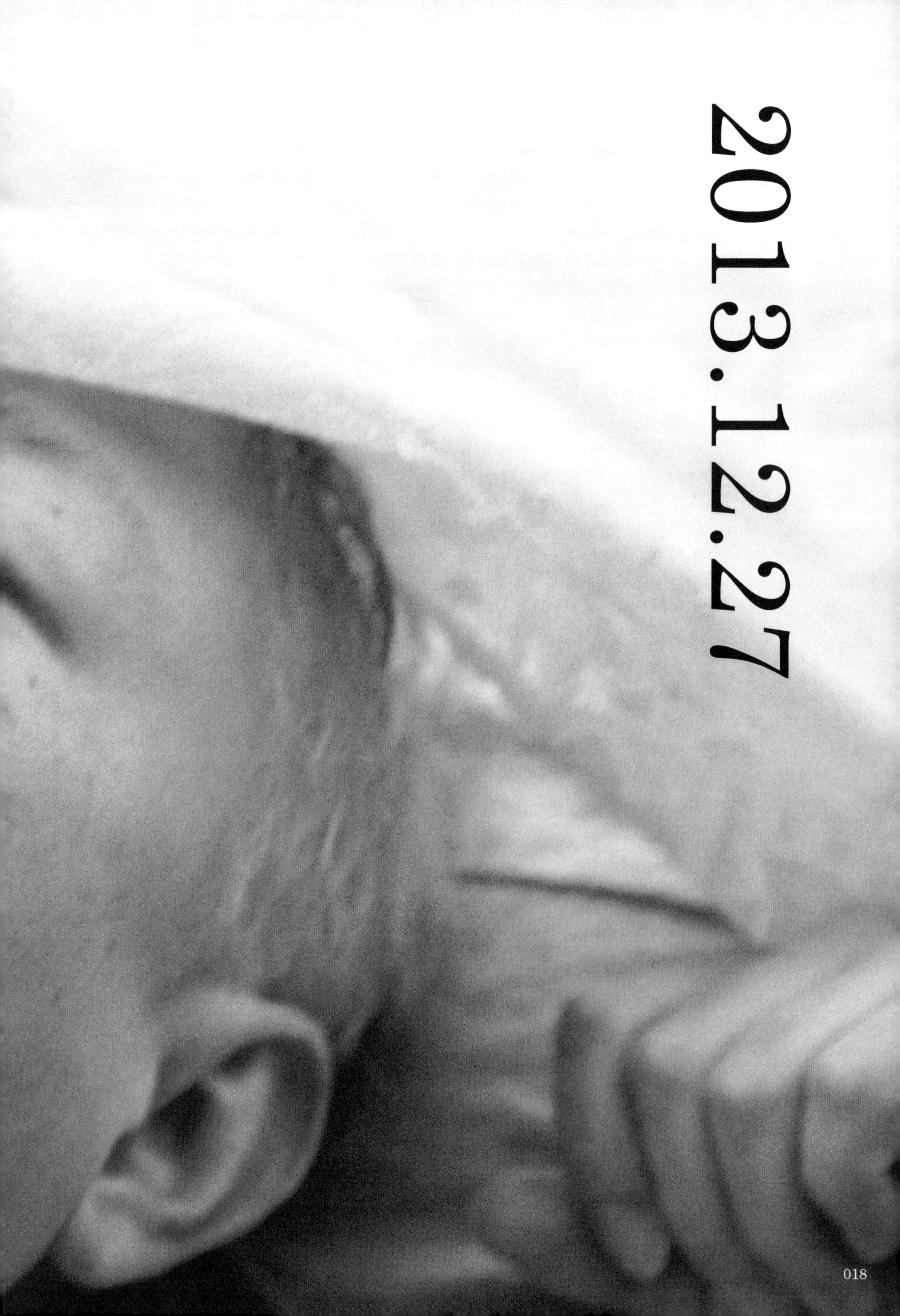

2013.12.27

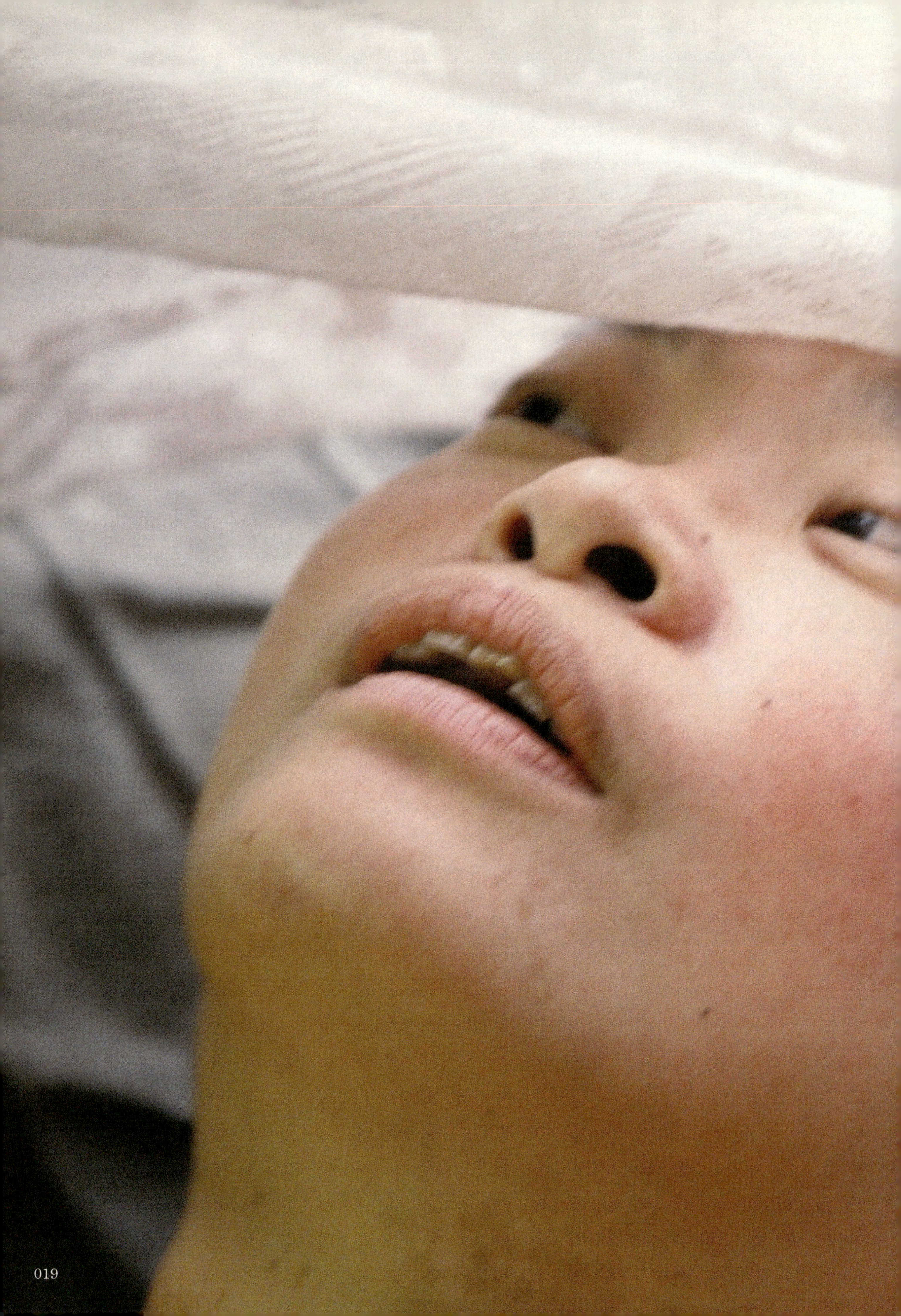

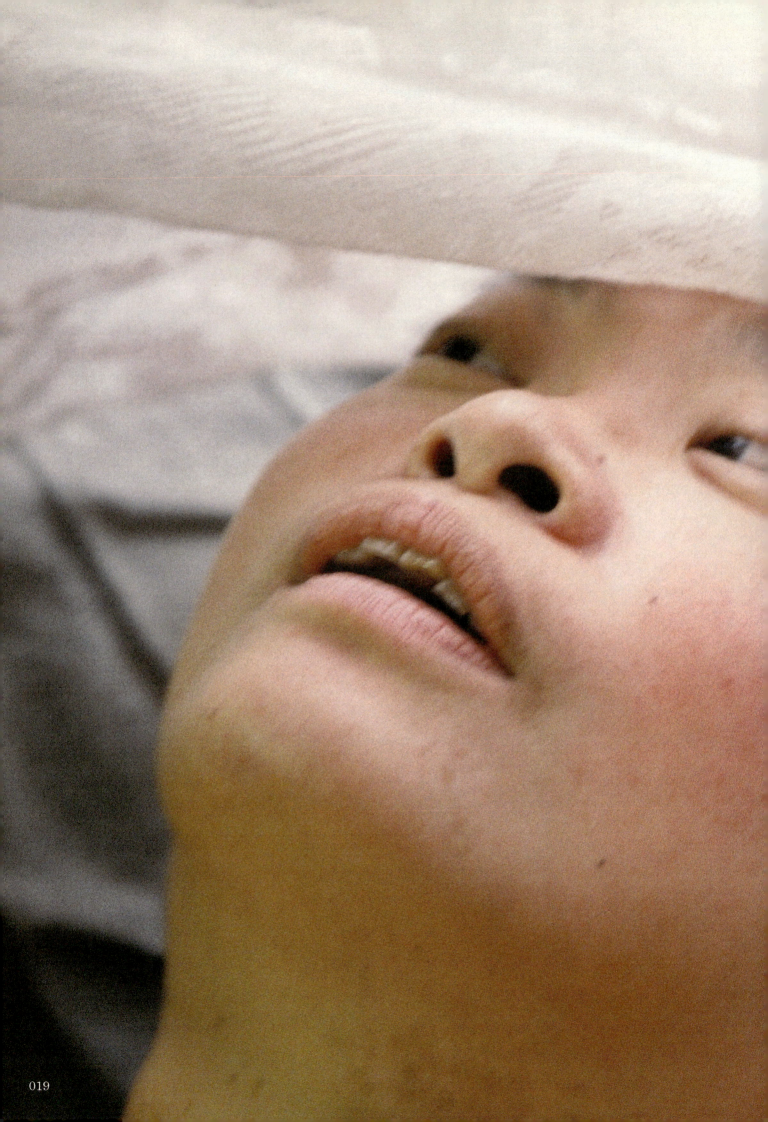

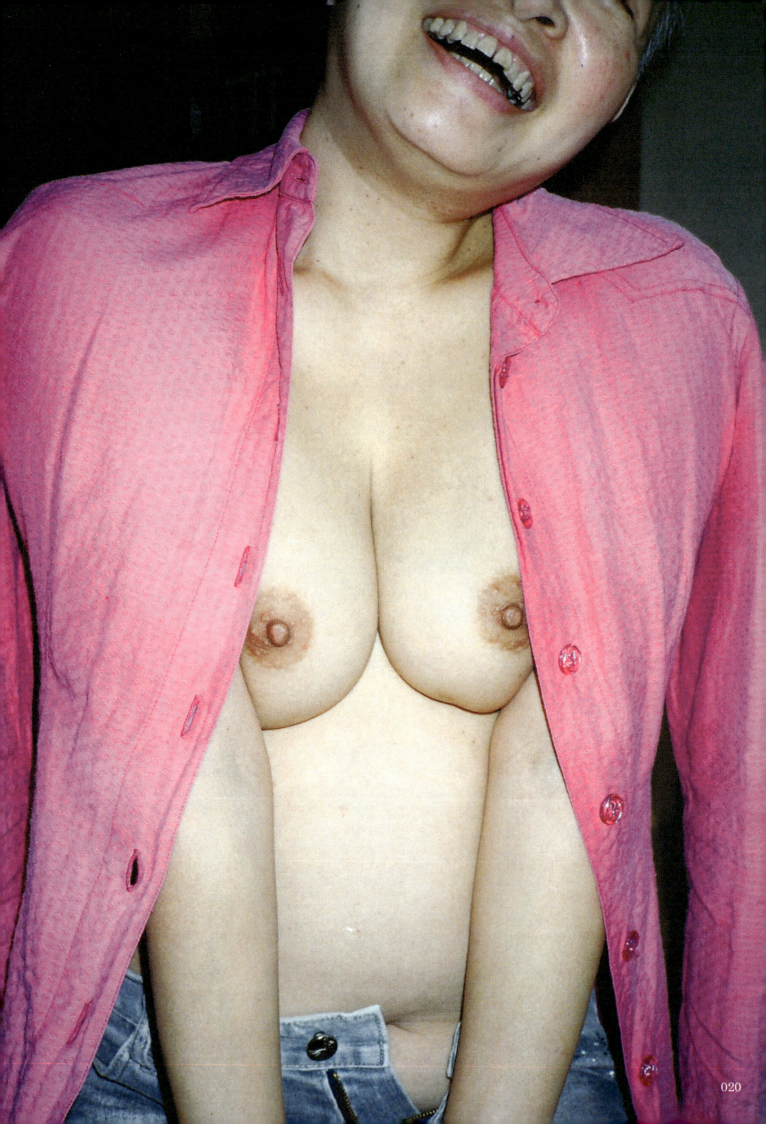

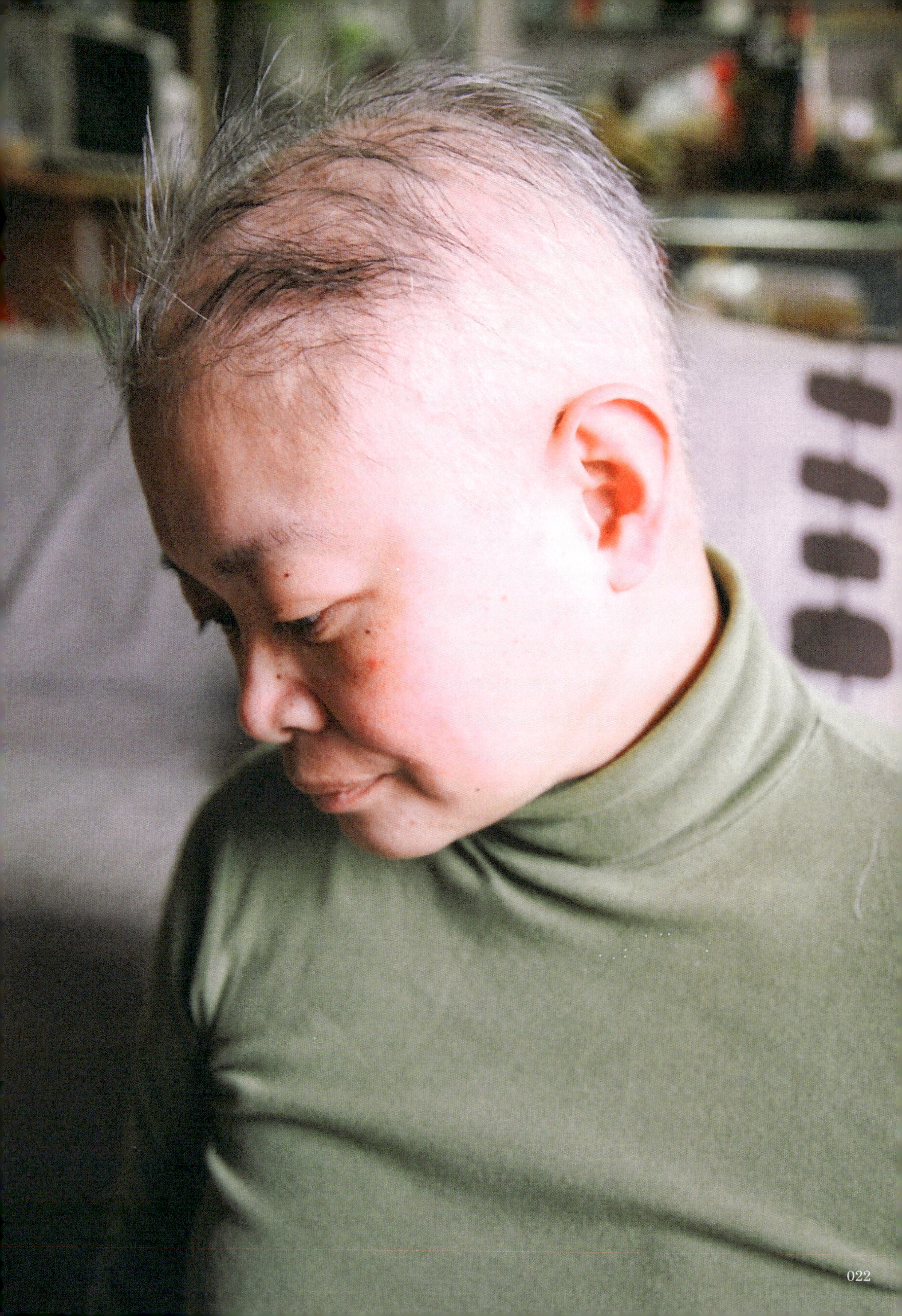

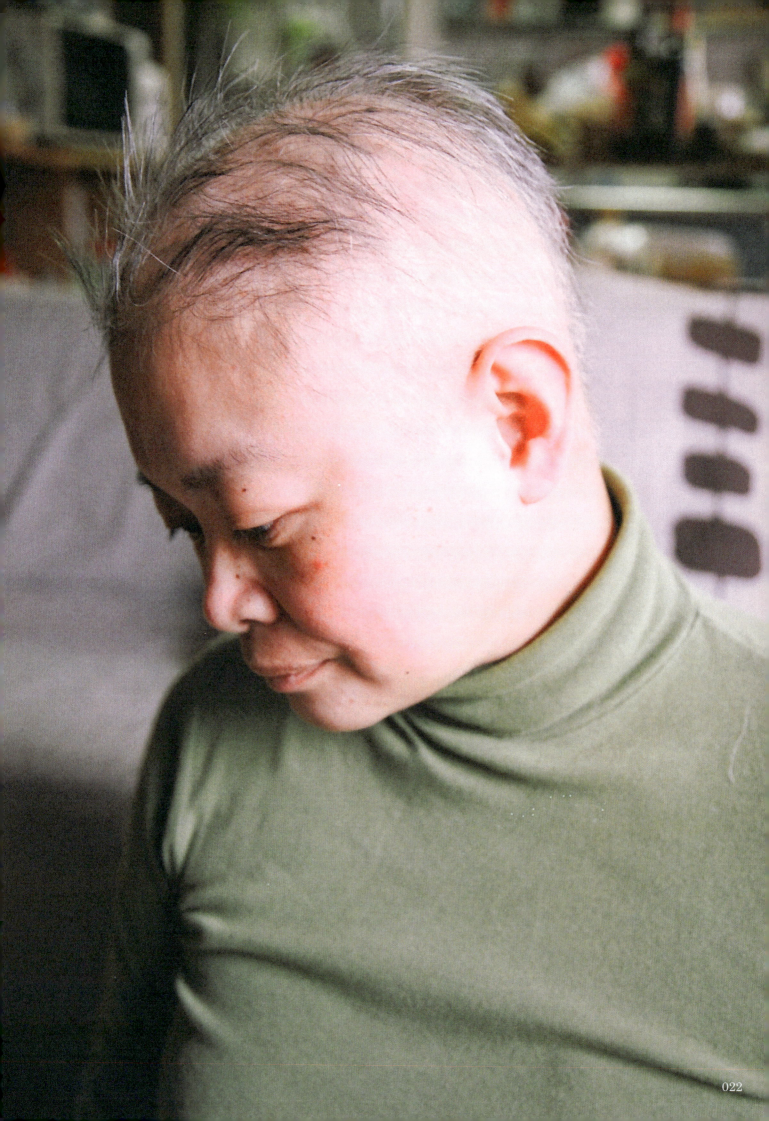

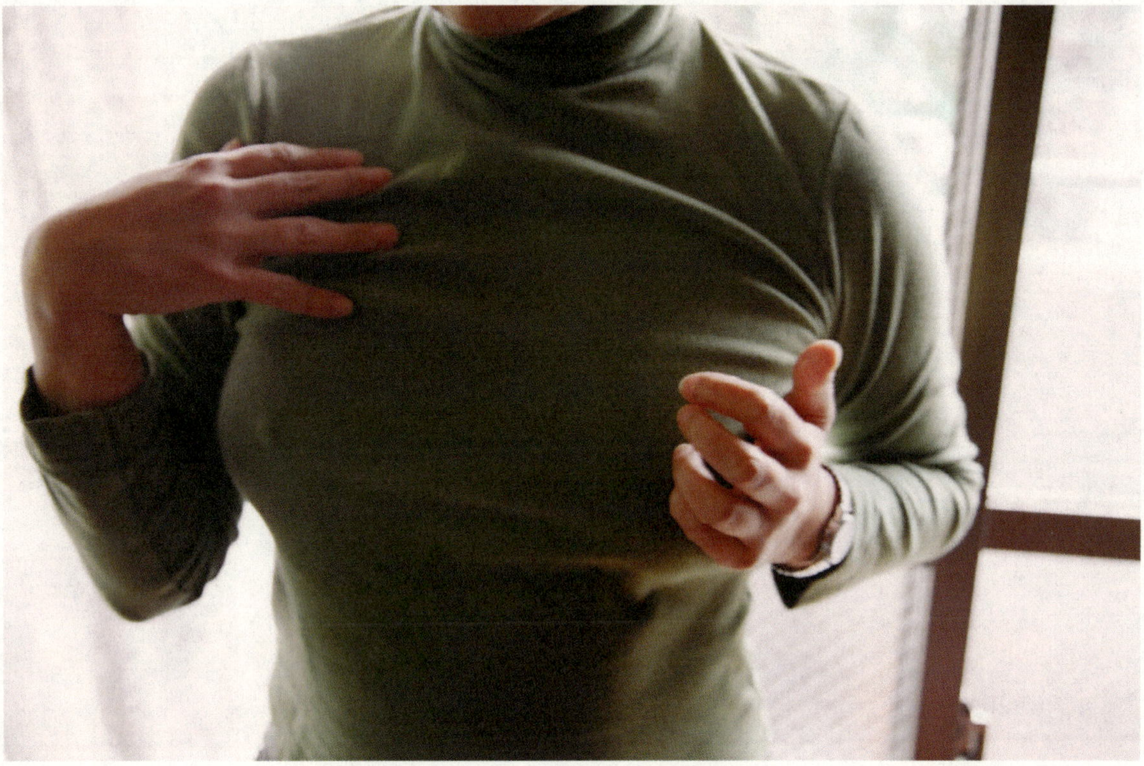

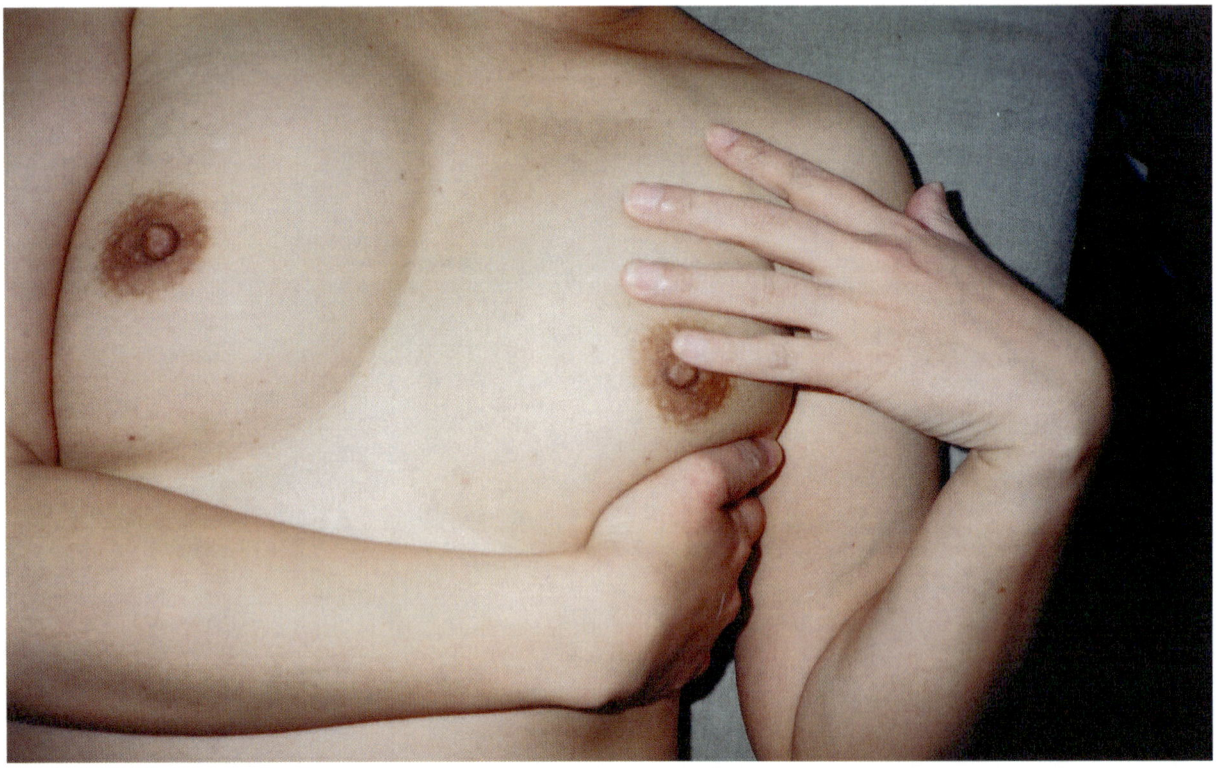

鬼才

tuesday
wednesday
thursday
3
みずのとう・三碧大安旧11月1日
ギーギーギー…
4
10h 岡さん。
きのえたつ・二黒赤口旧2
ゴミすてた〜!
でも
5
ちはま♡
きのとみ・一白先勝旧3
せんたく!
10
9h ケンサ。
うまい♡
かのえいぬ・五黄赤口旧8
5200!
11
せんたく!
APNA♡
かのとい・四緑先勝旧9
12
10h 岡さん。
みずのえね・三碧友引旧10
17
11h 中川さん。
3200
ひのとみ・七赤先勝旧15
18
8:30 市
つちのえうま・六白友引旧16
19
ヨーガ♡
上にTV!
つちのとひつじ・五黄先負旧17
ながめがいい
24
9:30
きのえね・一白友引旧22
おちゅーしゃ
25
きのとうし・二黒先負旧23
プレゼントだた♡
26
ひのえとら・三碧仏滅旧24
三りんぼう
ちはま〜♡
31
1
2

日々 Days

2013年11月26日
19:36

風邪ひいちゃだめとか、ほんのちょっとの傷もだめとか、厳しいなーと思ったけど、女優さんとか普段からそーだよねー。

2013年11月27日
13:31

あさイチから昼ごちまでかけてお薬点滴だん。テレビ見放題だしKさんとおしゃべりしてたらすぐだった。主治医の先生がわざわざ刺しに来てくれたけど、初回サービスかにゃ？

2013年11月27日
20:55

私、マスクうっとうしくて苦手だったけど、お医者さんに「絶対風邪ひかないでください！」と念を押されたし…購入してみました。最近はメガネが曇らない工夫付きとかあるんすねー。

2013年11月27日
21:00

お風呂はなるべく毎日。体を清潔に保ちましょう、とパンフに書いてある。私は好調時風呂2-3回/日、不調時1/週の女である。いま好不調のまだら期なので正直面倒だが〜。湯船に柚子ぶちこんだから、洗わなくても浸かってあったまるだけでもいいかー。

2013年11月28日
04:12

私が治療を面白がれるのは、他にすることのない高等遊民だからかも。そうなったのは打ち続く躁鬱の波のせいとも比較的恵まれた環境にあるせいとも言えるんだが…ま、年寄りの病院好きってやつですね。

2013年11月28日
14:42

ウサギの妖精さん降臨。多分最終公演だから羽根しょって登場。月の杖でエストロゲンを振りまきながらナイフでお腹刺してくる長い付き合いだったけど、お別れと思うと寂しいすー。 #今日のパンダ

2013年11月28日
21:03

先輩Fさん仰る通り、体が冷えやすいのかも。さっそく防寒完備。味覚が変わることがあるって？んー、そう言えばいつものビールが少し甘い？いや、美味しいすけどw

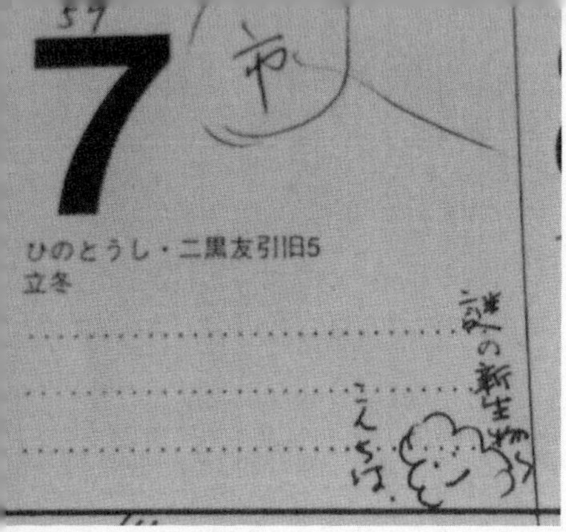

なぞの新生物くーん

2013年11月7日
14:40

迂闊やったな。保険名義人変更書類のみ依頼。しかし、風呂にもはいったし、やるな！自分

2013年11月11日
16:04

放射性同位元素注え！

2013年11月15日
09:39

噂には聞いてたけどMRの音響凄かった〜。心底、ノイズ聞き慣れててよかったと思ったよ〜w

2013年11月15日
17:38

看護師さんに新キャラ、謎の新生物くんを紹介したんだけど、さすがにひいてたなーw

2013年11月19日
14:13

ちょっと画集をくっていて、自分の目が今迄とちがうニュアンスで女性の胸に引きつけられるのを始めて実感したにゃー。こういう感じを書き留めていこー。

2013年11月20日
23:30

名義変更10/22だん。なんとかソルマこなすが五本指ソックスはくの、面倒でたまらない。でも顔はあらた。そのレベル。

2013年11月22日
13:41

ご心配ありがとうございます！持病の躁鬱のウツ相はそろそろ明けそうですが、新しくチャレンジングな病を頂いたので、これからポチポチ治療記録とかツイートメモしよーと思ってます〜。

2013年11月23日
22:43

二三日前にやっと服を着替える気になって、着たきり雀を返上したんだけど、セーターの胸の形が我ながら美しいのぅ、と思ったものだ。

2013年11月24日
04:00

SF的検査の実際

噂には聞いてたけどMRの音響凄かった〜。心底、ノイズ聞き慣れててよかったと思ったよ〜w

2013年11月15日 — 17:38

わたしが受けた抗がん剤治療については別途書くとして、告知後に受けた検査とその金額を記しておこう。

ＭＲＩ　狭いところに閉じ込められて爆音を聞かされる、と多くの人が嫌がる検査。実際、閉所恐怖症がひどい人は受けられないらしい。強力な磁気の力で体内の調べたい部位を撮影する。乳がんの場合はうつ伏せで両乳を穴みたいなところにハメられて、かなり無理のある姿勢で約二十分「ドン！ドン！ガンっ！ガンっ！」と工事現場直下ぐらいの大音量を聞き続けることになる。磁気がすごすぎるので、アクセサリーの類が全部ダメなのはもちろんだが、化粧品に含まれる化学物質も反応してしまうということで、スッピンでくるように言われる。タトゥーやアートメイクをしてる人は反応してしまうので、受けられない、と！

　さすがに初回はあまりの爆音に肝をつぶしたけど、二回目の時は耳栓していたとはいえ轟音を子守唄にウトウト。いやぁ、ノイズミュージックだの爆音ライブだの聞き慣れてて、本当によかった（笑）。約一万円。

放射性同位元素注入！

2013年11月15日 — 9:39

骨シンチグラム　わたしとしてはＭＲＩよりこちらの方が「閉所」な感じで怖かった。特別なレントゲン。狭いベッドのような台に横たわると、台と同サイズの天井（？）が鼻先まで降りてきて挟まれる！　この状態でやはり約二十分。ＭＲＩのように技師さんが全員別室に去り、一人で耐えねばならないのに比べれば、おしゃべりもできる？し、それが救いか。

　ラジオアイソトープ（放射性同位元素！）を静脈注射し、体内から放出される放射線を撮影して骨の様子を調べる検査方法。「放射性同位元素かぁ、なんかカッコイイなぁっ」と感銘を受けた（笑）。がんの骨転移のほか、骨の病気や骨折などの検査に用いられるらしい。なんといっても「生きているうちから自分の骸骨が見られる」貴重な機会！（左写真参照）約三万円。

ＣＴ　これが一番ポピュラーな検査かも。筒に入ってちょっと息を止めるだけで、自分の輪切り写真が出来上がるアレ。造影剤の注射を打つと、一瞬身体がかぁっと熱く燃えるように感じる。これがけっこう快感でお気に入りだったりする（笑）。五千円超。

以上の三点セットでしめて五万円弱。

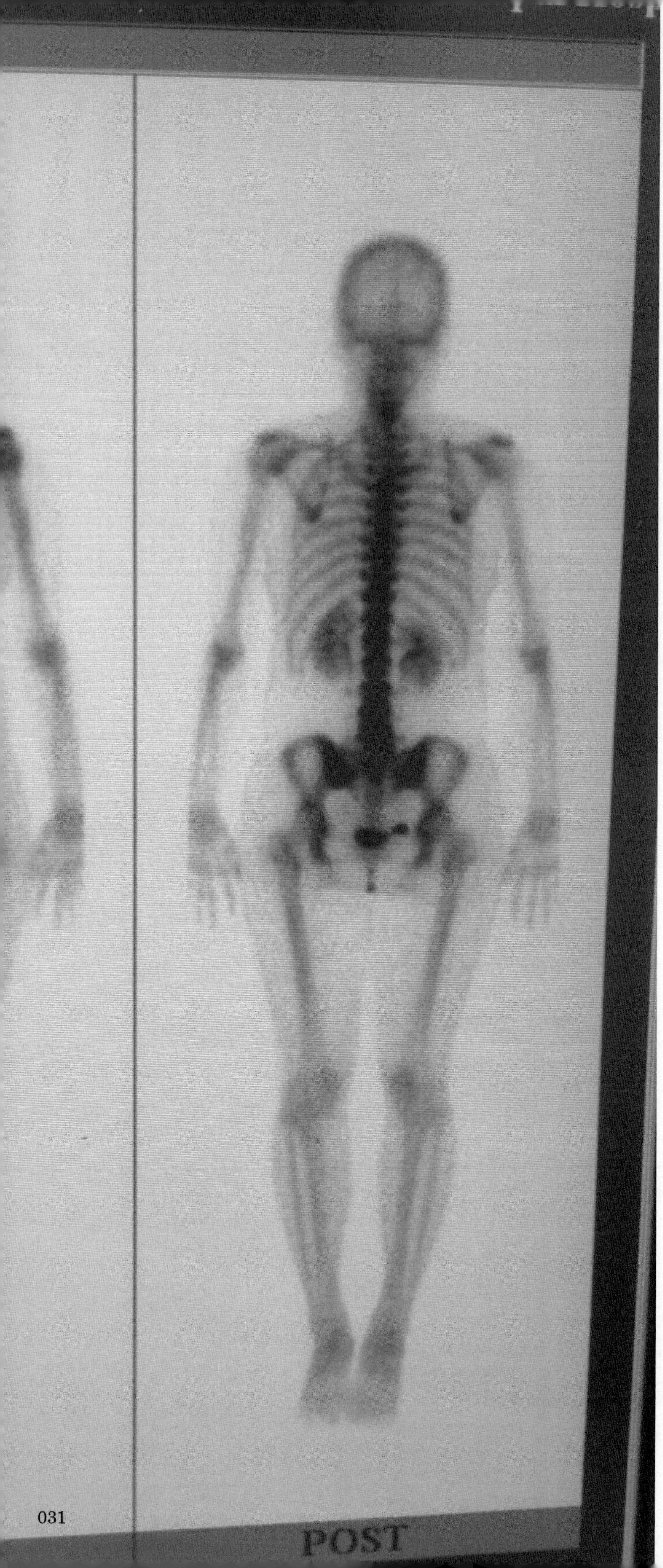

Checks

どれもこれも「同意書」が必要だ。いざというとき、がある、のですね。検査に先立って注射される造影剤やなんかの副作用でイってしまう可能性がゼロではない。わたしは同居のパートナーに署名捺印してもらって持参すればよかったのだけれど、都会の一人暮らしで家族は遥か遠い人など、いったいどうするのだろう。

それにしても、過去の自分が、がん保険に入っていなかったら？　とりあえず日々の出費の心配をしなくてすむ職に恵まれた配偶者がいなかったら？（いたとしても「僕のお金を君の治療費に使うなんて、ありえない」という人だったら？）

2013年11月30日
17:42

昨日はウツへたり約80日ぶりにPCを立ち上げるなどハイだったが、今日は一転布団に逆戻り。オヤツにポテチ食べたら、塩味が消えていた――！ほほー味覚の変化実感へ。

2013年12月1日
20:49

鈍いあたしでも「こりゃあ凄いことに挑んでんだな」とジワジワきた週末。だるくて二日とも布団星人。でもやると決めた飯や風呂は意志の力でできてるし、皿も洗える。こんなのウツに比べたらラクだわ～、といちいち比べる。うーむ、こうなるとウツ病体験に感謝だわ～。

2013年12月2日
10:06

だるさから離陸、びよいんで白血球が増えるとゆー魔法のような注射。「保険金かけられてヒ素盛られてる人の気分です」と悪趣味なたとえをいうとNさんに受けたw まぁ、この辛さはあと二日ほど？ だったら耐えてやろうじゃん！

2013年12月4日
18:38

負け寝

2013年12月4日
19:20

白湯うますぎる！ 酒は土曜日来、一滴も飲む気にならず。やはり相当やで、これ。

2013年12月5日
17:17

15時頃なんとか起きる気になってヨーガ10分～。あー、ひどい目にあったなぁ～てな副作用PTSD的な感覚あるけど、慣れてなだめていくぉ～。

2013年12月5日
21:15

体感的には「インフルエンザがやっと癒えた」ぐらい。いっとき危うかった食欲も、いろんな味が「遠い」けど、持ち直したのはありがたい。風呂はまだ義務感で入ってる感じへ。

2013年12月5日
23:47

しこりに気づいて2か月で、けっこう色々あったなー。かつてバロウズからイルカの先生まで意識変容の薬物を考察したように、肉体変容の薬物体験シャブりつくしてやろうじゃん、て燃えるへ。一番しんどい坂越して威勢が戻ってきたにゃw

お薬後二日目。気持ち悪いどころか妙に爽やかな目覚め。なんじゃこれ？着込んでゴミ捨て。月も星もきれい。解除して二度寝。

2013年11月29日
06:02

NHKのハートネットやアワーボイスに出てる男前！杉山文野さんの手術日記も面白いな。取らざるを得ない人が多い中、とってハッピーになる人もいる〜。まあ、治療と体を積極的に変えることの違いは大きいけど。

2013年11月29日
07:28

【ぽっかり穴のあいた胸で考えた／高橋フミコ】再読本。最初は著者さんから素敵なメッセージ入りで寄贈された2006年。そして今あらたに読み直すと、彼女が乳がんに出会ったおよそ10年前から現在までに、医療の様がけっこう変わってるんだろうなぁ〜。と思った。女ジェンダーから外れがちなところは私の立場に似ているし、がんと同居することの恐怖や涙は、私にとっては10年超える持病の双極性気分障害体験に酷似してるなー、と自分の中であれこれ発見しながら読み返しました。#bookmeter

2013年11月29日
11:31

【身体のいいなり（朝日文庫）／内澤旬子】私にとっての愛好本「世界屠畜紀行」の内澤さんが、そんなに虚弱体質だったとわ！逆に乳がん患って元気になっちゃったとわ！（ヨガが体にあったのかもやけど）彼女の「調べない」スタンスは、私と似てるよなぁ〜。結局医療は人と環境だと思った一冊。#bookmeter

2013年11月29日
11:31

毎日鍋続きだから準備も片付けも応用も簡単だから、今日もトマト鍋…あれ？なんかどの具材も同じ味がする〜。これ、味覚が変わるって副作用？追加の葉ものを生で食ったり、トーストをスウプにつけて食べたらけっこう楽しめた。工夫必要ね。#この冬の鍋

2013年11月29日
19:58

明日からは吐き気止めのお薬なくなるなぁ。でも現在のかったるさ腰の痛みは、間違いなくウサギの妖精さん最終興行二日目のせいだよなー。

2013年11月29日
20:09

ウサギの妖精さん、最終興行頑張りすぎよ！鎮痛剤ノム——

2013年11月30日
06:52

3万円エステ――私のケモセラピー

3時間3万円強の高級エステ？至れり尽くせりのお薬治療2回目。前回からの蓄積があるせいか、当日からねむダル～い。まるで湯あたり。温泉地でエステ的な贅沢フィーリンｗ
2013年12月18日 — 19:00

術前化学療法（ケモセラピー。略してケモ）を選択したので、三週間に一度、病院の最上階にある通院治療室に通うことになった。ここで三時間ほどかけて抗がん剤を点滴で入れてもらうのだ。これを私は「一回三万円の高級エステ」とよんでいた。ナースがほぼつきっきりで世話してくれる。

体重、体温、血圧の測定が終わったら、最初に生理食塩水を投入し、その後2種類の薬剤を入れることになる。シクロホスファミド（商品名エンドキサン）とドセタキセル（商品名ワンタキソテール）。後者の副作用に「爪へのダメージ」があるというので、氷で冷やすサービス（?）をオススメされた。手足の爪を氷枕で覆って冷やすと血流が乏しくなって薬が届きにくくなるので、結果爪がボロボロになるのを防げる、ということらしい。ええ、お願いします～。はい、じゃあ輪ゴムで止めておきますねー。痛かったり気分悪かったりしませんか？　いえ、大丈夫です。あ、テレビのチャンネル変えてもらっていいすか？

枕の角度から何から世話をやかれて無料のテレビをダラダラ。本を読むのも窓からの眺めを楽しむのも自由。そうこうするうちお薬効果なのか温泉にでも浸かっているように身体がポカポカ温まって気持ちよくダル眠くなってくる。あぁ、極楽極楽……。

でもこの快楽は見せかけのものだ。投薬前にいちいち体重を測るのも、ナースが指の先までビニールぐるぐる巻きの防護ウェアに身をつつんでいるのも、私が体内に入れているこの薬剤が劇薬だからに他ならない。しょっちゅう声をかけてくれるのも、アレルギー反応などを警戒して監視しているのだ。

だいたい昼過ぎには解放される。薬局で吐き気止めや万一高熱が出た時のための抗生物質などが処方される。風邪流行ってるんで気をつけてくださいね。ひいちゃうと重症化しちゃうんで。三十八度以上の熱が出たり、何か気になることがあったらいつでも連絡してください――ナースたちは本当に親切だ。ずっと一緒にいたいけど（ヘン

Chemotherapy

な患者）お名残惜しいが、また三週間後に。

以上が私の体験したケモ（TC療法というポピュラーなやつらしい）の一連の流れ。この「エステ」は手術前まで全六回行ったので、回を重ねるごとに副作用は移り変わり、約四か月間のケモ体験は「思ったほど苦しくなかった」とも言えるし、もう二度と御免でもあるし……。

ケモ室は個室ではない。男女も別に分かれていない。「患者さんによってはパソコン持ち込んでバリバリ仕事なさる方もいるのでデスクもあるんですよ」――なるほど。私は毎回一人で行ってたけど、時を惜しむように妻につきそう旦那さんを見かけたこともあった。「痛くはないねん。痺れがなぁ、気色わるうてなぁ」同じことを何度も何度もナースに訴えていた中年男性。ええ、わかります。

病状や療法によってはケモも入院が必要。初冬から春先まで。あったかいケモ室で雪見したりして。私はやっぱり楽しんでいた、と思う。だって一回三万超える高いお薬なんだもん！　楽しまなくっちゃソンじゃないっ。

2013年12月13日
08:23

薬による脱毛がさほどやじゃない理由がわかった気がする。通常の抜け毛は陰で、脱毛は陽なのね。寿命を終えて抜ける毛がへな〜っとしてるのに比べて、脱毛で剥がれ落ちる毛は、ピーン！と張りがあって元気そのもの。こういう体験普通の人はしないから、得だな。

2013年12月15日
02:42

狂った頭に翻弄されている時でも、足の爪は地道に伸びている…という肉体の着実さに気づいた時に、頭を特別扱いしない＝頭と肉をイーブンに捉える、いやむしろ肉体の僕が脳であるべきでは？と思うようになったんだよな。

2013年12月15日
02:45

だから、なんかくるちい時＞イライラする、寝たり起きたりに苦痛を感じる、退屈がしんどかったりする…時は、なるべく肉体の方に悪影響を及ぼされないよう、頭をどうかする方策が必要。基盤は肉体にあって、肥大した大脳にだまされてはいけないんだ（最悪の例が自殺だよ）

2013年12月16日
13:46

昨日はなんか鬱屈して一日寝た〜。土曜日にちょいちょいイラっとするなぁ、と、思ったらコレ。んー、頭の病気のせいか、毎日引きこもってろくに人にも会えない鬱屈のせいか？まー、そういう時は寝ればいいの寝。
本日6万円以上するカツラをゲット。ほほほ、入ってて良かったアフラック〜。

2013年12月18日
13:30

病院こそオカンアートの檜舞台だ。牛乳パックで作られたくす玉など。

2013年12月18日
19:00

3時間3万円強の高級エステ？至れり尽くせりのお薬治療、2回目。前回からの蓄積があるせいか、当日からねむダルい。まるで湯あたり。温泉でエステ的な贅沢フィーリンw #tbk_yuko

2013年12月18日
20:14

いい旅にっぽんなう。TDLとか、もはやアトラクションに並ぶことなく飲み食い散歩買い物で写真撮りまくりツイートしまくりが正しい遠足法な気がする。TDL＝東京ディズニーランド、TKG＝卵かけご飯、TBK＝闘病記、です。#テレビ廃人

負け寝～。ツユをつけない蕎麦がうまい。味覚の鈍麻と鋭敏化が同時に起こっているので、はからずも江戸っ子化w

2013年12月6日
19:08

今日はカラダよりアタマがストレス感じてるなー。こういうのもやーねー。で、ご飯炊ける匂いが気持ち悪いというつわりの妊婦さんごっこ。

2013年12月7日
17:53

だっもーかもーん！ それも意外な方向からっ

2013年12月9日
21:19

細胞バチン！て採るの、あれやーよねぇ～。女子なら誰でもなる珍しくない病気なので、どうぞおかまいなく…といいながら化学療法中は免疫低下するんで街に出られないからお見舞い歓迎♡ お里帰りのついでなどに遊びにいらして～。果物大好きです◎

2013年12月10日
12:12

体は辛くないのに、ついつい負けて寝込みっぱなしな日々についてNさんに相談「わかりますよ。畑の草が気になるけど出られないっていう方も多いですし」ーおー、お土地柄だな。ま、あんまし気にしないでいこう。抗鬱剤減薬は間違ってないはず。主治医のTせんせはトビハゼトビーに似てるな。

2013年12月10日
12:15

やっぱ味がちょっと変だけど、飲む気になったからビールふっかつ～

2013年12月10日
17:41

化学療法中に過食ってあんのかなー？

2013年12月11日
12:17

脱毛、思ってたより嫌な感じじゃない…つか、抜けるというより「剥がれる」感じなんだよなー。本日カツラ合わせ。色にダメ出しして月曜受け取り。美容師さんによると、10万本におよぶ頭髪が抜け切るのに一週間程度とか～。

2013年12月12日
15:48

脱毛

薬による脱毛がさほどやじゃない理由がわかった気がする。通常の抜け毛は陰で、脱毛は陽なのね。寿命を終えて抜ける毛がへな～っとしてるのに比べて、脱毛で剥がれるように落ちる毛は、ピーン！と張りがあって元気そのもの。こういう体験普通の人はしないから、得だな。

2013年12月13日 — 8:23

昔の女の人みたいに眉を剃ってみたいと思ってやってみたことがある。気に入った。お歯黒もしたかったけど、さすがに道具が揃わず出来なくて残念。同じようにスキンヘッドも一度してみたいと……。

「残念ながらこのお薬を入れると、どうしても脱毛が起こってしまいます」気の毒そうにウィッグのカタログを差し出すケモ担当ナースの説明を受けながら、内心「脱毛ウェルカム！」と妙にワクワクしていたわたし。でもウィッグは作ることにした。母方の遺伝で年のわりに白髪が多いので、黒髪のカツラを作るのはファッション的にもいいアイデアな気がしたのだ。せっかく下りた保険金もあることだしね！

最初に抗がん剤を入れてから二週間後、毛が抜け始めた。抜けるというより剥がれる感じ。床に新聞紙を敷き、髪をしごくようにするとパラパラはらはら…… そんなに嫌な感じはしない。が、部屋中あちこち毛だらけになるのはごめんなので室内でも帽子をかぶっておくことに。抜けた毛が枕にどっさりっていうのが特に嫌だったので寝ている間も。すると抜けきらない毛が帽子にひっぱられ、頭が痛痒くて狂いそうに！　十万本におよぶ頭髪が脱毛するのに一週間程度かかり、やっと丸坊主に近くなって帽子寝から解放された時にはホッとした。ちなみに頭髪だけでなくすべての体毛が抜ける、あるいは極端に薄くなる。脇の下やアンダーヘアの処理は不要になり、眉もごく薄くなった。

理想はカミソリですっきり剃り上げたスキンヘッドなのだけど、ナースは「それだけはやめてください！　免疫抑制状態ですからっ」と。けっきょく抜けきらない毛があちこち残った無残な姿 ―― 『指輪物語』のゴルム風に。もともと帽子が苦手で、夏の日よけ用しか持っていなかったからあれこれ購入。ストールをターバン風に巻いたりして出かけた。のちに「カミソリじゃなくて二ミリのバリカンならいいんだ！」と気づいて理容師さんに剃り上げていただき、憧れのスキンを実現したのだけど、もう手術も間近な春先のこと。どちらにせよ抗がん剤投与中は感染症にかかるのが怖くて、ろくろく遠出もしない日々だったから、クラブで自慢のスキンヘッドを披露……なんて出来るはずもなかったのだけど、ね。

Hair Loss

六万円もしたオーダーメイドウィッグは、けっきょく装着感がいまいちでほとんど使わず放置。帽子すら苦手なのだから、頭になにか被るのは無理だったんだ。誰か欲しい人いませんかね？

2013年12月21日
01:23

何がどう、どこがどう、と言えないしんどさ。こういうの全身倦怠感てゆーの？地味につらぁ〜い。#tbk_yuko。

2013年12月21日
07:02

またぞろ食欲ないし味覚も変だけど、食事だけが楽しみな数日が始まるのねー。るるる〜。#tbk_yuko

2013年12月21日
20:39

午後からなんとなく負け寝。目が覚めるたびに腹が減っておるのでパクパク。化学療法中に過食って珍しいのかもやけど、全身がお薬に攻撃されてんねんから抵抗しようとしてんだろなー。ぷくぷく…　#tbk_yuko

2013年12月22日
13:48

タキソテールさんらによる全身チクチク攻撃だったが、初回は体内にちっちゃいふなっしーが大量発生して、ひゃはー！と竹槍攻撃してくる感じだったのが、二回になるとおかざえもんとかバリィさんがゆるゆる突いてくる感じに。ちょっとはましです。#tbk_yuko

2013年12月22日
15:43

うとうと…2時間ごとに目が覚めると腹が減っている。食べる。過食。#tbk_yuko

2013年12月23日
17:15

病気の子どもみたいな寝方の一日。寝たきり歴長いけど、こういうの意外とないんだよね。明日は通院日だから起きるけど〜。

2013年12月24日
06:05

めそめそな病気の子ども的連休だったが、必死に頭使おうとする夢を見て目覚めた。てことはけっこう前向き？
さ、二度寝しよ。#tbk_yuko

2013年12月24日
09:23

病院のクリスマスって、よそより少しあったかいと思うのよね

2013年12月25日
08:44

ウツとは別種の鬱屈が襲うお薬治療〜。ダルさが「楽しみを求めよう」とか「楽しいことやってみよう」ってキモチのカケラに消しゴムかけちゃうのよね。地味〜にやりすごそー。#tbk_yuko

今日のお薬その一。エンドキサン #tbk_yuko

2013 年 12 月 18 日
22:36

今日のお薬その二。ワンタキソテール #tbk_yuko

2013 年 12 月 18 日
22:41

いくら毒性が強いといっても、体が慣れて副作用攻撃は減るはず。しかし前回からの蓄積分があるので、ダル浮腫みなどが出るでしょう…て、ゆるキャラぽく愛らしい主治医先生あざーす！のっけからキテおります〜。むくむくダル〜い。#tbk_yuko

2013 年 12 月 19 日
06:11

ハンナ・アレントとかゼログラビティとか渋い見たい映画いろいろあるけど、免疫抑制状態初心者なので、どこまで攻めていいものやら。かといって家にばっかいると鬱屈するし〜。#tbk_yuko

2013 年 12 月 19 日
06:28

地味に辛かった「脱毛で毛が散らばるのがやだから寝る時も帽子かぶりっぱなしで毛がひっぱられて頭皮痒くて狂う〜！」状態から一時解放されたのがうれちい（また残りが抜けてくるらしーが）。免疫抑制状態でカミソリ使うの怖すぎてかっちょよくスキンヘッドに出来ないのが残念。指輪物語のゴルム風。

2013 年 12 月 19 日
07:46

ごっつ気合入った包装でいかにも効きそうな吐き気どめと、五角形が可愛いステロイド剤。#tbk_yuko

2013 年 12 月 19 日
08:50

湯豆腐→トマト鍋。#この冬の鍋
いっとき、物がぐつぐつ煮えてるイメージがダメ！というつわりの妊婦さんモードだったので、もうこの冬は鍋封印か、と思ってたけど、イケる気がしたので海鮮トマト鍋に〜。#tbk_yuko

2013 年 12 月 19 日
18:05

ウサギの妖精さんアンコール興業だとぅ？ハッキリ言ってメーワクw #今日のパンダ

2013 年 12 月 20 日
13:02

点滴後2日目。地味〜にしんどなってきたなぁ。#tbk_yuko

2013 年 12 月 20 日
17:33

2014年1月2日
10:51

イライラ感について。躁鬱由来というより更年期由来な気がするなぁ。更年期と対になる思春期の私の家族に対するイライラはハンパなかったもんなぁ。どうもあれと似ている気がする。化学療法によって強められた更年期症状？
#tbk_yuko

2014年1月2日
12:13

ヨーガはじめでもしようかと思うものの、なーんか体を動かしたくないの。こういう時はやめとこ…

2014年1月2日
18:29

昨年は躁鬱の鬱期が2回もあって可動期間が3か月しかなかった（つまり9か月は寝てすごした）し、乳がんも見つかったから、かなりマイナスだったはずだが、どうもさほど不幸な気はしなかったなぁ。身体的抑制よりも精神的に辛い方が不運感が増すんだよな。昨年は不活発だったが気分的には静穏だった。

2014年1月2日
19:00

なんか病のモーメント覚えてるんだよなー。2002年3月12日→初めて鬱の発作で精神科受診（のちに躁鬱と判明）。2013年10月5日→左胸にしこりを感じる（のちに乳がんと判明）。

2014年1月5日
10:31

山茶花は 寒のなぐさめ
イライラは相変らずだがヨーガで体動かしてみようとか、天気よくなってきたから喫茶まで歩いてみようか、という気分になってきたのはありがたい。今週末には、またへたるんだけどねw #tbk-yuko

2014年1月6日
21:11

肩こりと疲れ目が惨い！てほどなので、本日整体はじめ。先生によると、手先に力が入らない感じはむくみによるものみたい。靴下のゴムあとが足首にくっきり…とか、やっぱむくんでる。これがお薬効果なのね〜〜。
#tbk-yuko

肉体的には明らかに1クール目よりもラクなんだけど、
精神面の不安定感がなんぎや #tbk_yuko

2013年12月26日
07:15

肉体上も普段と違うことが起こる。ゴム草履なみに
丈夫な皮膚。洗い物にゴム手袋なんていらん派
だったのが、湯が触れただけでヒリヒリカサカサ
なおんない〜。 #tbk_yuko

2013年12月26日
09:28

普段より疲れやすいわけだし、この際年賀状はじめ
年末年始のあれもこれも怠けちゃおー、と早い時点
で決めたせいか、へんな焦りとかなくてラク。
そのかわりどんよりしてるんだけど、まーしゃーない。
#tbk_yuko

2013年12月26日
15:05

ゼログラビティは見んとあかんやろ。と、思える前向き
ベクトルが発生(これが芽生えてくるのは、もう待つ
しかないからなー)。 #tbk_yuko

2013年12月28日
20:23

元日早々具合が悪くてどうしようかと思ったけど、
昼寝したら復活したぽいので、お正月らしくダラ
ダラ飲み食いできそう〜。いろいろ申し訳ないし
モラハラ一歩手前だけど、一人でマイペースが守れ
る環境が一番落ち着く。縄張りを守りたい
猫の気分というか。

2014年1月1日
15:36

口内炎にも手荒れにも負けず飲り続けるぜ

2014年1月1日
18:45

朝方、布団をけっとばして寝てたせいで、すわ!
風邪ひいたか〜?と嫌な気になったけど、どうやら
大丈夫だったみたい。風邪ひいて酷くなると
抗がん剤治療中断しなきゃいけなくなったりする
らしーので、絶対ダメなんだよなぁ〜。まぁ、
よかったわ。。。 #tbk_yuko

2014年1月2日
10:4

2014年1月11日
06:24

チクチクはじまたー #tbk-yuko

2014年1月11日
08:11

中の人が積木崩し #更年期あるある

2014年1月13日
05:32

化学療法も3度目になるとチクチク関節痛攻撃も、気のせい?ぐらいにマイルドイ化。しかし眠りが短く切れ切れ状態になるのは相変らず。そんな時に当たりのラジオ深夜便だとうれしーねー。今日はブラジル音楽、布施明、コルムの山口さん。明日の4時台はヤマザキマリさん。#tbk_yuko

2014年1月13日
06:01

病も手ひどい心の痛みも、私の持ち物なのである。

2014年1月13日
06:25

コルヘの山口さんは1992年?卵巣癌に25歳でなって、自分の病気を隠され、300日以上の長期入院で抗がん剤治療!それを考えると、告知と在宅で治療が受けられる医療の技術&対応の進歩ってすげい!

2014年1月13日
09:15

母ヨーコちゃん来。やぱお見舞いってうれしーね。

2014年1月14日
02:04

いつやっけ?状能だった父の死は2003年。母方は糖尿と心臓が半々。婦人科医時代の叔父は手術中にB型肝炎だかに感染して災難だったが大事には至らなかったとか。白内障の手術中はキラキラ綺麗な視界にトリップ〜、などなど、オカンの話あれこれ興味深かった。

2014年1月14日
04:09

相変わらず早寝早起き+ウトウト寝。弟となぜか鉄鍋でナベやってたら奴が手に大火傷する夢。疎遠な弟だが元気でいるよー。

今朝からはっきりと全身のムクミを自覚。突然襲うイライラ。疲れる〜！昼寝ら〜。#tbk_yuko

2014年1月7日
13:56

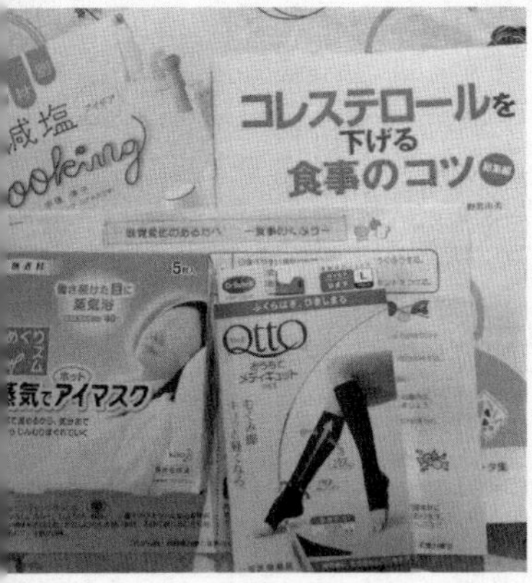

しかしむくむねー。生理中にニューヨークからフライト。その間やや飲み過ぎで成田着ぐらいな感じ。手足ワギワギするとムクムク実感。しかも私独自の副作用？睡眠中2時間ごとに空腹で目が覚めてオヤツぱくぱく…むくみと過食のダブルの効果で体重い〜。#tbk_yuko

2014年1月9日
05:08

気にし過ぎ？免疫低下を恐れてさら湯にしか入れない。沸かし直しの朝湯NGだから足湯で代謝上げる！朝ヨーガも35分。浮腫ちょっとでもマシになるなら何でもやるよ！って気になれる時もある（なれない時は素直に寝る）とこが、そもそも何も出来なくなるウツとはだんちにラク！#tbk_yuko

2014年1月9日
09:18

更年期イライラは「中の人が十代だが、思春期よりは暴力的でない」を目指すイメージに。家で荒れたのは、悪いことばっかじゃなかった。親が私をコントロールするのを諦めて好きにさせてくれたし（弟がとばっちりを食ったが）。嫌な時期にも意味がある。思春期体験を質的に向上させたい #tbk_yuko

2014年1月9日
09:34

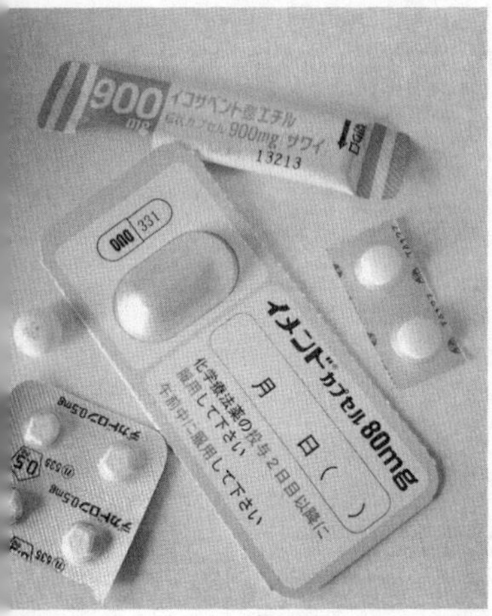

副作用の出方が回を追うごとに早くなってく感じ。ビールの味かわっちゃって美味しくない。赤ワインはまだ飲めるな。#tbk_yuko

2014年1月9日
19:01

22時就寝なんだから、この時間に目が覚めても早朝覚醒でも何でもないよなー。久々ラジオ深夜便。サイコー。妙な味覚でぱくぱくパンダ。まだチクチク攻撃きてないみたい〜。3クール目、どんなかなー。#tbk_yuko

2014年1月11日
03:58

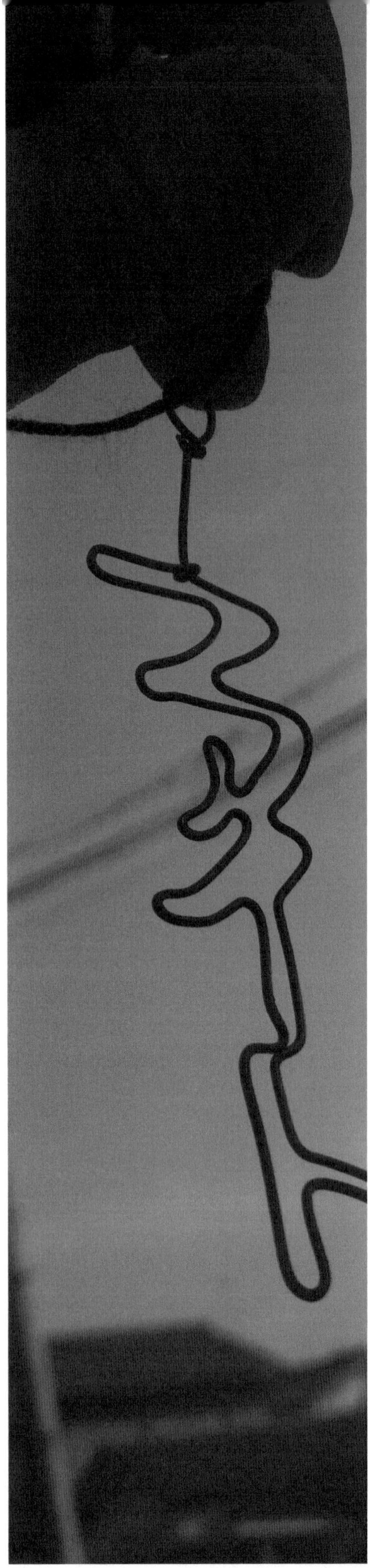

ザ・副作用

抗がん剤を入れた当日は、意外とケロっとしたものだ。ごはんもビールも美味しい。どこも痛くない。ところが二、三日経つと「これは相当なことを引き受けちゃったぞ」と背筋が寒くなってくる。比喩ではない。悪寒とだるさ、そして内側から攻撃されて骨が軋むような痛み。インフルエンザにかかった時の関節痛が極度にひどくなったのを想像してもらうといいだろう。まさに毒を盛られた人間の苦悶。発熱はしていないが、布団をかぶってガタガタ震えている以外に時間のすごしようがない。ここまでひどいのは初回のみで、二回目以降、骨にしみるような痛みはマイルド化していった。が、回を重ねるごとに体内に蓄積する抗がん剤のせいでむくみが悪化。たかがむくみとあなどっていたが、むくんだ足で歩くこと動くことのしんどさがこれまた骨身に沁みた。

多くの人が訴える吐き気は幸運なことに襲ってこなかった。しかし地味に辛いのが味覚の変化。投与後三日、突如ポテチから塩味が消えたのにはおどろいた。まるでつわりの妊婦さんのよ

Side effects

だるさから離陸、びよいんで白血球が増えるとゆー魔法のような注射。「保険金かけられてヒ素盛られてる人の気分です」と悪趣味なたとえをいうとＮさんに受けたｗまぁ、この辛さはあと二日ほど？だったら耐えてやろうじゃん！

2013 年 12 月 2 日 — 10:06

うに米が炊ける匂い、鍋の湯気にむかつく。添加物の味や匂いに敏感になり、にわか自然派に。あれもこれも美味しくないのにお腹だけは律儀に減るから食べねばならない。苦痛。

にわか自然派といえば、肌荒れなんかしたことなかったのに洗剤にかぶれて手はボロボロ。爪はボコボコに波打つ。「わたし敏感肌だから添加物がダメで」と言う人を心密かに〝か弱いっ子ぶりっこ〟と思ってた。なってみてわかる辛さ。あぁ、ごめんなさいごめんなさい。

こうした身体の痛みや味覚の変化は一週間～十日で徐々におさまってくる。だから我慢だ。暗雲が頭上を通りすぎるのを待つように。

抗がん剤を投与した翌週あたりには骨髄抑制、つまりは免疫力がだだ下がりになる。激減した白血球を増やす注射をしに病院へ。もともと注射が大きらいで献血すらしたことがなかったのだけど、採血・点滴・注射がルーティーン化すると、嫌でも慣らされる。風邪をひいたら重症化は必至。がんで死ぬ前にインフルエンザで死ぬ可能性なきにしもあらず。鬱陶しくてマスクはきらいだったけど、外出時には欠かさないようにした。帰宅したら学校や外食産業で奨励されている丁寧な手洗いとうがいを。

一番怖かったのは肺炎にかかったときだ。ぐったり寝ていて、ちょっとトイレに立って、また横になる。これしきのことで階段を駆け上ったほどに息が切れる。ケモ室でもらったパンフレットには、重篤な副作用として『間質性肺炎』というのが載っており「最悪の場合死に至る」とはっきり書いてある。

幸いわたしのは、ただの軽い肺炎（あれで軽かったのなら、重い肺炎はどれほど苦しいのだろう!?）ですんだ。それ以外にもケモのパンフには怖いことがたくさん書いてある。手足のしびれは、一生涯つづくかもしれないこと。抗がん剤治療を終えて何年も（二十年以上も!?）たってから現れる副作用もあること——手術した側の腕が二倍にも腫れ上がるというリンパ浮腫はその代表的なものだ（なる確率は百人に三人ぐらいらしい）。すべての薬は適切に薄められた毒と同じ。その中で最も毒性の高いものが抗がん剤なのだから、さもありなん。

他の闘病記を読むにつけ、わたしの副作用はてんで軽いものだった。幸運なことに。

2014年1月20日
18:43

熱出た！看護師さんに電話して指示仰ぐ。そうそうこういうときのためにクラビット処方されてたんだ。のむ。布団！#tbk_yuko

2014年1月21日
07:35

7度2分まで下がりましたー^_^あともうちょっと

2014年1月21日
11:50

しっかり食べて熱下げる！

2014年1月22日
17:35

寝てるの退屈だなぁ、なんて思うの、さすが体の病気やね。ウツだと際限なく寝れる…てか寝る以上になんもなしやからな。退屈を感じる脳機能からしてやられるし。無気力な人間は退屈を感じられないのら。#tbk_yuko

2014年1月24日
13:25

相変らずのお熱パンダ。BSPのフランス映画流しっぱなしにして寝床で音だけ聞く。これが滅法かっこいい。#tbk_yuko

2014年1月24日
16:59

謎の炎症反応による発熱続く。朝は微熱なのに夕方には8度を超える。気管支が苦しくて浅い呼吸。ひどい頭痛。明日はお友達がお見舞に来てくれるってゆってたのにドタキャン。くるぴーかなぴーさびしーー(;_;) #tbk_yuko

2014年1月26日
08:51

やっと平熱の朝。あとは頭痛と気管支の苦しさがひいてくれれば　#tbk_yuko

2014年1月26日
14:56

【ねじ子のぐっとくる体のみかた/森皆ねじ子】パンダのイラストかわいー…ってだけで読み始めたけど、思わず医療従事者を目指したくなる〜。病理医ヤンデル先生の朗読とともにぜひ我が枕頭に。そう、これはお医者の世話になる側にとっても「へー、こーゆーわけでこー触るのね」ってわけがわかってぐっとくる。医者の本音も(めんどくせーetc.)、面白い。書棚に大事にしまっとこー。家庭の医学のかわりにね！#bookmeter

2014年1月26日
22:12

やっぱ肺炎くさい

2014年1月26日
23:25

寝ていると浅く息吸うのにともなって胸がパリパリいうようだ。立ったり座ったりするだけで息苦しい。腹が立ったことを思い出すだけでも息苦しくなる。間質性肺炎じゃないといいんだけど…#tbk_yuko

ズキズキ、ズーン>炎症性
チクチク、ピリピリ>神経性
なのかー。#あさイチ #tbk_yuko

2014年1月14日
08:22

今日の #あさイチ はむくみ特集だから見るよ!

2014年1月14日
08:25

【精神看護 2014年1月号 特集「処方薬依存」と「脱法ドラッグ」が大変なことになっておる 対談:松本ハウスVS.向谷地生良】を読んだ本に追加。
#bookmeter

2014年1月14日
16:53

イライラ解消にレタス欠かすな!

2014年1月14日
18:32

昨日おとといの激しいイライラは満月由来だったのかにゃー?

2014年1月17日
10:52

今年の冬はとりわけ寒さが厳しい、と思っていたが、考えればここんとこの寒中はずっと寝込んでいることが多く、布団でぬくぬくだったからだわ。寒さ味わえ、私。#tbk_yuko

2014年1月17日
13:10

やれることは全部やってるのになー。睡眠も改善してるのになー。午後からの肩こり酷すぎる。やっぱ普通の体じゃないから? お灸、貼るカイロ他防寒、ヨーガ…ううむ…
#tbk_yuko

2014年1月17日
17:28

とうとう口内炎が出来た。が、番茶でうがいしたら痛みが和らいだよ。番茶うがいすご〜い◎ #tbk_yuko

2014年1月18日
08:18

食後にダルさや疲れを感じるのは塩分過多のせいだったか!

2014年1月18日
12:47

躁うつとパートナーとモラハラと

イライラ解消にレタス欠かすな！

2014年1月16日 — 18:32

「がんになったからっていいって、急に亭主ヅラするのやめてよ」

自宅近くのファミレスで、わたしはそう言い放った。涙がポロポロ出た。

パートナーと二人で主治医に会ったその日の夕食の席。言っちゃいけない言葉とわかりながらも止められなかった。だって、あまりにうつがキツくて精神科についてきてほしいと頼んだ時、忙しいから無理って言ったじゃない。それが乳がんていうと仕事の予定を変えてまで病院についてくるのか？

一番しんどかった時に側にいてくれなかったくせに！

というのがわたしの言い分なのだが、相手には相手の言い分があるだろう。躁でもうつでもひどい時には、かなりの暴言を吐いてきた。とりわけうつで寝たきりになると自分のめんどうをみることすらできなくなるから、家事はすべて相手まかせ。仕事で疲れて帰ってきたあと、エコバックをひっつかんで土砂降りのなかスーパーで買い出し、作った夕食を「食べたくない」と布団の中から言われる立場を考えると、どれだけ消耗するか想像にかたくない。さらに「あなたが台所つかうと汚れる」と言われた日にゃ、切れない方がおかしいだろう。もちろん、わたしにも言い分があるのだが —— 丸一日布団の中で死にたい気持ちと闘い続け一歩も動けぬまま疲労困憊 —— 客観的にみると〝病が引き起こしたモラハラ〟に相違ない。

躁うつの情緒不安定と比べ、またひと味違ったのが抗がん剤治療で引き起こされたとおぼしき更年期障害によるイライラ。家に帰ったとき、部屋にパートナーがいると、なんか「イラっ」とくる。なんの理由もなく、ただただムカつく。わめかない暴言吐かないためにはどうしたら……？

「イライラにはレタスが効く」ときいたので、レタスを切らさないようにした。舌打ちしそうになったら千切ったレタスを口に詰め込み、ムシャムシャ。けっこう美味しい。悪くなかった。

そうこうするうち抗がん剤治療、手術と順調に通過してホルモン治療に移る。無事に閉経したらしい。そうなると心には平穏が訪れる。少なくとも

Verbal Violence

月経周期——女性ホルモンのジェットコースターのような変化からは解放されて、前に比べたらイライラや暴言が減った気がする。もっとも躁うつとは生涯のおつきあいなので、気分の揺れがなくなることはないのだけれど、まぁいろんなことがマシになってきた？　年をとることの価値は、こんなところにあるのかな、と思ったり。

2014年 1月 27日
20:28

そうだよなー。人工透析の日常性を考えれば、私のちょんの間化学療法なんか、ほんとちゃらいわ。 #tbk_yuko

2014年 1月 28日
04:54

昨日、医師と胸部レントゲン写真つらつら眺めたんだが、肺の外側を取り巻くお肉が妙にエロいんだよねー。我ながら綺麗な胸の曲線よのう、と自画自賛w。これ切り取っちゃうの、やっぱ勿体無いよねー。しゃーないけど。 #tbk_yuko

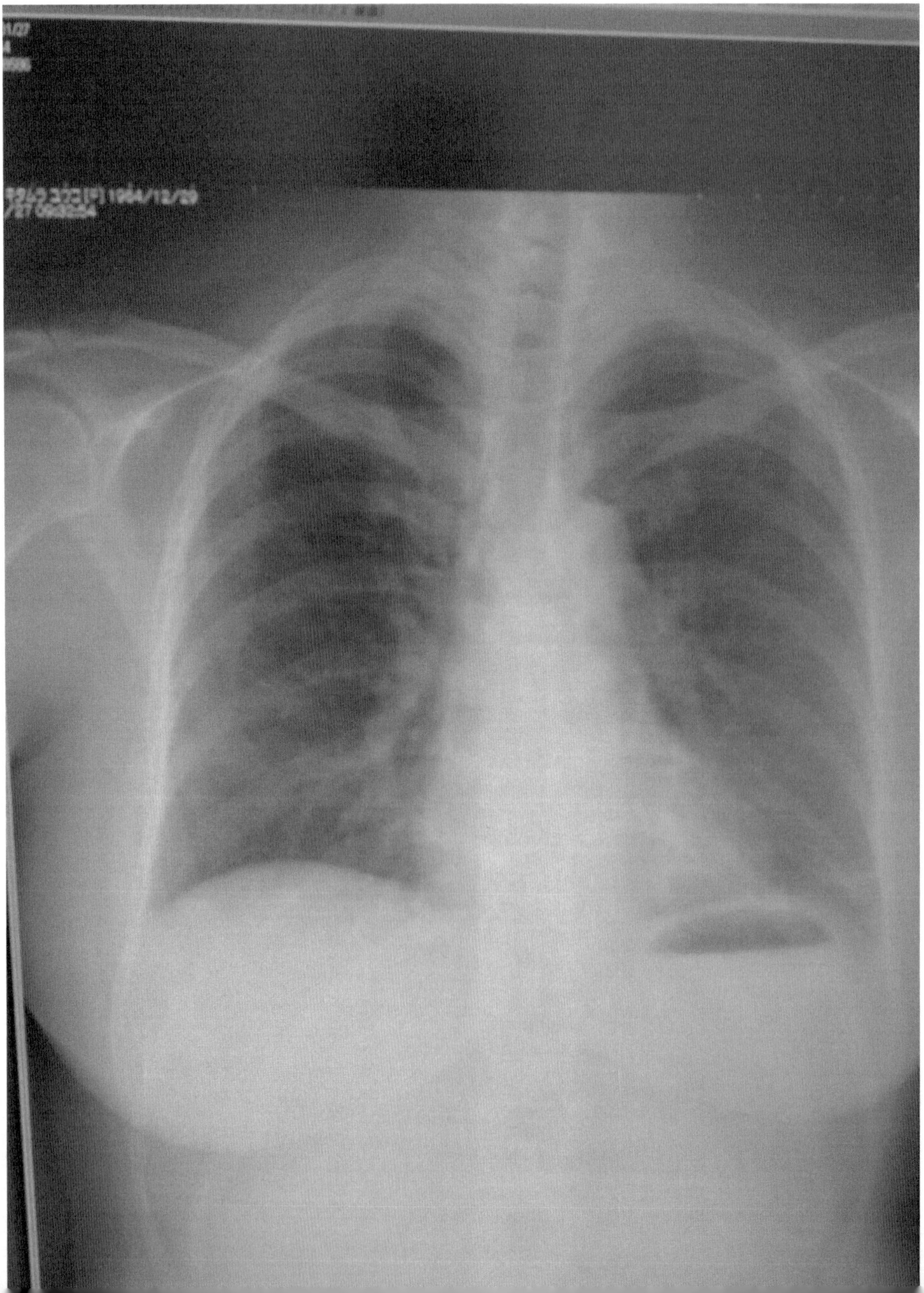

今日も病院へ〜。心配していた肺炎ではなかったみたいで、だんだんに良くなっているし、良くなっていくでしょうとのこと。ひと安心です〜。

2014年1月27日
14:02

ベルガモットはイライラにも効くのかー。ベルガモットとフランキンセンスでリラックスアロママッサージしてもらたー。#tbk_yuko

2014年1月27日
16:05

すわ、間質性肺炎かっ！と慌てて駆け込んだ病院(だいじょぶだった〜)でわろたのは…いつもはトイレ行く時に通る呼吸器科の医師名の中に「どんなBL的イケメン?」なファンシーな名前の先生がいて気になってたんだが、まさかのその先生の診察！＞ふつーのオッサンやった〜。

2014年1月27日
16:40

あと、ねじ子先生の本に出てくる「こういう患者さんは外来には佃煮にするほどいます」決まり文句を実際に見た！検査(血液、X線、CTのフルコース)でウロウロしながら内科の前を通るたび、ここは佃煮工場か?とw

2014年1月27日
16:41

いままで自分の中での最強最悪病は「ウツ病」だったんだが、「肺疾患」もきついよなぁ。だってお散歩とか気分転換も出来なくなるんだよ、運動もダメだよ…がん患者だって私レベルだと、気長に養生するには気晴らしと体動かすの必須やもん。ヨーガもダメとか嫌すぎる！ #tbk-yuko

2014年1月27日
16:46

なんかもう、今日の #ちちんぷいぷい 私向けにカスタマイズされてる?さっきは医療報酬値上げ(私は賛成。いまのままやと医療従事者が可哀想)。いまは肺炎で死ぬ人が増えてる＞歯周病菌がわるさをしてる、って話題。そうそう、明日歯医者だったわ〜。#tbk-yuko

2014年1月27日
16:48

まだ副作用に慣れてなくてキツい痛みとだるさがあった時「一時的にだけど公害病の患者さんや被爆した人の感じが分かるかも」って思った。毒性の強い薬って、ほぼ毒を体内に入れてるようなもんだから、この正体不明の辛さがずっと続いてる人らの体感に1mmでも近づけたかと… #tbk-yuko

2014年1月27日
18:10

呼吸器疾患って、お年寄り体験だよなぁ。院内ちょっと歩いただけで息切れ。問診で経過を話すだけで息切れ。ゆっくりとしか動けない。これじゃ有酸素運動なんてムリだよね…うーん、大変だろうなぁ… #tbk-yuko

2014年1月27日
18:12

2014年2月3日
21:14

がんは放置すれば死病だし手をつくそうとすれば金を喰うし…人災で罹病した場合(被爆、労災、公害)は責任追求必須。でも、何もなくても遺伝子コピーのエラーは起こるからなぁ〜。私の場合はそれなので、なんか新生物くんたちと共生する気分なんだよね #tbk_yuko

2014年2月3日
22:01

病気と障がいの差について考える。病気は本人からして痛かったり辛かったりするんだけど、障がいって社会に辛くされてる節がある。障がい者とか言われてる人の輝きを見るにつけ、世界がいまのようでなければ(パラレルワールドを仮定すれば)、その世界の通常の生き方に見える。

2014年2月3日
22:04

立花隆「がん 生と死の謎に挑む」を読むと、歯に衣着せぬルポだから正直滅入ったりするんだけど、がん細胞の凄い能力を目の当たりにして「パラレルワールドならば、がん細胞主役の世界が展開するでしょう」としか思えない。そんなすげえ奴ら体内に飼ってるあたしって凄い!とかw #tbk_yuko

2014年2月4日
16:35

わーい!明日点滴日だから、これ読んでいくとナースの気持ちがわかって楽しいぞ〜。と思ったら付録ついてるやん!んー、Kさんに差し上げるべきか??

2014年2月5日
14:51

相変らずゆっくり温泉入ってエステも行って…な感じの抗がん剤投与日〜。「ナース専科 針と管!」の付録、春だから桜色の駆血帯ゴムをKナースに差し上げたら、まさか自分がそれで縛られるとわw。ぽわ〜んと軽く湯当たりしたみたいな感じで気持ちいい〜。昼寝ルーーー。#tbk_yuko

2014年2月5日
17:02

タキソテール温泉きくわぁ〜。ぽわ〜ん…。#tbk_yuko

2014年2月6日
12:27

ホワイトシチューからのパスタ。味覚が変で味わかんないのが残念w

さて、高級エステへ #tbk_yuko

2014年1月29日
08:15

主治医先生から、今日のエステは延期しましょう、と〜。そりゃそうだよな、軽いとはいえ肺炎やってんから。じゃ買い物でも。#tbk_yuko

2014年1月29日
09:45

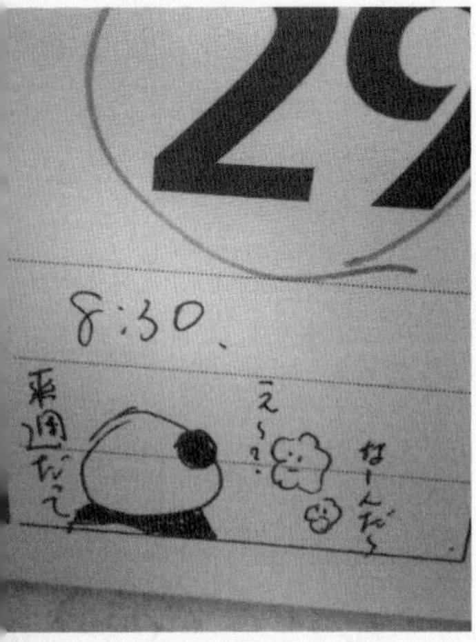

今日の新生物くんたち

2014年1月29日
14:49

ストレスなく深呼吸できるようになった！なのでヨーガ再開〜。軽めに35分。お灸も〜♡ あー、健康っていいなぁ〜。ん、あたしって健康やったっけ？まぁええわw #tbk_yuko

2014年1月30日
08:14

がんサバイバーかぁ〜。私がにぶいせいかもしらんけど「ある程度の時間生きてたらがんになるのが普通ちゃう？」ぐらいに思ってたからなぁ〜。呑気すぎるかにゃあ〜〜。#tbk_yuko

2014年2月3日
20:28

うむ…アメリカのサバイバーが陽な感じがするのに対し、日本でサバイバーっていうと命からがら生き残った！っていう悲壮感があるんだよな。私は陽気でハッピーな方がいいわぁ〜。だって悲観する材料なんてなんぼでもあるやん〜。#tbk_yuko

2014年2月3日
20:35

底が浅くてアッパラパーで脳みそ筋肉みたい…て、アメリカーンなハッピー哲学を評するのは簡単だけど、自らそうしむける効用ってのもあるよね。表面上のストレスはアメリカーンに処理できるようになればずいぶん楽になると思う。それでも残る伏流水的なものは誰にもあるし。#tbk_yuko

2014年2月3日
20:41

そーよねー。あたしもこないだ発熱＞息切れで「すわ！間質性肺炎？」って慌てちゃったもんねー。慌てちゃう気持ち、わかるわかる〜。#tbk_yuko

2014年2月3日
20:46

がん家系に育ったので、がん？あー、ありがちありがち、な感じだったw。逆に精神疾患に関しては「うちにはそんなヘンな病気ない」と偏見バリバリやったから、躁ウツ病になった時は「躁ウツサバイバー！」ぐらい力こぶ入れなあかんかったー。世間的にはがんも精神疾患も同じなのね。#tbk_yuko

2014年2月3日
20:51

今日のハートネットTV（Eテレ）は、がん特集みたいなのよね〜 #tbk_yuko

2014年2月3日
20:54

2014年2月8日
08:39

酒のんでなくてもホットフラッシュ出るわねー。なかなか辛いわぁ〜。抗がん剤も強力だけど、副作用阻止のために出されるステロイド剤の副作用も強力なのねぇ〜。でもとりあえず寝込まずにすむ程度に慣れてるわけだし、今日は雪で外出する必要もなし〜。#tbk_yuko

2014年2月8日
13:10

まー、ホットフラッシュも露天風呂はいってるみたいなもんだと思えばいーかなー。ほてってきたら足湯にして、冷えてきたら肩までつかる的な〜。#tbk_yuko

2014年2月9日
08:49

ほてり用にサマーニットキャップをアマゾン買い〜 #tbk_yuko

2014年2月9日
13:16

つらい時こそ気散じに。散歩から帰って春キャベツ刻む。

2014年2月9日
15:55

病状が甘っちょろいからなんだけど、自分にとってがんは病ではないんだよなー。「えーっ」て言われるの承知で例えると「子育てが大変」てのに似てるかと。大変だけど発見が色々あって、生命について気づける点が。私にとっての病はやはり鬱。全ての活力を奪いフォールされるのみ。#tbk_yuko

2014年2月9日
16:01

てか、手ひどい躁鬱体験があったから、相対的にがんを楽しんでられるってことはあるよな〜。#tbk_yuko

2014年2月10日
10:13

白血球増やすお注射のあと、朝のコーヒー #tbk_yuko

2014年2月10日
10:24

びょういんのコーヒー、かなりおいしー♡で、これから院内でアロマケアマッサージ〜。エンジョイびょういんライフ〜。#tbk_yuko

【ナース専科 2013年04月号】ねじ子先生のパンダが好き！そしてこのインパクト溢るる特集名！最近ナースな方々にお世話になる病気になったので興味津々で読んだ患者です。付録の駆血帯を担当ナースに差し上げたら「ありがとうございます。さっそく使わせていただきます」と点滴使用された〜w 内容充実だけど、ナースな皆さんの日常を覗くようなコマ記事（アンケートやお便り、学会情報とか）が面白いんだよね、アウトサイダーからすると。

2014年2月6日
13:33

副作用が出るのが早くなってきたな。味わかんないのは毎度のことだが、冷えたりのぼせたりが激しいのけっこう辛い〜。#tbk_yuko

2014年2月7日
02:06

昨日の夜は明らかにホットフラッシュやったなー。カーッと頭熱なるからスカーフとかとると、今度は寒気が！の繰り返し。自律神経にききそうなヨーガをゆるく30分強。湧泉にお灸。あとはゆっくり無理しない日にしよー。#tbk_yuko

2014年2月7日
08:15

おなじみのチクチク痛みがきたね。よしよし、おとなしくしとこう。万事予定どおり。副作用把握〜〜。#tbk_yuko

2014年2月7日
13:52

【がん 生と死の謎に挑む（文春文庫）/立花隆他】せっかくがんになってんし真面目な本も一冊読んどこうと購入。DVD付ブックを買えばよかったかな？元になったNHKスペシャル、もうオンデマンドでも見られないのよねぇ。再放送希望！巻末に完成台本が収録されているのはありがたい。原発事故もそうだけど「正しく警戒し、情報に振り回されない」ためには知識が力になる。がんもそうだから、がん研究の詳細レポである本書は力強い。松田優作、筑紫さんなどの闘病ぶり、著者自身の入院手術体験など参考になるなぁ〜。読めば読むほど、がん細胞のガッツに脱帽！こういう輩と共存するのも味わい？ #bookmeter

2014年2月7日
14:45

体温調節がうまくいかなくなるのは酒飲んでる時だけ？飲むなってことか、うーむ…… #tbk_yuko

2014年2月7日
21:00

閉経と更年期

ウサギの妖精さん降臨。多分最終公演だから羽根しょって登場。月の杖でエストロゲンを振りまきながらナイフでお腹刺してくる長い付き合いだったけど、お別れと思うと寂しいすー。
2013年11月28日 — 14:42

初潮を覚えている。十二歳の薄ら寒い晩秋だった。つまり１９７６年11月。生理は毎月きちきち計ったように来た。自分で名付けた〝ウサギの妖精さん〟は毎月五～七日の興行を行ってきたわけだ。抗がん剤治療開始が２０１３年11月27日。その翌日に生理が来ている。これで最後かと思ったら、翌12月20日アンコール興行が来た。でもそれで最後。これをもって、三十七年間律儀に働き続けた私の卵巣機能は停止した。

主治医曰く「抗がん剤を入れると卵巣機能が止まるので、若くて子ども欲しい人は卵子凍結しますね」——乳がん体験者で治療終了後子どもを持つ女性は決して珍しくない。が、私は発見当時四十八歳だったし、そもそも子どもを生んだり育てたりすることに関心がないタイプだったから何も問題がないというか…… うん、ちょっと女性としては変わってたかも。でも、そういう人間がいてもいいでしょう？

抗がん剤の副作用でいったん卵巣機能が止まっても、薬をやめると復活する。すると女性ホルモンを餌に増悪する乳がんが再発する可能性が高まるので、術後五年間はホルモン療法を行う。女性ホルモンを抑制するちっちゃな錠剤を一日一錠のむだけ。私の場合は副作用もなく、すんなり閉経へ。

閉経するのは構わない。生理がなくなったからといって「女として終わった」なんて思わない。終わるかどうかは身体機能より意識の問題じゃないの？ そもそも終わりも始まりも気にしない生き方だってあるわけだし。ただ、それによって引き起こされる更年期症状にはけっこう悩まされた。※

冷えのぼせ、いわゆるホットフラッシュ。急にカッと首から上が火照る。襟元のボタンを外し（タートルネック禁止！）冬でも手放せない扇子でバタバタあおぐ。今度はゾクっとするほど冷えてくる。ボタンをはめて脱毛してハゲちょろけた頭もろともストールでぐるぐる巻きにして上着を羽織る……また火照る！ 脱ぐ！ あおぐ！ の繰り返し。

加えて、なんとも不快なイライラ症状が出た。躁うつでもイライラはあらゆる局面で襲ってくるのだが、どうも

Menopause

その感じとは違う「あぁ、これが更年期なのか」と納得するような感覚（言語化が難しい）。たとえていうと、思春期に「親がウザい！」と切れていた頃に非常に似ている。初潮に端を発する思春期と、閉経前後の更年期が似た精神状態をもたらすっていうのは、考えてみれば納得だ。それだけ身体の組成が変わるんだもん。これがわたしの場合、パートナーに対するモラハラに発展したわけだ。

※ただし女性器も影響を受けるので「身体の問題」もやっぱり存在する。閉経によって分泌物が減り（濡れにくくなり）性交痛をもたらすことがある。ホルモン剤によるガン治療により膣の萎縮も起こるということで、内部が傷ついて出血した時にはびっくりした！「ローションを使えば」とよくいわれるけれど、奥までタンポン式に挿入できるモノを使わないと表面的に濡らしても意味がないみたい。

2014年2月17日
13:30

主治医T先生発見。ナースと一緒に手を振るも、なかなか気づかず。せんせー！ Tせんせー！ おお〜。っつって先生も合流して立ち話…これって、すんごい学生時代フィーリンできゃっきゃうふふやんw で、いずれそのTせんせーがメスで私の乳房を切り取るんだよな〜。
#tbk-yuko

2014年2月17日
13:53

ハイで元気で洒落がわかる人が大多数を占めるご陽気なびよいん（珍しい？）の中にも世間に普通におられるような仏頂面でつまんなそうな人が少数いて、彼女らだけが浮き立ってみえる。彼女らだけにドラマが、ストーリーが、映画が存在するかのような不思議感覚。
#tbk-yuko

2014年2月17日
17:56

まだ歯茎腫れてるけど、恐る恐る晩酌再開w あてはごーかサラダ〜

2014年2月17日
21:14

戦時には精神疾患が減るというし、私もがん告知を受けてから調子がいい。だからといって「やっぱ気のもちよう」とか言ってほしくない。戦争が起こるほど、あるいは、生命の危機にさらされないと脳は言うこときいてくれないってことだよね。癌治療しながら鬱になったらまじ死ぬ〜。#tbk-yuko

2014年2月17日
21:20

あ、でも、がんになっちゃった！というショックで鬱る人は多いと思う。それ、ほんと大変。私の場合は10年以上の鬱プロだから相対的に自分を眺められてるだけなんだよな…鬱ると精神的しんどさだけでなく歯を磨く気力すらなくなって歯周病>抗がん剤副作用悪化etc…
#tbk-yuko

横尾忠則さんが「マッサージは天使との会話」って言ってたけど、まさにそんな感じ。元外科ナースのアロマテラピストさんによると、のぼせた時は手首など動脈が走ってるとこを水やウエットティッシュでさっと冷やすといいんですと〜。オススメアロマはミント #tbk_yuko

2014年2月10日
12:00

まだ味覚が変だけど外食。みぞれサラダんま！

2014年2月10日
12:06

あー、早く味覚が戻らないかなぁ。食べ物の味がしないのって、着実にフォールしてくるんだよなぁ。
#tbk_yuko

2014年2月12日
16:23

まだ味へんだけど、昨日よりはマシ。昨日はちょいと世をはかなむダルダル日だったけど、今日は体動かそうって気になってるし…「あぁ〜、アレですか（つらいっすよね）」って必ず言われるタキソテール入れてるんだから一週間ちょいで体調戻ってくるならいい方でしょー。#tbk_yuko

2014年2月13日
14:09

体調が悪いとき、一緒に寝てくれる #シマ

2014年2月16日
14:54

あー、楽しかった…って、びよいん行っただけっすけどw
あそこは愉快な人が多いよ〜。#tbk_yuko

2014年2月17日
13:08

先月は呼吸器、今月は口腔外科で一通り検査。レントゲン何回撮ったか？相当被曝してるで〜。終わるとお昼過ぎて外科もがらーん。乳がん担当ナースNさん呼び出し、副作用のこととか立ち話。#tbk_yuko

2014年2月17日
13:26

2014年2月18日
00:49

しばらく踊りに行ってない！踊りにいきたい！

2014年2月18日
07:42

昭和な言い回し。化膿止め＝抗生物質

2014年2月21日
17:07

うーん、今日はダメ日だなー。引きこもっとこう。

2014年2月22日
08:28

昨日から気力が出なくて寝込み。まさかの鬱戻り!? いやいや、季節がわりの自律神経症状だと思おう〜。#tbk_yuko

2014年2月22日
12:23

精神科のびよきってとにかくスパンが長いので短気起こさないのが肝要だよな。抗鬱剤だって2002年に初めて処方されて以来、飲まなくていい期間ができたのは3年前ぐらいだしなぁ〜。これってめっちゃ長い目で見たら快方に向かってるってことやん？ #tbk_yuko

2014年2月24日
09:59

なんだこのつまらなさは！

2014年2月24日
12:22

今朝唐突に襲った世をはかなむような気分は、ごはん食べたら直ったw まだ布団でバカンス中だけど〜。こうしてツイッターにアクセスするとかゆーことが出来てる時点で、普段の鬱とは質が違うんだろうと思いたい。明日からは強制的に起床だしいっかー。#tbk_yuko

2014年2月24日
16:23

メンタルがへんてこな日は、お気に入りのテレビでも見て早めにビールのむのが一番だよなぁ〜。#ちちんぷいぷいとか…本格的に鬱るとテレビが見られなくなるので、ひとつのバロメーター。#tbk_yuko

不謹慎！て怒られるのは覚悟の上&私のぬるいレベルは承知の上で、がん体験て、なんか体張ってのエンターテインメントな気がしてきた。冒険家の人みたいな？いつどんな症状でるか？で、どんな検査？あ、また採血ですか(チクっと痛いスリル！)とか〜。#tbk_yuko

2014年2月17日
21:54

今日のイケメン歯科医師せんせーは「僕、この歯抜きたい！」ってうずうずしてたし、主治医のTせんせーは「んー、タイミングの問題だよねぇ。あ、手術の前に抜いちゃう？」私「それだと全部いっぺんにすんじゃうしナイスぅ！」…軽い？w #tbk_yuko

2014年2月17日
21:56

歯科医がやたら抜きたがったり、外科医がやたら切りたがるのは、片付けたがりぃの人が「あー、もうっ！」って捨てたがるのと似てるのかもねぇ。#tbk_yuko

2014年2月17日
22:01

戦時には精神疾患が減る説＞余裕もって病院にかかれる人が減るだけ。戦地で、あるいは戦地に送られそうになって、あるいは戦地から帰って、病む人々。その周囲の人々も病む。けど、医療に助けを求める余裕がないだけだ。だから統計に出ないだけだろう。

2014年2月17日
22:24

人の胸が目につく病気になっちゃったからにゃー。フィギュアのアスリートで胸がかたっぽぺったんこな女性なんかいないなぁ〜。モデルさんとか女優さんとかで乳がん手術後の片乳の人がいると、新しい美の基準にならないかなぁ？あ、私がそれになればいーのかー(喜) #tbk_yuko

2014年2月18日
00:42

うん！もともと再建手術する気はないし、胸が片っぽなんて変わった体になれる(保険診療内で！タトゥーとかピアシングとか及びもつかんやろ)なんてお得や、てのが基本方針やから、これからそれをどうプレゼンするか？なんか医療費より衣料費がかかりそう(オシャレせんとね)
#tbk_yuko

2014年2月18日
00:46

再建しないの？

うん！もともと再建手術する気はないし、胸が片っぽなんて変わった体になれる（保険診療内で！タトゥーとかピアシングとか及びもつかんやろ）なんてお得や、てのが基本方針やから、これからそれをどうプレゼンするか？ なんか医療費より衣料費がかかりそう（オシャレせんとね）
#tbk_yuko
2014年2月28日 — 00:46

主治医に全摘手術をすすめられた時、乳房温存にこだわる気はなかった。あっさりバッサリやっちゃうことで命を永らえる可能性が高まるなら躊躇することはない。

もともと人と違う外見に憧れがあったのだ。ベリーショート、ドレッド、虹色に染め上げた髪（若白髪なのでビビッドな発色が可能）……ヘアスタイルに関してはいろいろ試してきた。スキンヘッドも抗がん剤の副作用で体験することができたし。痛いのが嫌だからピアスもタトゥーも未経験だけど、身体変容を行う人の気持ちはわかるつもり。

全摘した患者さんの多くは乳房再建を望むらしい。近年では再建手術が保険適用になったこともあり、摘出と再建を同時に行うケースも多いようだ。転移を防ぐため乳首も除去するが、刺青の要領で形づくれる。中身はシリコンか自己組織（腹部や背中から脂肪などを抽出する）が選べる。それらを入れて、二つあるべきものが二つある尋常なプロポーションを保つのだ。

多くの乳がんサバイバーが再建手術を選択して誇りを取り戻しているならば、なぜわたしはやらないのか？ 手術前にはっきりと「再建するつもりはない」と主治医や担当ナースには伝えておいた。

テレビで見たおねえタレントさんたちの苦労話。「〇〇ちゃん、どんなに痛くても毎日ちゃんとおっぱいマッサージなさい。シリコンがヘンな形で固まっちゃって綺麗なお胸にならないわよ!!」——〝女になる〟のって大変なんだな。そしてライター時代、美容整形外科医のゴーストライターをやったことのあるわたし（なんちう経験w）は、一度身体に手を入れたら一生入れ続けなければいけない、ということを知っていた。自己組織を入れると、馴染みはいいものの、いずれ体内に吸収されていってしまうので足りなくなった分を、適宜入れなおさないといけない。シリコンの場合、自前の胸は年とともに垂れ下がってくるから、自然さを保ちたいならシリコン調整の手術をやり続ける必要がある。

それ以上にわたしに影響を与えたのは、とあるアメリカ人フェミニストの詩だった（と思う。うろ覚えなのだ）。「わたしの全身がカっと燃えたつ時、

Reconstruction?

片胸だけは冷たいままだ」
　シリコンは異物。刺青で造形された乳首は、快感に震えて勃起することもなく体表面の模様であり続ける。

　ともかく「痛い」と「めんどう」が苦手なわたしは、術前も術後もブレなくアンチ再建派。もちろん人によって考えはいろいろ。あくまで「個人の感想」です。

　胸をひとつ失ってしまった、のではなく、胸がひとつしかない新しい身体を得た！　と考えたい。そうでなければ今後のわたしの生は、難しいものになるだろう。もちろん「失った」から「得た」に考え方を変えるのは、一筋縄ではいかなかったけれど。

2014年2月26日
14:23

飾ってある花が「患者さんが畑から持ってきてくれて」ってとこがお土地柄だ〜。

2014年2月27日
07:03

ちゃんと起きて朝ごはん作れてホッ。まー今日もびょいんなんすけど。

2014年2月27日
07:27

ステロイド&葛根湯

2014年2月27日
12:55

【うさこちゃんのだいすきなおばあちゃん（4才からのうさこちゃんの絵本セット1）（ブルーナの絵本）/ディック ブルーナ】病院の付属図書館で発見。読んだ。お[illegible]散歩から[illegible]も。と死を語るときに。 #bookmeter

2014年2月27日
18:23

市立病院。ドクターはだいたい関西人で、自分の母語で気軽にしゃべれるので助かる。ナースはだいたい地元の人みたいで、滋賀弁を話す。「○○してくれてはる？」「どもない？」が特徴的。お薬のんでくれてはる？寝てたらどもないねんな？など。 #tbk_yuko

2014年2月27日
20:20

母方が医者なせいか医者医療病院がなんか好きなんだよな。月曜までびょいん行く用事ないのかー、と思うとガッカリしちゃう。老人医療費がタダだった頃の病院たむろ老人並みやなーw 患者はどんよりしてるけど、医者や看護師のイケてる人らは「与えよう」パワーが出てて、それを吸うのがイイのかな？

2014年2月27日
23:27

そうか、外科にかかるのが初めてだからかな。外科って、なんか陽性、というか、シャキシャキしてる気がする。 #tbk_yuko

【朽ちていった命―被曝治療83日間の記録(新潮文庫)】大内さんが亡くなるまでの83日間をたった2時間で読んでしまった。そのことが悲しくて落ち込んだ。1999年の被爆治療は1945年にあった死、チェルノブイリでも繰り返された死のさらなる繰り返しで、今後もあるだろうと思うと暗澹たる気持ちになる。被爆医療、死に至る医療の問題についてもぐっさりと突き刺さる事例。ご本人とご家族の体験に世界中の花を! #bookmeter

2014年2月24日
17:16

ソチはまだまだ! だってこれからパラリンピックやもん

2014年2月24日
17:59

頻繁に調子を崩すのでコンスタントに生産できないんだけど、大丈夫なときには力がある…という人材が活かされる場って、どう、ある、んだろうなぁ…

2014年2月24日
18:53

やっぱり寝起き悪いなー。これは腹くくるしかないかもなー。 #tbk_yuko

2014年2月25日
07:07

5日ぶりに寝間着から普段着に着替えることができたー。こういうの、ほんと良くない。いや、起きられてよかった… #tbk_yuko

2014年2月25日
09:00

あしたびよいんだけど、呑んでるよー。だって、断酒と思っただけで鬱りそーなんだもん! 肝臓も大事だが、脳も大事だ! #tbk_yuko

2014年2月25日
18:45

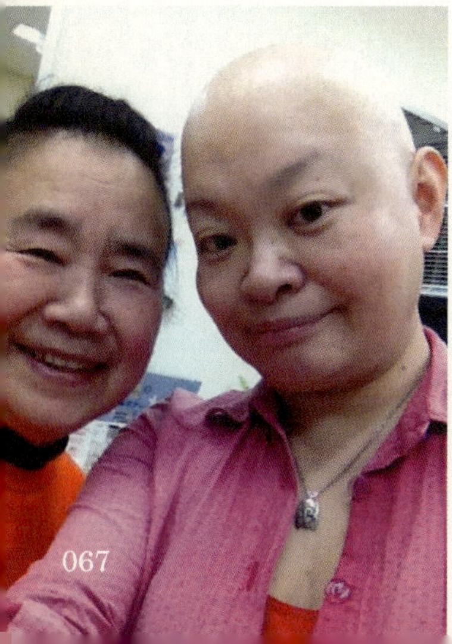

え、明日ピンクシャツデーなの? じゃああたしもやる! ピンクのシャツでびよいんいこー(抗がん剤投与5回目) #tbk_yuko

2014年2月25日
18:53

びよいんのびよーいんで頭寂聴にしてもらったー。鏡の横に春の花とお雛様。

2014年2月26日
13:56

母とわたしと医療萌えと

ヨーコちゃんの話。私が死を思ったのは37歳以降の躁鬱による希死念慮と、昨年のがん治療だったのに、彼女は7歳で「死ぬかも」って言われて、胸に太い管を入れられて1年ベッドの上。「医者やったお父さんがまだ兵隊に取られてなくて、近所の小児科の先生も兵隊いってなかったから助けてもらえた」と

2015年1月23日 — 19:37

　２００３年に他界した父とは幼い頃からそりが合わなかった。五歳下の弟とは、一人っ子が二人いるような姉弟で疎遠。家族のなかで仲がいいのは母だった。もちろん子どもの頃、思春期、大人になってからもいろいろあったけど、まぁウマが合う方だと思う。子どもの頃はおかあさんと呼んでいたけれど、大人になってからはヨーコちゃんと呼んでいる。なによりわたしの、お医者さんや病院が妙に好き――医療萌えとも言える性分は、母と母方の親戚から来ているらしい。

　母方の祖父は大阪の下町・十三で泌尿器科の町医者をやっていた。戦争中は軍医として中国に行っていて、臨終の床で「兵隊さん、ごめんなさい。もう薬も包帯もない」とうわ言をいっていたという痛ましいエピソードがあるのだけど、ずいぶん可愛がってもらった記憶がある。子どものわたしは、夏休みなど祖父の医院で過ごしていた。祖父、祖母、おばさんと呼ばれていたお手伝いさんに遊んでもらう。午前の診療が終わった診察室の次の間で、冷んやりした木の床に寝転ぶ。消毒薬の匂いに包まれたお昼寝……。

　泌尿器科というと実は多いのが包茎手術の患者さんなのだそうで。外科医として腕の立った祖父は、そちらの方でも名医とされていたらしい。はるか昭和の昔なので時効だと思うけど、母は看護師免許もないのに手術の手伝いをしてたとか。そのせいか性的な方面にはあけっぴろげなところがあり、大学生の頃「ボーイフレンドと旅行にいく」といったら、餞別にコンドームが出てきた（笑）。おじさんたち（母の兄と弟）も従兄弟も医師だし、母方は医者だらけ。

　どこか具合が悪くなると親類に電話して訊けばいい。風邪も早めにかかりつけ医で薬を処方してもらう。売薬はほとんど買わない主義。そんな母だけど、２０１５年に大腸がんが見つかって手術した時は相当ビクついていた。幸い手術は成功し、経口抗がん剤治療へ。１９３６年生まれですでに高齢だけど、なるべく長生きしてほしいな、と思う。

　わたしの手術前には、長身でかっこいい麻酔科の先生が挨拶に来てくれた。なんとベッドサイドに膝をついて「麻酔を担当します〇〇です」と。続いて

Doctors

若い手術担当の男性看護師も。ここはホストクラブか!?　白衣の美男に全身麻酔で気を失わせられ、刃物で身体を切られるなんて……とウットリしていたわたしは医療萌えを超えてマゾなのか？　まぁ、自分のなかのマゾ性を強制起動するぐらいの方が、ただでさえ痛い怖いことの多い病気治療の現場では過ごしやすいけどね。

大きな病院は、外部と隔絶されてるパラレルワールドの街みたい。街で働く人、うろつく人を見ているだけでワクワクしてくる。そんなに医療が好きなら、いっそ勉強し直して医療者になろうか、と思ったけど、わたし傷とか血がダメなんだったわ。残念。

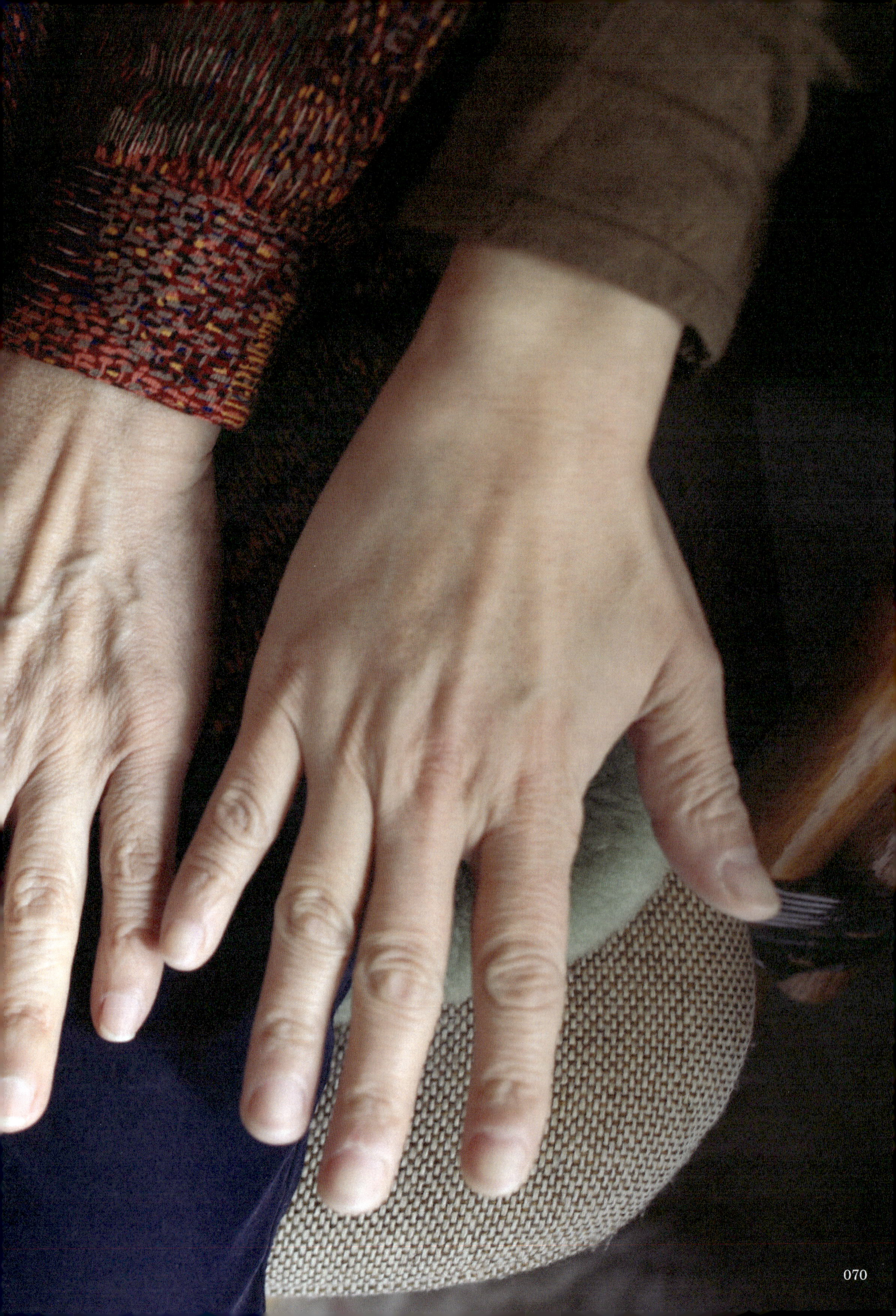

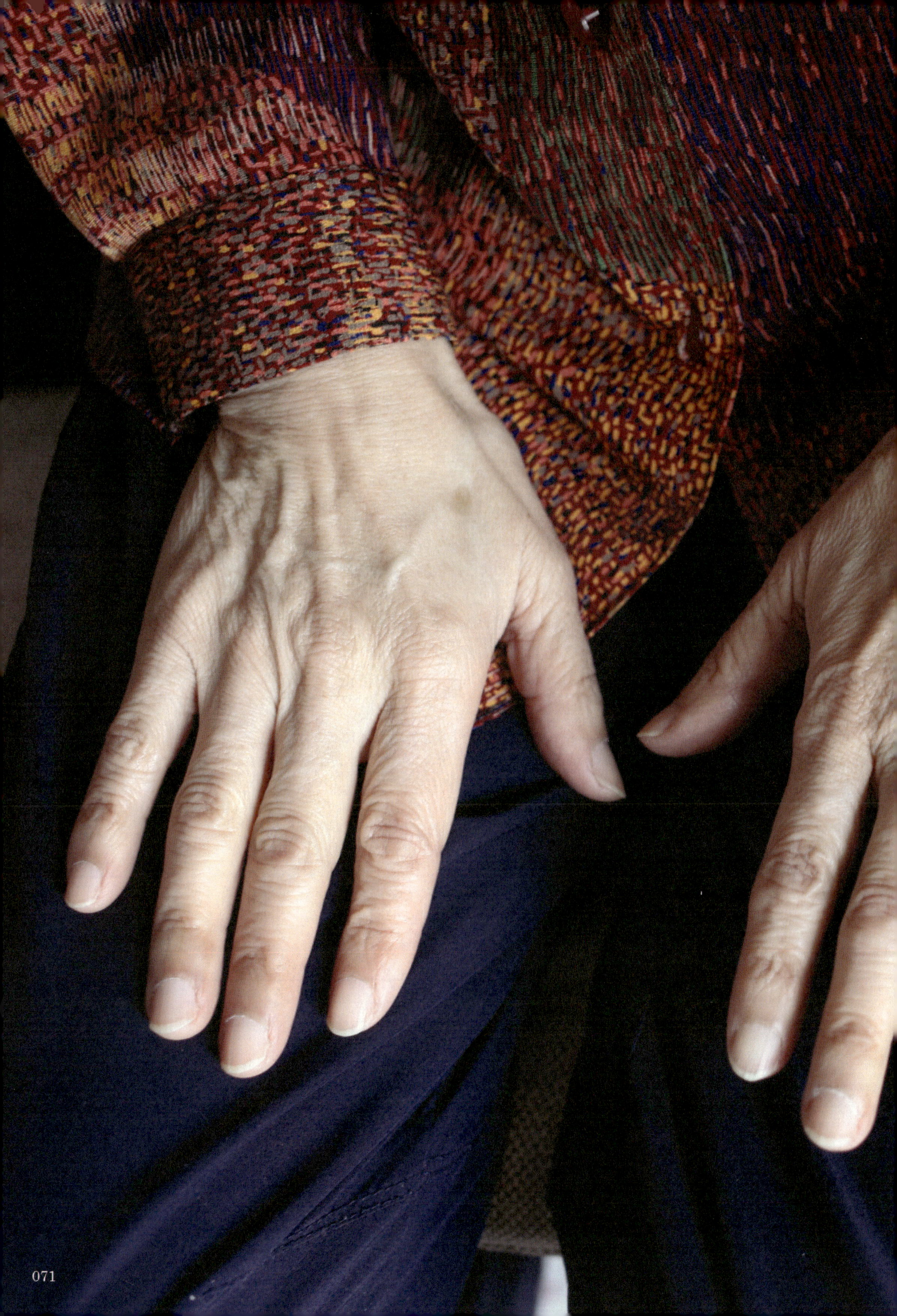

2014年3月7日
17:18

抗がん剤治療も5回を経過すると慣れる部分もあるけど、蓄積された薬剤で心身ともにしんどくなるってのもあるでしょう。だから、いまこれだけ冴えない状態なのも受け入れていくしかありません。#tbk_yuko

2014年3月7日
20:01

調子悪くてもなんとか晩酌だけは！今日はアボカドで〜。

2014年3月7日
20:07

あ、塩味戻ってきたかな？ #tbk_yuko

2014年3月7日
23:56

少しは不摂生もしてみたい。

2014年3月8日
20:55

かなりしんどいモーメントも多かった一日だったけど、新聞を切り抜く、そういうことができるということがありがたいの。

2014年3月8日
21:33

新聞紙はあったかいし、切り取るときにサクサクいうから好き。

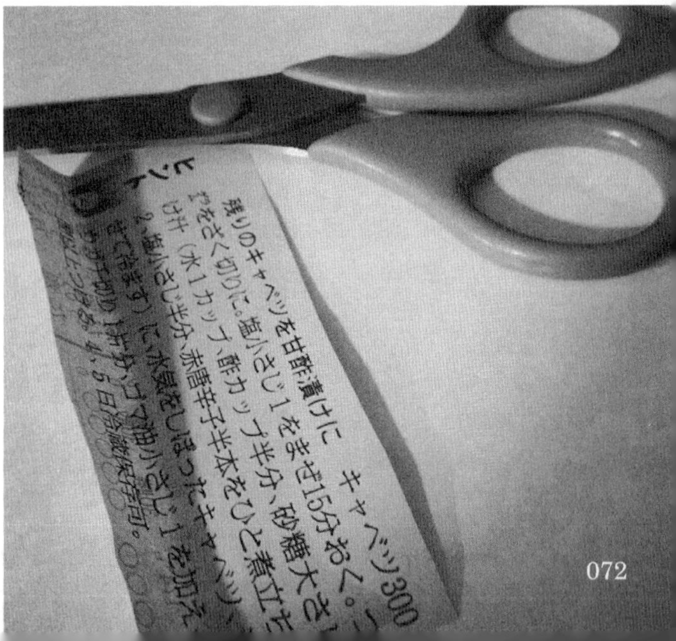

PM2.5が気になるけど、いい天気やもん。マスクでお散歩。喫茶でサンドイッチ。

2014年2月28日
12:03

春はいつも調子悪かったから、こんな気温の乱高下を布団から出て立ち向かうのは何年ぶりか。厳しいお薬も入れてることだし、注意していきましょう。イラついている人と行きあわせても引っ張られないようにキープして。むくみ、しびれ、チクチク痛み、いつものこと。#tbk_yuko

2014年2月28日
19:03

今日、何枚かの写真を撮ったが、それらを撮る前の精神状態は全く憂鬱だった。滅入った気分を覚ました光景に出会った時に写真を撮ろうと思った。精神病性の鬱の時には、そもそも写真を撮ろうという現象に出会えないし撮らない。これって春愁と思っていいのかな？ #tbk_yuko

2014年3月3日
22:07

今日もびよいんの食堂で

2014年3月4日
11:28

気分の浮き沈みが激しすぎて、ちちんぷいぷい見ても楽しめない…重症！辛いニュースの数々を見るに耐えない私。明日は精神科だ！ #tbk-yuko

2014年3月4日
18:06

今日はかなり厳しかったけど、豆腐のカプレーゼで機嫌直すよ

2014年3月6日
19:23

2014年3月13日
14:14

ちょっと浮いたかと思うとまた下がるフラフラ気分で外科受診。ジェニナック出る。前回の肺炎を警戒してのこと。土地言葉の収拾は地域医療の待合室が一番では？今日も耳ダンボ。してほしくない、をしていらん、というのは彦根言葉？普通、せんとって、という気がする。#tbk_yuko

2014年3月13日
16:32

【ぼくのなかの黒い犬／マシュー・ジョンストン】単極性気分障害（ウツ病）のシンボルとしての黒い犬。ひたひたと忍び寄ってすべてを台無しにしていくその習性の的確な描写に比べると、寛解に至る最後の段階がいかにも簡単に見えてう〜〜ん」。でも、身近に黒い犬がいたら怖がったり避けたりするより飼いならすのが一番だよね！#bookmeter

2014年3月14日
13:36

Carpe diem

2014年3月15日
17:50

ウサギの妖精さん、どうしてっかな #今日のパンダ

2014年3月16日
20:03

ほんのちょっとしか見られないパラリンピックをなるだけ大事に見よう

2014年3月16日
20:28

もっともっといろんな体が見たい！その運動する様を！

2014年3月16日
20:44

0才は見られなかったけれど、その前の「寝・福寿荘」であそこに泊った体験は、なんていうか普通の「作品鑑賞」を超える体験だった。一番気に入ったのは、夜通しチリチリと鳴っている猫の鈴みたいな音だったけど、夜更けに一人銭湯に行くことや朝の山王商店街を歩く喜びも、梅田くんがくれた表現だった。

風邪ひいたかも

2014年3月10日
23:17

雪の花。精神科カウンセリング1時間460円。安！

2014年3月11日
10:16

とりあえず、この揺さぶられるような浮き沈みを平準化することを、さしあたりの目標に。
#tbk_yuko

2014年3月11日
12:21

よろよろながら40代まで仕事が出来たのはよしとするべきだ。もっと寿命の短い人は多い。
#tbk_yuko

2014年3月12日
16:56

風邪で寝てると本当に退屈だなぁ。ウツで寝てる時は全然そう思わないのも不思議だなぁ。退屈を実感できるだけでもありがたいのかなぁ。
#tbk_yuko

2014年3月12日
18:08

梅田くん良くなれ！

2014年3月12日
21:57

発熱、風邪の諸症状でマスキングされてたウツ気分が戻ってきてるけど負けないぉ。
#tbk_yuko

2014年3月13日
08:35

2014年3月20日
13:59

アフラックに入院手術書類依頼。連休明けに届くとにゃ。#tbk_yuko

2014年3月20日
16:34

お茶の味が変わっちゃって美味しくないんだよな #tbk_yuko

2014年3月21日
07:10

今朝も気分は地獄じゃない。どうせ午後から夜になると疲れてどんどん冴えなくなるし、ずっと頑健だった胃がここへきてもたれるようになったのもつらいが、しゃーない。しんどいときはせめて太陽礼拝だけでもして乗り切ろう。#tbk_yuko

2014年3月22日
14:15

今日はダメ日なので寝てる。副作用がつらい、ということにして…#tbk_yuko

2014年3月23日
15:10

気力が出なくて寝ているいちにちにも驚くほどのグラデーションがある。記述出来ないけど。#tbk_yuko

2014年3月24日
15:47

ファイトいただきました。うらいまゆみさん作

今朝の起き抜けはいやな赤の気分で「私は一人じゃないし大丈夫だ」と自分に言い聞かせないと立ち上がれなかったけど、嬉しいメールを一通もらって、めっきり気分が良くなる。躁ウツのウツ期にはない気分の反応性？ とにかくありがたい。 #tbk_yuko

2014年3月17日
09:48

【病の皇帝「がん」に挑む ― 人類4000年の苦闘 上/シッダールタ・ムカジー】巻置くあたわず…というほどでもないけど面白く読んだ。がんそのものについて詳しいのが立花隆のルポだとすると、これは「がん治療の歴史」について詳しい本。不衛生な環境下での麻酔なし外科手術とか、次から次へと患者が死んでいく非情な治療実験の数々を読んでると、同じがんでも今なってよかったわ、と思いますwまぢで。さ、下巻も読もう。 #bookmeter

2014年3月17日
14:41

目覚めの気分さいあくな日が多いこの頃だが、それでも起き上がれるのが以前と違う！ #tbk_yuko

2014年3月18日
09:15

化学療法最終日

2014年3月19日
09:28

今日の新生物くんたち #今日のパンダ

2014年3月19日
16:42

蒸気でホットアイマスクは、ほんといい。アロマ入りのローズとか、特にすぐ眠れる。またすぐ目が覚める(抗がん剤入れてすぐはとりわけ)んだけど、あんま気にならない。身体症状が出ると精神症状が引っ込む。わりと。 #tbk_yuko

2014年3月20日
03:51

ありがたいことに寝覚めの地獄感が消えてくれた。なにげに今週のたなくじが当たった格好。目の前に目標が現れたってのが大きいんでしょう。手術を乗り越えること、その先について準備すること。 #tbk_yuko

2014年3月20日
13:16

2014年4月4日
16:07

昨日今日とムクミが酷い〜。葛根湯で風邪は追い払えたかな？ #tbk_yuko

2014年4月7日
22:24

うーむ、すんごいムクミと、全く働こうとしない胃による膨満感〜。#tbk_yuko

2014年4月8日
05:18

立ったりしゃがんだりがつらいし、歩いても疲れやすいし、熱で1日寝たとはいえ、そんなに体力落ちるかなぁ、と思ったら、ムクミが戻ってきてたのだった…#tbk_yuko

2014年4月8日
07:47

ヨーガ(自彊術ちょいプラス)とお灸でムクミと胃弱を振り払うのら〜 #tbk_yuko

2014年4月8日
12:11

知人に「元気そやね」と声かけられて「はい！」と即答出来るとこまで戻せたのは特筆に値するニャー。手術前に、これはデカい。#tbk_yuko

2014年4月9日
09:25

病院前に散歩へ

2014年4月9日
17:30

ん、胃の調子戻ったかにゃ？ #tbk_yuko

2014年4月10日
15:13

手術の前に手術。抜歯〜。しかし若い口腔の先生はイケメン揃い。せめてもの慰め〜。 #tbk_yuko

温野菜つくって食べよう、というとこまで戻した。うむ。春の天気みたいにOKBとNG日が切り替わるけど、そういうものだと受け止めよー。#tbk_yuko

2014年3月24日
19:10

ノイトロジンの注射もこれが最後っすよー。ヅラ作ってもあんま被らないっすねー。と、ケモ体験者のいつもの看護師さんと世間話しながら皮下注射打ってもらうたあ。わしも患者ズレしてきたなーw でも、化学療法のことケモって略すのなんでだろー? #tbk_yuko

2014年3月25日
10:32

袴田さんに比べたら、私なんて全然辛くないのにゃ!

2014年3月28日
09:55

2、3日続いた歯茎の腫れが引いてる。白血球が戻ってきたんだ。#tbk_yuko

2014年3月29日
07:11

丸かじりのヨロコビ。一冊は入院用にとっとく。

2014年3月29日
14:17

【病の皇帝「がん」に挑む―人類4000年の苦闘 下/シッダールタ・ムカジー】新薬試験のプラセボ群て、なんて非情な…などなど、読んでいて滅入ることも多かったけど読了! 白血病のカーラ他、著者が出会った患者さんたちの闘病のありさまは、禁欲的なほどにサラっとちりばめられているんだけど、それだけに印象的で、出来ればその部分だけを集めて加筆した書を読みたい、と思わせられた。#bookmeter

2014年3月29日
15:18

で、スーザン・ソンタグが読みたくなった

2014年3月29日
15:22

ヨーガを60分。この長さって、化学治療前の標準なんだよね。#tbk_yuko

2014年3月30日
13:07

持ち物に名前を書きましょー(入院準備)

2014年3月30日
17:52

2014 年 4 月 15 日
13:12

高級ホテルにチェックイン

2014 年 4 月 15 日
16:36

花の好きな先生がいて、明日植樹もするんですと

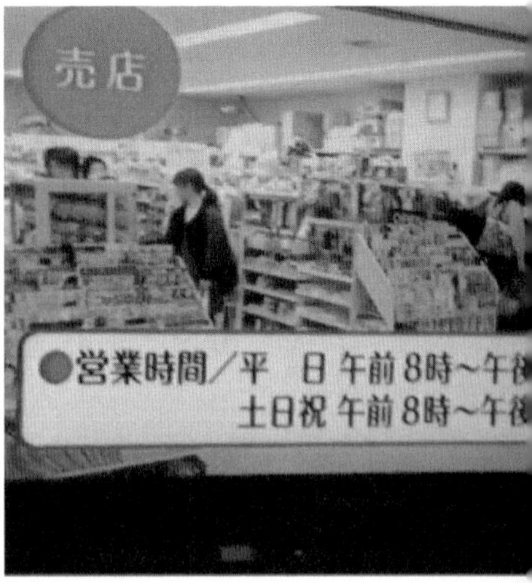

2014 年 4 月 15 日
17:37

ビジホみたいやん #tbk_yuko

2014 年 4 月 15 日
17:48

もう夕食かー。八宝菜。

天気 晴れ 気温17度 睡眠 23h?～6:40 36.8℃
62.4kg
入院すると、いたって忙しいなぁ。明日、左乳房全摘手術とはいえ、バタバタして何とも現実感がない。夕方ついた母が、がったりやせてたりして、大丈夫かいな、と思う。同室の人が静かすぎて気い使うな～。
口控で抜糸 Le Vacabon でランチ 風呂×2(シャワー) 入院 ヨーガ35分 ポ語 ゴミ集め
2014年 4月15日 火曜日 赤口

2014 年 4 月 15 日
18:31

母来

2014 年 4 月 16 日
06:28

びょいんの朝は早い

2014 年 4 月 16 日
08:03

#今日のパンダ

「友だちに会う」っていう行為は、学生時代とかだと日常なんだけど、だんだんと貴重な、なかなか実現しない行為になっていく気がします。社会人なら仕事仲間と、病人なら医療スタッフと日常的に会うけれど、友だちに会えるのは得難いチャンスに恵まれてこそ。

2014年4月11日
18:16

デジタルカルテの胸部レントゲンとか骨シンチがかっくいいから写メさして！って主治医にゆったら、MRとかCTどう？肺炎だったらこっちの方がホラ影がハッキリ見えてるよ！ってムチャ嬉しそうに。素人はフォルムが見たいんだけど、医療者は「病気」＝肺の影、がハッキリ見えるとワクワクするのね！

2014年4月11日
22:47

ねえ、こっちの方が影がハッキリうつってるよ！と、嬉しそうにスキャンする先生。その眼が、同じように「うーん、ほんと薄くわからんほどになってる。これ、もう悪性のもんがなくてそのガワだけかもしれんし、中に癌が点在してるかもしれんし、なんともいえん」…その眼の判断に従い、私は全摘す

2014年4月11日
23:17

去年の桜は「咲いてるよ！」と言われて、仕方なく寝床から出て、窓越しにちらりと見ただけだった。いつもこの時期は調子悪かったから、こんなに桜を見るのは5-6年ぶりかも。2、3か月続いた気分不安定も乗り切れた…かも？ #tbk_yuko

2014年4月12日
16:44

天気がいいのび湖上から近江富士が見えた！明日から入院する病院も〜。

2014年4月14日
12:38

娑婆の飯おさめ

2014年4月15日
12:03

しばしの別れじゃ #シマ

2014年4月15日
12:51

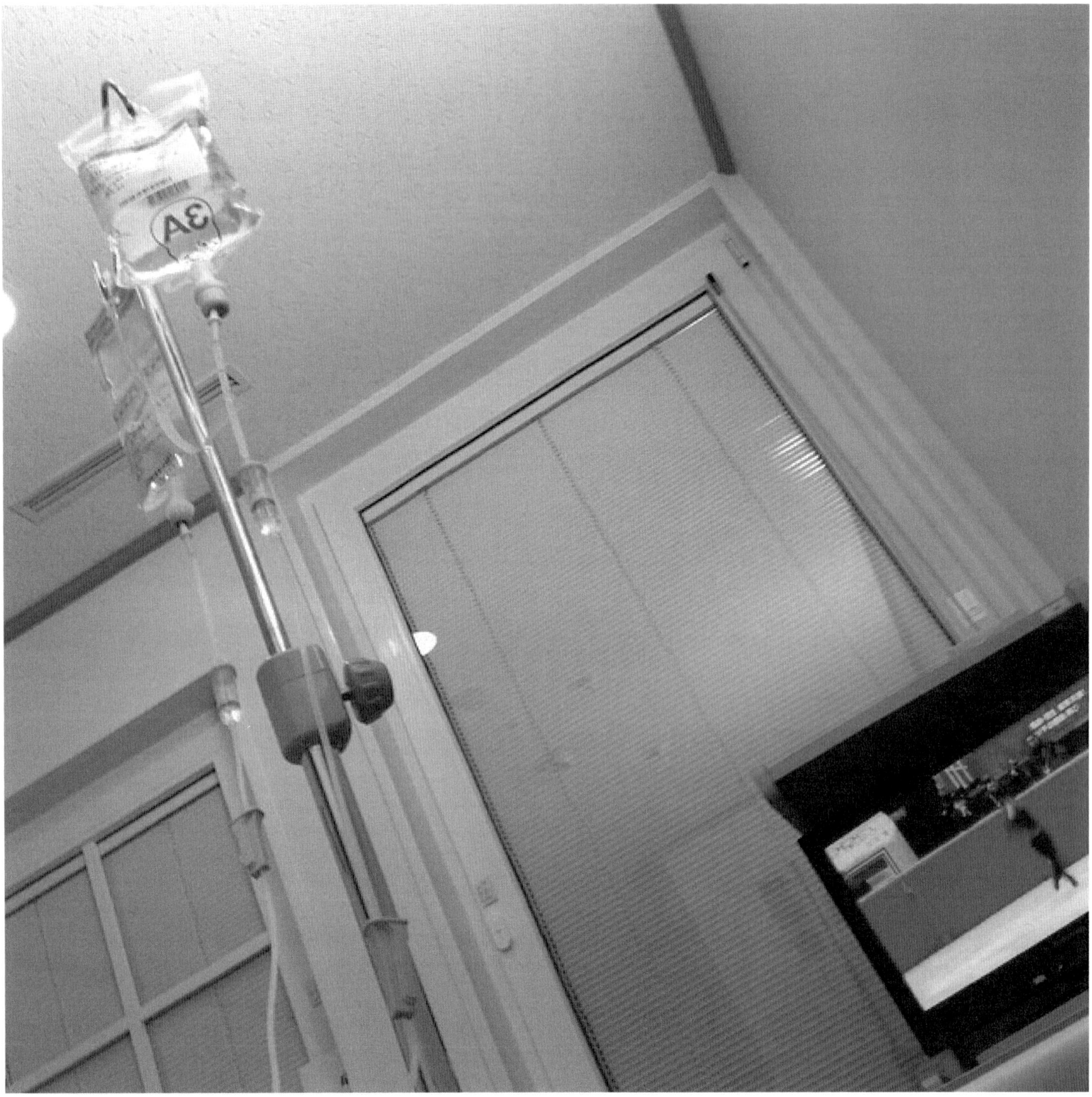

朝8時から軽く病棟回診かー。先生、昨夜は19時まで母に術式説明してたよー。近くに住んでるわけじゃないみたいだし、いつ寝てるんやろー？ まじ、好きじゃないと出来ない仕事らねー。

2014年4月16日
08:36

梅田くんのブログなんか見てると男性病棟はうるそうてかなん感じやけど、女子部屋静かすぎて気い使うわー。あ、外科病棟だから癌患者が多いってのもおとなしさの秘訣か？ あ、病室移動は看護師さんがやってくれるのでいいみたい。荷物もまとめました>関係各位 #tbk_yuko

2014年4月16日
09:22

若くてキュートなナースがバリバリの滋賀弁を喋っててくれてはるのは、やはりお年寄りの患者さんに寄り添うためでしょう〜。 #tbk_yuko

2014年4月16日
09:49

終わりました。個室入りました。今夜中に立って歩けるようになるとは思わなかったからうれちー。

2014年4月16日
20:12

皆さんありがとおー。術後の主治医との会話は「あ、笹井さんや。この人ごめん言うた？」「いや、わし知らんかった、みたいな」「だったら論文に名前出したあかんよなー」でした。ちちんぷいぷいの会見中継見てたんす。#tbk_yuko

2014年4月16日
20:28

2014年4月17日
05:36

左腕は手術側、右腕には点滴。こういう場合、どうやって血液検査するかっていうと足から! #tbk-yuko

2014年4月17日
05:51

楽しそうなイベントをファボる。「これに行くんだ」という意志が傷を塞ぐ気がする。見たいテレビ情報をファボるのは20時台のんまで。今日からまた大部屋だからねー。#tbk-yuko

2014年4月17日
07:22

個室の窓辺に鳩さん。霞んでるけど彼方は琵琶湖。

2014年4月17日
07:30

きゃー! 36時間ぶりのお食事～。

天気 晴れ 気温21度 睡眠2h寝たらいい方? ずーっとナースがチェックにきてたし 37.1℃
～36.6℃
個室の窓辺に鳩が～。午後にはセグロセキレイが。寺村先生の回診は一瞬。赤松先生も来てくれて琴浦先生の話など。午後ー、チチ松村さんとのトーク前に細ちゃん、掃除してきてくれた母も来てくれ、永山さんと長話...けっこうヒマつぶれる。のどが少し痛かったけど、個室のうちにポ語もやるかな?
栄養点滴終日(ソルデムA)、抗生剤朝夕、洗濯
2014年4月17日 木曜日 友引

2014年4月16日
21:00

手術室入ったとこにでっかいひこにゃん看板あったのにはわらた。ひやぁ〜っとちめたいのんがえってきて、シャブか？とおもたら全身麻酔やった〜、みたいな〜。#tbk-yuko

天気 晴れ 睡眠 20:40〜23:23 以後ちょいちょい目覚め 6h 62Kg
全身麻酔ってほんとにラクだな。15h頃覚めてストレッチャーで運ばれる天井少しおぼえてる。個室だからヘッドホンなしでTV。
夕方、母も細ちゃんも帰る。うとうとしがちだったけど20hすぎ自由を得てからは、むしろずっとネットとか…。
20hすぎ尿道カテーテルはずれ動けるように！病室引越パッキング 左乳房全摘出手術
2014年4月16日 水曜日 先勝

2014年4月17日
02:15

どうも電波が不安定で、らじるで聞いてるラジオ深夜便が途切れる。しかし初日から自分で貴重品棚にしまっといたスマホを出してきて暇つぶし出来るとは思わなかった。まだ点滴と胸部ドレーンがついてるけど、全く自由に感じる。改めてしくんの忍耐と感覚変容に思いをいたす。#tbk-yuko

2014年4月17日
04:30

ちょっとウトウトすると血圧体温傷口チェックのナースに起こされる。夜勤は聴診器に珍しいキャラ（くまのがっこうって知らなかった）つけた人と、もう一人は今までで初めて見たキャラなしの人！これは珍しい。
#tbk-yuko

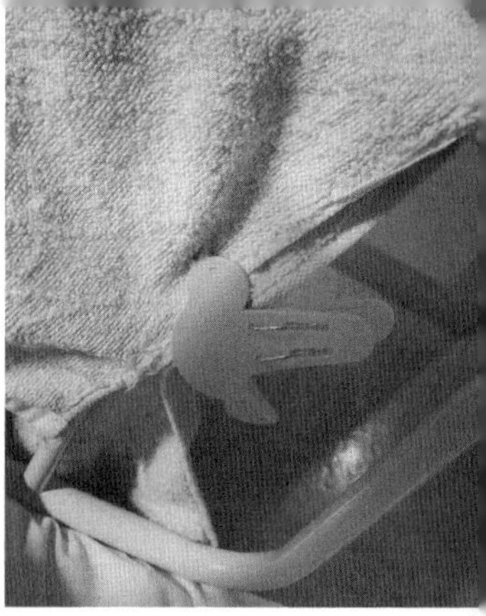

2014年4月17日
19:34

こういう洗濯バサミとか、パンの袋くくってた針金とかが役立つ…って、まるでバックパック旅。傷は麻痺してて全然痛くないのだがドレーン部が痛くて横になれない問題が〜。#tbk_yuko

2014年4月17日
22:00

成し遂げられたことが当たり前になっていく速度に、達成感やありがたみがおっつかない感。点滴の管がとれて飛躍的に自由になったはずなのに、感激する間もなく当たり前になってる。これはここ数日の梅田くんの感想を超軽度かつスピーディになぞってる感じ。#tbk_yuko

2014年4月18日
06:08

おはよう放送のナースが後半笑かされてた。くっそ、録っときゃよかったー。昨夜ほとんど寝てない分、かなりしっかり眠ったが、相変わらず管は痛い。医療は大変興味深いんだが、血とか針とか管刺すとか傷口がダメだからなぁ。いま、自分の体が閲覧注意状態〜。
#tbk_yuko

天気 雨　睡眠20:30〜6h　目覚めつつもぐっすり　36.1°C
昨夜8時、点滴がとれて自由に！と思う間もなくドレーン管ささってるとこが、姿勢によって痛み出し、横になって寝れない問題。飛行機のリクライニング程度で寝る。脇の傷口、腕上げると痛む…か？　なるべく歩こうと外に出たら羊が三匹!!　夕方、野本さんと八木ちゃんが来てくれてお花もらう。うれしい。夜、20h台が一番眠い。今夜も痛みをだましながら飛行機寝。ヤンデル先生ツイキャス。
2014年4月18日　金曜日　先負

充実の病棟文庫。婦長さんがコケの図鑑(蟲文庫
田中美穂さん著 イラストもツボ)に反応されてました。

2014年4月17日
08:23

今夜も個室だそうなので、いろいろインストール

2014年4月17日
08:35

わーい、お魚。

2014年4月17日
11:46

痛み止めはボルタレンなのね #tbk_yuko

2014年4月17日
12:02

初おやつ

2014年4月17日
13:33

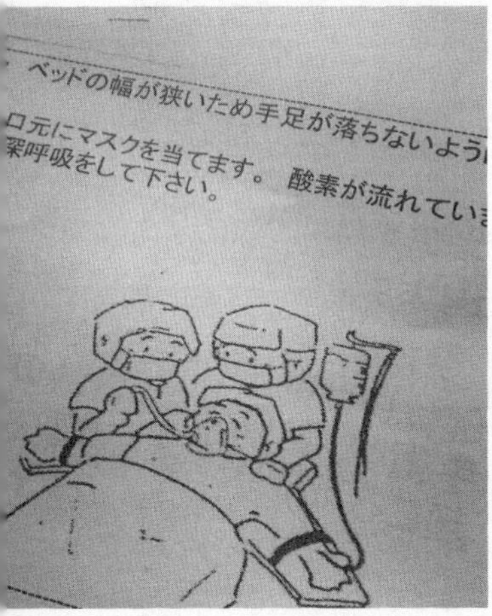

全身麻酔手術の説明。イラストのタッチが、なん
かヤンデル先生風。

2014年4月17日
17:00

夕食パンダ #今日のパンダ

2014年4月17日
18:12

思えば病院食って、ちょっとイマイチなよそんち
の家メシみたい。それなりに発見があってオ
モシロイ。

2014年4月17日
18:15

2014年4月18日
13:49

病室から見てた川辺にもう立ってる。

給食用のふりかけパッケージが可愛い

2014年4月18日
07:31

ナースが「廃液を促すよう陰圧をかけますね」
というのでどんなすごいことしてんのかと思ったら、
プラスチックのパッケージ凹まして蓋するだけw。
抜針(点滴をはずす)とか、色々ナース専科的
用語覚えちゃうね。ただ口腔外科だけは
抜歯と抜糸がかぶるので後者を「糸ぬき」と
関西イントネーションでw

2014年4月18日
08:32

最後のお引越し。元の四人部屋だけど、今度
は窓側だ。わーい！菜の花でいっぱいの犬上
川を見下ろす。釣り人。#tbk_yuko

2014年4月18日
10:51

お、好物のすき焼き煮が

2014年4月18日
11:50

#今日のパンダ

2014年4月18日
12:02

点滴外れたので外へ出てみた。

2014年4月18日
13:34

羊さんが出勤している！

2014年4月18日
13:37

アニマルセラピー的な

2014年4月18日
13:47

昨日から、草を食べるだけの簡単なお仕事を
しているサツキちゃん

2014年4月18日
13:47

さすがは滋賀だ。病院食にも赤コンニャクが！

2014年4月18日
18:13

塩焼きほっけも美味かった

2014年4月18日
18:27

入院中にヤンデル先生のドクターG副音声聞くなんて渋いぞ。消灯時間過ぎてるからテレビ消してるけど副音声が詳しいから目に浮かぶようだ〜、と楽しんで聞いてるうちに寝落ち。あんなハイテンション音声聞きながらよく寝れたもんだが、管が痛くて昼寝してなかったしな。で、変な時間に目が覚める。

2014年4月19日
03:01

サブでついてるドクターが、いかにもいまどきの草食系。挨拶もろくにせんと入ってくるから「あんた誰」状態。傷口の痺れを「これは治らんこともあります」って、物の言い方知らんな！チャラいイケメンの口腔医師だって説明はしっかりしてたぞ。いまどきかどうか、じゃなく患者にどう対するかの問題。

2014年4月19日
05:54

インストールされた ファイト

2014年4月19日
06:07

朝。海辺のサナトリウム風。

2014年4月19日
06:11

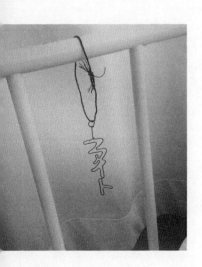

2014年4月19日
08:05

そうか、なんでも温野菜をおかかで和えればいいのか！ #入院生活で学んだこと

2014年4月19日
09:15

知っとこ世界の朝ごはん、今日はパラオ。今シーズンから旦那も一品作るよーになったんだよね。 #入院中も普段通りの生活リズムをキープ

2014年4月19日
10:37

救急外来前花壇

2014年4月19日
10:47

私にがん告知してくれた院長先生の退職記念植樹。しだれ桜。

2014年4月19日
11:45

お、バナナか。魚は鰆。春ですね。

2014年4月19日
11:58

たまには意見もしてみるか #今日のパンダ

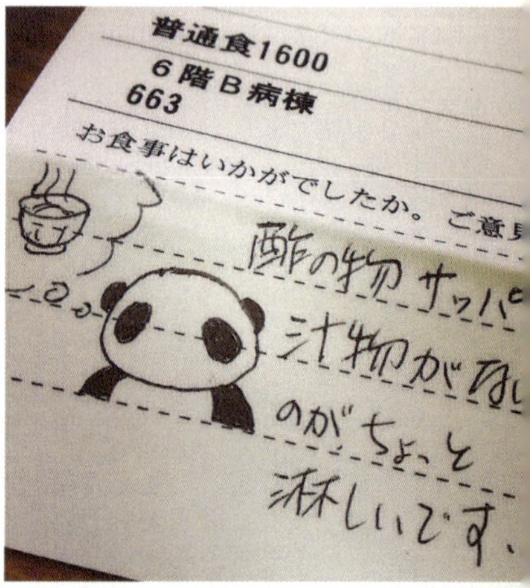

2014年4月19日
13:23

土日は先生連中休みやし、かなり持て余しますねー。ちょっと早いけど、おやつにしよー。

天気 晴れ 睡眠22:30〜5h ちょいちょい目覚める
いい天気で湖が海みたい。「いかめしの丸かじり」読了。ドレーン液12ml。天気がいいので羊みに出かけたが、冷たい風が強くて長居できなかった。赤松先生は15代院長だったのね。記念植樹のしだれ桜。
夕刻、武子ちゃんが見舞に来てくれ、色々もらい、あれこれ話す。ボランティアは交流団体のやる気次第だなー。ペリキンの映画の話とか。小野ナースに頭洗ってもらう。
2014年4月19日 土曜日 仏滅

花愛でるパンダ #今日のパンダ

2014年4月19日
06:32

6階B病棟入院患者46名。満床だと48名って感じだな。これを何人の看護師でみてるのかきいてみよう。#tbk_yuko

2014年4月19日
06:51

6B病棟の看護師は30人で、平日だと10人程度が同時に勤務しているらしい。医療ドラマの女優さんみたいなF.Nさん情報。夜中にドレーンに溜まった漿液は、もうたったの12ml。#tbk_yuko

2014年4月19日
08:31

朝食セレクション

2014年4月19日
07:36

どうやらここの人はやたらおかか和えが好きらしい。ついてきた牛乳でお見舞いに頂いた朴さんのクッキー食べたら、メチャ合うへ。

2014年4月19日
07:58

天気曇り 気温16度 睡眠21:30～5:40
2、3度目覚める 36.1℃ 62.8kg
昼すぎ、カジュアルで妙に老けこんだT先生がやってきて管抜いてくれた。糸切って、すっと抜くだけで、特に痛くない。22日退院、と。ついでにOドクターについてチクっておく。夜のOナース「あとしばらく家事のない生活を楽しんでください」と…そーなんだよなー。なんか名残惜しいわ。古池くんのCDが良くて気に入る。
ドレーン液7ml→抜けた！細ちゃん来。便秘
2014年4月20日 日曜日 大安

2014年4月20日
06:51

洗濯機、先に取られると面倒なんで
#今日のパンダ

2014年4月20日
07:48

今朝は珍しくおかか和えがなかったな

2014年4月20日
08:14

大部屋でごはんをひたすら楽しみにしてるとことか、運動や風呂から帰ってくるとお茶が配られてるとか、やっぱり入院生活は刑務所の中に似ているのだった。#tbk_yuko

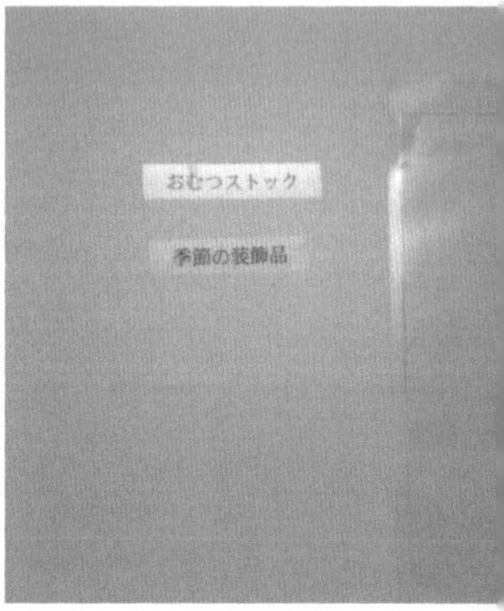

2014年4月20日
08:50

クリスマスの飾りとか？

2014年4月20日
11:42

しょーがないことだけど、同室の方がひどい風邪をひいてゴホゴホいうてはるの戦々恐々やなー。自衛でしてるマスクがうっとおしい。彼女はマスクしてないし携帯通話も遠慮なしなんだよなー。ザッツ大部屋ライフ。
#tbk_yuko

バラエティ向けの可愛らしさのOナースが「頭洗いましょか？」と。スキンヘッドやから蒸しタオル清拭で十分やけど、暇潰しにもなるし、入院費に込みだぞ。とーぜんやってもらう〜！
#tbk-yuko

2014年4月19日
14:30

頭洗ってもらたー

2014年4月19日
15:05

メンチカツ！

2014年4月19日
17:54

ワイフちゃんより！

2014年4月19日
18:18

平日とは明らかに違うまったり感についてOナースに質問したところ「手術とかがないから、バタバタした感じがないんですよね〜」とのこと。だよなー。手術前ってほんと慌ただしくて、緊張する暇もないぐらいだったもん。
#tbk-yuko

2014年4月20日
03:55

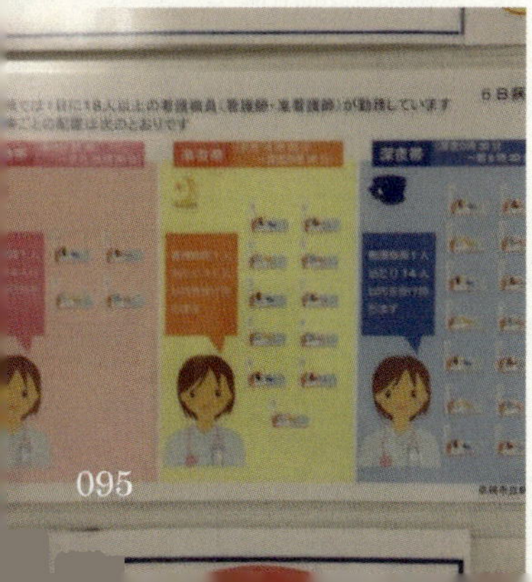

こういう説明があった

2014年4月20日
06:34

昼には汁物がつかないルールらしい

2014年4月20日
11:46

和えものはあったが、おかか和えではなく
ポン酢和えだった。

2014年4月20日
11:59

わーわーわー！ デニムカジュアルに白衣羽織っ
ただけの（日曜やしね）主治医が風のよう
に現れ、ドレーン管抜いてったー！ 痛くて嫌
でうっとかった管がっ。もう私の体にはガー
ゼと胸帯しか付いてません。火曜日退院
予定ですと！ 火曜に見舞いに来てくれると
ゆってた人々ごめん。#tbk_yuko

2014年4月20日
12:25

そしてもちろん、彼の部下についても副院長
様にしっかりチクった…いや、患者の立場で
建設的提言を行った。

2014年4月20日
12:28

停めっぱなしやった我が車が桜仕様に！

2014年4月20日
12:51

羊とまったりしよーと出てきたが、今日も寒い

2014年4月20日
12:57

皆さん お疲れ様です

2014年4月20日
13:00

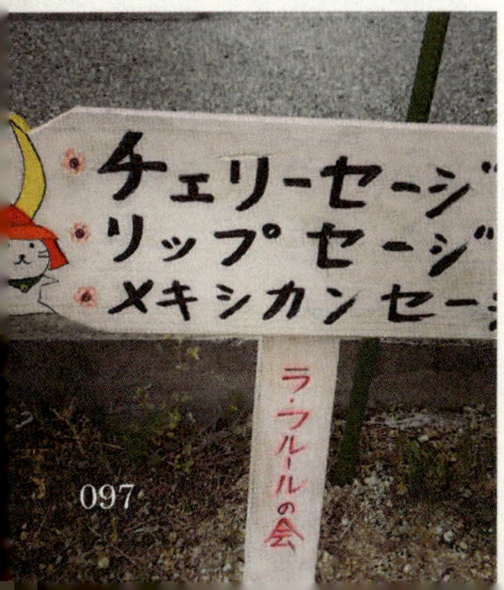

2014年4月20日
18:07

#今日のパンダ

2014年4月21日
06:00

う、おはよう放送、今日は男性看護師だったのに録れず。6時1分前だった。くそぅ!

天気曇り 気温16度? 睡眠21h前～6:45 ほぼ目覚めず 36.2°C
入院中むかついたのは、若い医師と、となりの人の咳ぐらいだけど、細ちゃんが洗濯物干しっぱなしというのにいちばんムカついた～。非日常ってやっぱいいな～。日常に帰りたくないわー。永山さんと長話。下着のパンフとかもらう。手術をめぐる一連の苦痛より、歯石とりがやだったけど、山本先生がいやしだわー。
池野NS、口腔、羊、シャワー、創立123年の行事食
2014年4月21日 月曜日 赤口

2014年4月21日
06:38

お見舞いで頂いた「アズマニア」。このカプセル感、ナース感、病院大部屋に酷似。大仰な検査機器もずばりSFだし、星間航路のコックピットにいる感あるのだ。

2014年4月21日
06:48

退院が決まってみると、なんか名残惜しくなっちゃう。昨夜Oナースに「あと少し、家事のない生活を楽しんでください」と言われてハッとする。そうだよなー、上げ膳据え膳生活に、ないのは酒だけ。楽しかったイスラム圏の旅が終わりかけてる…感じなんかもなー。
#tbk_yuko

2014年4月21日
07:10

配食用デリカート。向こうが見えるモニター付き。これも宇宙っぽい!

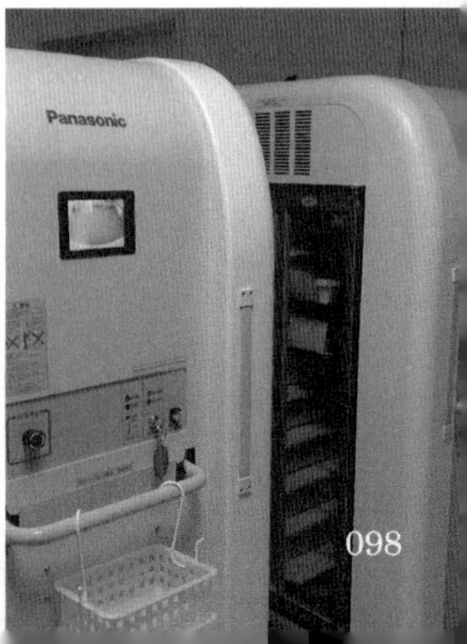

月曜中に保険の書類を事務へ。主治医に今後の展開を確認。傷跡にチクチクするような、ドーンと腫れてるような痛みがある時もあるが、管の痛みからは解放されて、なんと横になって寝ることも出来る。自由だ！

2014年4月20日
14:15

見舞いに来てくれた人に「No music is my lifeだ」と力説してた私は、調整されてない物音だけを聞いたり録音したりしたい。編集も無用だ。と思ってたところに差し入れられた古池寿浩くんのCD「井の中の蛙」が面白過ぎ。麻酔医に深呼吸を促された時のような音とか色んな管の音〜。

2014年4月20日
16:33

だいたい私は、気分が低調な時は、音楽に限らず享受出来なくなるたちなんだな。つまり、面白いと思えるCDに出会えたりするのは好調のしるし。

2014年4月20日
16:47

しかしNo music no lifeな人って、刑務所ではどうすんだろ。本や雑誌、テレビの話題はよく出てくるけど、ムショでiPod持ち込んで…とか、なんかなさそうやし…

2014年4月20日
16:50

ムショ、もとい病室における私の視聴環境。「井の中の蛙」はhttp://tenselessmusic.comで

2014年4月20日
16:59

お夕飯

2014年4月20日
17:52

Money

お金……については ラッキーだった

迂闊やったな。保険名義人変更書類のみ依頼。しかし、風呂にもはいったし、やるな！自分
2013年11月11日 — 16:04

　二十代からがん保険に入っていた。
だってがん家系なんだもん！

　わたしが五歳の時、大好きだった父方の祖父が胃がんで。父は２００３年に前立腺がんで。父の従兄弟も肺がんだったという。他にも父方にはがんが多かったらしく、親戚の集まりで大人たちが額を寄せ合って病や死の話をしているのをよくきいた。幼かったわたしは、このように考えた——「事故や戦争や災害で若いうちに亡くなるんじゃない人たち……年をとると皆がんになって死ぬんだろうな」。ほかの病気や老衰について知らなかったから、死とがんが等号で結ばれたのだ。人はいつか死ぬ＝誰でもいつかがんになる。それがわたしが最初に得た死の概念だった。

　だからかな？ ごく自然に「わたしはいつかがんになるだろう」とぼんやり考えていた。具体的なイメージがあったわけじゃないけれど。わたしにとって、がんという病気は、どこかありふれていて自然で近しいものだったのだ。

　十九歳で吸い始めた煙草は、最初たしなむ程度だったものがみるみる中毒状態に。ライター事務所に勤める頃には、一日三箱に手が伸びるチェインスモーカーになっていた。蒸気機関のごとくケムリを吐き出し突進する勢いで原稿書きをしていた午後、オフィスに保険勧誘の営業ウーマンが現れた。
「がん保険にご興味のある方は……」
「ハーイ！」
　彼女、驚いただろうなぁ。飛び込み営業でこんなに簡単に契約がとれるなんてね（笑）。特約付きにしても月々の支払いは五千円以下だけど、それを二十年以上たっぷり払い続けた。幸か不幸か入院手術をするような怪我も病気もなくて、このままいくと保険金払い損だったんだから、がんになってよかったよ……などと、妙な納得の仕方をしたものだ。

　会社名は伏せるけど外資。コールセンターに電話して「御社と契約している者ですが、乳がんになっちゃいまして」「それはそれは……」と、書類一式が送られ、医師の診断書とともに返

信すると、瞬く間に見舞金二百万円が振り込まれた。はじめてがんと診断された場合のみに支払われるもので、再発したってまたもらえるわけじゃないが、入院手術の給付金は別に申請するので、この見舞金を使って高額な検査費用、抗がん剤治療費が賄えた。

そのほか高額医療費保証制度がある。これは国民が誰でも月に支払う医療費の上限が決められているもの。がん告知された時、状態や治療法の概要とともに「お金について心配やったら」と先生から説明があった。収入（本人や世帯主の）によって上限額が決められているが、標準的には２０１４年度で八万円までだった（その後減額されている。また、わたしはパートナーの年収により、上限額が十六万円だった）。高額な検査を受け、抗がん剤投与もリッチなエステなみに金がかかり、薬や注射もそこそこ……など足し合わせても、なかなか上限額に達することはない。が、入院手術となると、この制度がきいてくる。わたしが受けた片側乳房の全摘手術の費用が約二十四万円。これに約一週間の入院費用（手術当日は個室に入らなければならないので、高くつく）を合わせると六十四万円になるところ、十六万円ですんだんだからお得だ！

2014年4月22日
06:31

退院日 #今日のパンダ

2014年4月22日
07:03

薫の大将の胸のあたり、なんだかおかしくない？あれだけ走れるんだから心臓じゃないわよねぇ…信夫さん…てことになるんだろーなー。乳がん者用のブラのパンフとか乳がん認定看護師さんがくれたけど、まだまだ傷にさわりそうで密着するもんつけたくないんだなー。#tbk_yuko

2014年4月22日
07:15

かわいすぎる #日本の意匠

2014年4月22日
09:00

私の左胸は携帯電話になった気がする。時々マナーモードで着信する。#tbk_yuko

2014年4月22日
09:09

羊がもう出勤してる！

2014年4月22日
09:29

もう体のどこにも管は刺さってないのだが、イヤホンで音を聞いてると勘違いする。コードにやたら気を使ってる自分に気づく。
#tbk_yuko

2014年4月22日
09:53

入院中すこしずつ楽しんだ「冬の本」に歳時記の記載。冬に夏の季語を見てもあり得ない気がすると。まったくその通りだが、春と秋はすぐごっちゃになる。いまがどっちだったか、すぐ取り違える。

今日（4月19日付け）のブログは特に染みたなぁ〜。梅田哲也くんの入院記。
http://www.siranami.com/blog/blog-2/

2014年4月21日
07:20

酸素の出口に引っ掛けてドライフラワーづくり

2014年4月21日
11:18

スペシャルごはん！

2014年4月21日
11:47

入院セット

2014年4月21日
12:16

やっぱ口腔で歯石とられる方が、今回の手術より断然苦痛〜。連休明けにまた…先生がイケメンで実に労ってくれる（奥さんが乳がん経験者？っていうくらいの）のがせめてもの…主治医来、傷跡のテープ張り替え。自分でも初めて閲覧注意部分見る。まぁじきに慣れるっしょ。
#tbk_yuko

2014年4月21日
16:58

おはよう鷺さんたち

2014年4月22日
06:09

天気 晴れのち曇り 気温17度 睡眠21:30〜6:45
ほぼ目覚めず 35.9°C
あ、前屈できる…私ともう一人がバタバタと退院して、同室だった上田さんは淋しいかな。花吹雪をあびたクルマは、キカイ洗車ではキレイにならなかった。昼にラーメンを食べて、あれこれ片づけてると、ナナさんのおむかえ。半月舎でみこ、すみ、よりちゃんらにむかえてもらう。夜は海座だー。お化粧〜。
退院〜！ 荷物片づけ、コロコロ、半月舎、洗車
2014年4月22日 火曜日 先勝

楽しかった入院ライフ

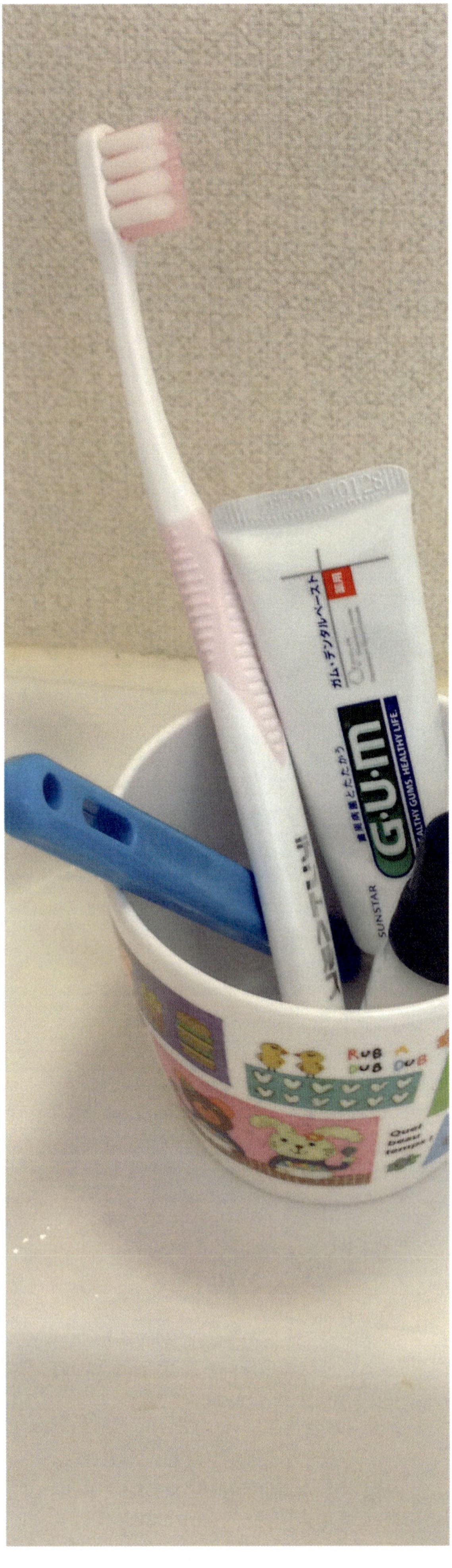

2014年4月16日に左乳房全摘手術を受け、無事成功。前日の15日から22日まで入院していた。敷地では羊が草を食み、ボランティアの皆さんが手塩にかけている花壇が美しく、のちにはニモがイソギンチャクに戯れる熱帯魚水槽まで導入された。湖や山々が見渡せるデイルーム、モチベーションの高い医療者や職員さんたち（少々の例外はあるけど）。一言で「快適！」な入院生活。一週間といわずもっといたかった。

手術自体はどうということもない。怖がる暇もないほどサインすべき同意書が押し寄せ、バタついているうちにその時を迎える。手術台に拘束されて生理食塩水を点滴され、麻酔医の「入

Days spent in the hospital

大部屋でごはんをひたすら楽しみにしてるとこことか、運動や風呂から帰ってくるとお茶が配られてるとか、やっぱり入院生活は「刑務所の中」に似ているのだった。 #tbk_yuko
2014年4月20日 — 8:14

れますよ」の声。なにか冷んやりした液体が注入されるのを感じた途端、意識は飛んだ。あぁ、気持ち良かったなぁ。また体験したいと思うほど、全身麻酔が気に入った。

何も感じないうちにわたしの左胸は平坦になった。むしろ手術前に「歯科治療を済ませておいてください」と、悪くなっていた奥歯を抜かれた方が苦痛だったくらい。あとは術創から廃液を出すためのドレーンが刺さってるところがどうにも痛くて眠りを妨げられたけれど、それも管が抜けてしまえば安眠復活。導尿カテーテル、点滴、ドレーン……次々と針や管が抜けるごとに行動範囲は広がり、大きな病院全体が探索すべきフィールドになる。朝っぱらから、可愛かったり優しかったり面白かったりするナースが入れ替わり立ち替わりやってきて楽しませてくれる。

そう、入院はまるでバックパックの個人旅行みたい。旅先では飯すらスリル（キャンプの飯盒とか）なのと同じ。針金、洗濯バサミといったちょっとしたモノが役に立つ大部屋のベッドサイドは、まるで安宿のドミトリー生活。共同のランドリーコーナーをいち早く占拠すべく朝食後にダッシュ。そんな日課をこなしてるうちに時は過ぎていく。

経過が良好で、予定より一日早く退院とあいなった。ナース曰く「食べ物もお酒も好きにしてくださっていいですよ。スポーツとか身体を動かすことも制限ありませんので」――あれ？　いきなりモードが変わってるよ。ついこないだまで「あれしちゃだめ、これしちゃだめ」だったのに急に「もう大丈夫」って言われたって困る。なんだろうこれ……見捨てられ感？　過保護な子のようにお世話されて楽しかった病院に比べて、我が家のなんと退屈なことか。抗がん剤治療、手術、入院と、思えばイベント続きでハイになっていたのだ。退院後は一転、うつの低空飛行に苦しむことになった。

2014年4月24日 17:17

入院の名残

2014年4月24日 20:08

録画で見るベネディクトのシャーロック。「5年もたってるのに、彼がきたの」…脅迫される人と、再発を念頭に置くがんサヴァイバーって、似てるね。#tbk_yuko

2014年4月25日 10:09

今日のギョーカイ略語は、コーゲ→口外→口腔外科。しかし、自分の病理検査組織の写真見て脳貧血起こしかけるとは、やっぱ苦手なんだなぁ。医療の道に進まなくてよかった。これからはホルモン療法〜。#tbk_yuko

2014年4月25日 10:54

病理検査の結果、抗がん剤がきいて完全寛解という診断。こういう場合、予後は良い。ただこれからホルモン療法すると子宮体がんの可能性が高まるので、検診を怠らないこと。#tbk_yuko

2014年4月25日 12:34

これが有名なタモキシフェンか〜。バイエルの製品(200円ほど)をチョイス。1日1錠5年間飲むのだ〜。#tbk_yuko

2014年4月25日 15:43

医者いらずで長生きな #シマ

2014年4月25日 16:28

読むの楽しみ

2014年4月25日 17:20

私の #tbk_yuko をお見守りいただいた皆さま、コメントなどありがとうございました〜。しかし自分の体から摘出された部位の写真見て、サーーーっと血の気がひき、ぶったおれそうになったのは恥ずかしかったです〜。医者は電子カルテの写真見せる前に「閲覧注意」とか言ってくれませんのでw

半ちゃんバイバイ。外来でまた来るけどねー。

2014年4月22日
10:38

娑婆めし一食め。丸ちゃん正麺でレタス高菜ラーメン。

2014年4月22日
12:30

はっ、胸をとったら腹が目立つ！痩せねば！ #tbk_yuko

2014年4月22日
14:41

退院会

2014年4月22日
15:08

メッチャいただきまくり。皆さんありがとお

2014年4月22日
17:34

生魚解禁！ケモ開始からだから4~5ヶ月ぶり~

2014年4月22日
18:49

昨日のパンダ #今日のパンダ

2014年4月23日
08:36

エアーコンディションドだった病棟と違って、娑婆はめくるめくなぁー。朝夕はまだまだ炬燵もストーブも必要だし。外は暑かったり風が冷たかったり。

2014年4月24日
11:35

病院で美味かったツナマヨ豆腐を再現。うむ。

2014年4月24日
12:33

2014年4月30日
06:17

体の形がいきなり変わっちゃったから、服を着る時とかいちいち考える…、で、なんか気力がなくなる…当然だわなぁ。#tbk_yuko

2014年5月1日
11:01

うーん、しかし続く気力減退〜。こないだまで元気だったのにー。これは例のウツ野郎が戻ってきたのかー(^_^)明日びょいん行ってきます〜。

2014年5月2日
14:22

たった1時間のカウンセリングだが、喋ること自体耐え難いほど疲れるのに気がついた〜。#tbk_yuko

2014年5月2日
16:06

帰ってきて寝てるんですが、同じ横になってても今日はいちだんと疲れてると実感…カウンセリングがきく症状と薬が必要な状態って違うよね。

2014年5月6日
08:32

GWの風さん #今日のパンダ

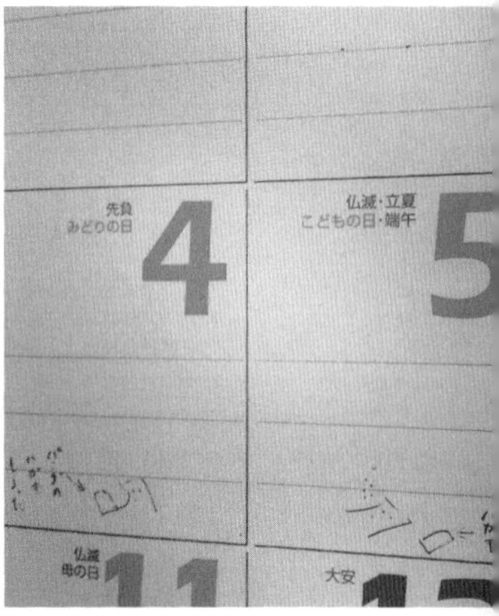

2014年5月15日
18:31

私はワイパックスをのんでます

2014年5月18日
12:34

私は抗がん剤とバッティングするんで抗うつ剤が飲めなくなった。参った。

2014年5月21日
10:52

びょいんにて

2014年6月6日
23:06

嗚呼、煙草がすいたいなあ。温泉にはいりたい入院生活では朝っぱらから、可愛かったり優しかったり面白かったりするナースが入れ替わり立ち替わりやってくるから刺激があってワクワクだったのも当然だよ。一人家で引きこもってたら退屈なの当り前。梅田くんのブログにあった「緊張感」がソレ。旅先では飯すらスリル（キャンプの飯盒とか）なのと同じ

2014年4月25日
17:24

今日見た画像もトラウマ必至だが「女性店主、刺され死亡」といった見出しの迫り方が以前とは違うんだよな。手術後テレビで谷原章介が鯛さばいてる料理番組見た時も、もう鯛の身になって見ちゃってるっつーか…メスで切られた記憶はないが、やっぱねえ〜。
#tbk_yuko

2014年4月25日
18:07

#今日のパンダ

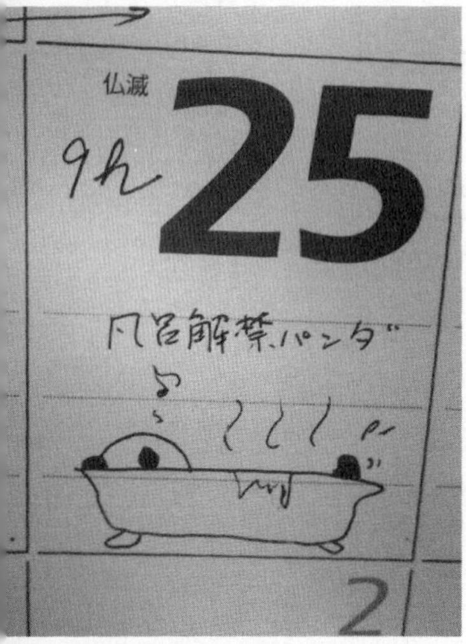

2014年4月25日
19:06

主治医が電子カルテの写真を舐めるように見て「ほら、ここ、ここにも三つ目のがあったんですよ！」とか、恋する瞳でうっとり説明するの、ほんとに仕事大好きなんだなーって思い、そういう医師に切ったりはったりしてもらえたのはラッキーって思う。私は最初の解剖で気を失って医療の道を諦めるタイプw

2014年4月25日
20:35

お見舞に頂いたオイルサーディンでパエリア！

2014年4月27日
19:50

【さよならタマちゃん（イブニングKC）/武田一義】告知、手術に抗がん剤治療…、全部体験したけど、この作者の体験に比べたら「なんちゃって」だったよなぁ〜。同じ「がん」という病名でも、軽重は天と地ほど…絵がとても可愛くて、病棟大部屋仲間との交流、治療うつのリアルな描写、いちいち腑に落ちる。とともに、がん体験のない人にも、ぜひ読んでいただきたい、素敵な漫画でした。
#bookmeter

2014年4月27日
20:55

まだまだ体が本当じゃないし、やる気出ないのも無理ない〜 #tbk_yuko

2014年4月28日
16:19

精神科医とカウンセラー

有能なカウンセラーって、普段は壁か鏡だけど、キチンと突っ込める人だよなー。
2014年4月8日 — 11:29

薬ぎらい医者ぎらいな人って、精神的にまいると「カウンセリングでなんとかならないか」と言いがちな気がする。薬も医者も大好きなわたしは精神科医を選ぶタイプ。では、その違いとは？

私見だけど「話をきいて薬を出してくれる人」＝精神科医。「話をききながら患者が自己発見するのを手助けしてくれる人」＝カウンセラー。ネットでちょっと調べた薬を要求するだけでホイホイ出してくれる〝お薬自動販売機〟みたいな精神科医も多いけど、わたしはたまたま薬は最小限にとどめるタイプの名医に当たってラッキー。十五年以上お世話になっている。先生曰く「Ｙｕｋｏさんはずばり精神科に来ていただいて大丈夫な方ですから」――つまり疑いもなく精神疾患なので、具合が悪いのは気のせいでもなんでもなく、しっかり病気。だからこそ薬が効くし、飲む意味がある。さらに言えば「病気だからこそ寛解する可能性がある」ということ。百人に一人がかかる双極性気分障害という一生ものの病気なので、完全に治癒することはむずかしい。共生していくしかないけれど、治療（薬剤によるコントロール）で症状を抑えることは不可能じゃない。それに加えて二人に一人がかかるがんになってしまったのは不運だったけど、けっこうよくある組み合わせかも。

治療とそれが引き起こした更年期障害のせいか抗がん剤を入れはじめてから、どうもいままでとは違う不快なイラだちと情緒不安定に悩まされるようになった。長年躁うつを患ってきた者のカンとしか言いようがないが「これは薬でどうにかなる種類のモノではない」と感じたので、主治医のＮ先生にカウンセラーを紹介してもらった。保険適用＆わたしの場合自立支援手帳を持っているので一割負担で一時間のセッションがたったの四百七十円。

カウンセラーのＫ先生は、一見頼りなさげなペラペラの若者に見えて、しっかりした〝壁〟だった。わたしは壁に向かって存分に言葉の球を投げ、自分で気づいてキャッチする力を得た。彼は余計なこと一切言わないくせに、時々思いもよらぬ返しがきて、どきりとさせられる。自分を見つめるきっかけをくれた。カウンセリングは占いや怪しい宗教とは違って、自分で気づか

Counseling

ないとどうにもならない。「何かいってほしい」人には向かない。すぐれたカウンセラーって、何も言ってくれないと思うから。

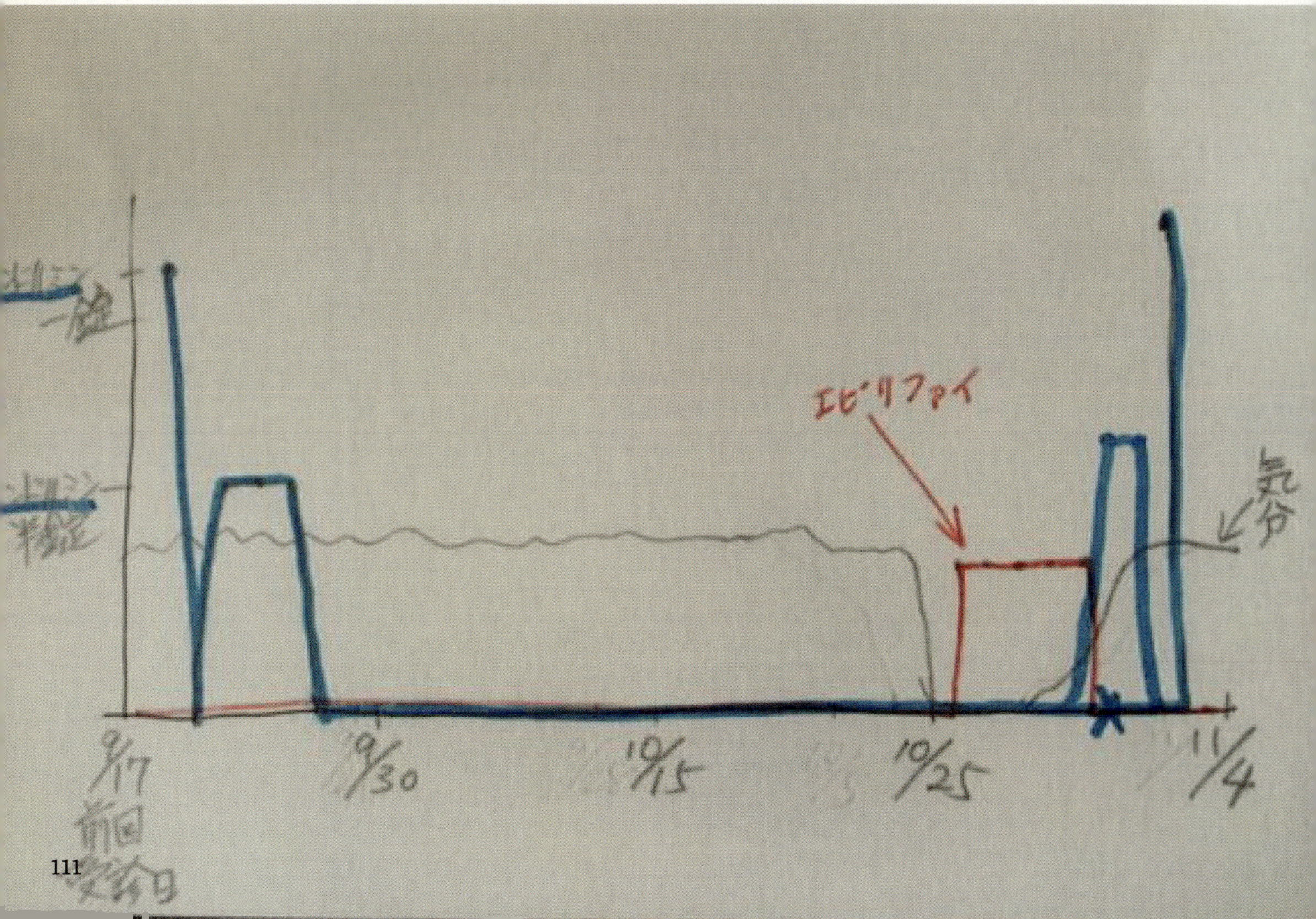

2014年6月30日
16:51

リハビリ中やし自炊は省力メニューで。インスタント味噌汁にネギとミョウガをトッピング。TKGで十分〜。

2014年7月1日
02:21

乳がん手術痕をアートプロジェクトでやってるとこ、絶対あるはず！
と思ってたら、やっぱあった。
http://www.thescarproject.org
日本のwebだといまんとこ医療用の「傷跡写真、閲覧注意」みたいなんしか探せてないからなぁ。他にもあれば教えてください。#tbk-yuko

2014年7月2日
07:33

#今日のパンダ

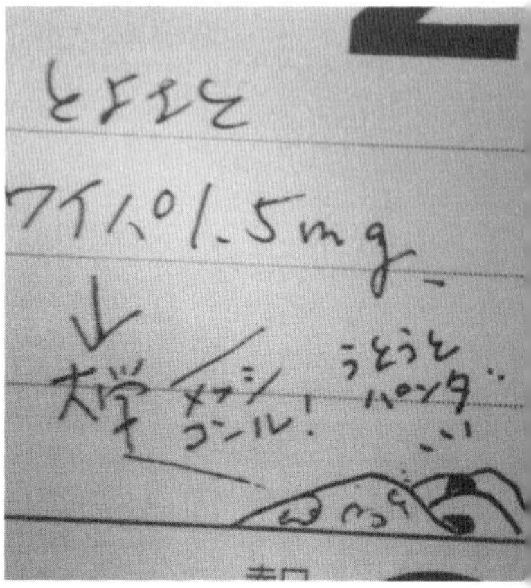

2014年7月2日
09:18

こちらは鬱は明けたものの、薬の副作用の不眠が強いので、先生に相談しようかと精神科待合室なう。人いっぱい！たっぷり待たされそう^_^;

2014年7月2日
12:06

エビちゃんをバッサリ断薬することで不眠を解消する。ワイパックスはあと1週間だけ1mgのむ。エビちゃんのせいでラピッドサイクラー化するかどうかはわからないが、また落ちてきたらすぐエビちゃんを飲むことに。吐き気がするのは副作用ぽいので改善されるか？ #tbk_yuko

2014年7月2日
22:31

私はときに泣く。体の中の美しい一部分を失ったから、というよりも、引き攣るような痛み、痺れに耐え難く思って。
#tbk-yuko

2014年7月2日
22:37

まだ慣れない、まだ慣れない。変貌した自分の身体に慣れるまで、どれだけ時間がかかるんだろう？出来るだけたくさんの女友達と温泉にいって傷を見せびらかし、男女を問わず多くの人々に触れてもらうパーティでも催すぐらいでないと、それはなかなか難しいと思う。#tbk_yuko

リハビリは晩酌から

2014年6月25日
18:10

エビリファイはよく効くのはいいけど、不眠の副作用がハンパねえ。たった5分のまどろみでも一日分に感じてあむない #tbk_yuko

2014年6月25日
21:36

ブツ切れながらトータル4時間ぐらい眠れるようになってきたので、今日は自転車で出かけてみた。リュックをしょってみたけれど、傷痕には障らないみたいでホッとする。こうして癌サバイバーらしさの獲得を生活レベルですすめ、相変わらずの脳の持病とつきあっていくことを確認する #tbk_yuko

2014年6月27日
16:40

五本指ソックスをはくのがめんどくさく感じない。鬱明けだな。#tbk_yuko

2014年6月28日
09:09

【ツレと貂々、うつの先生に会いに行く/大野裕他】鬱の時には「ウツ本」にすがりますねえ、ええ。すがるに足る内容でよかったわあ〜。がんになってもさほど本に頼らないんだけど（4冊しか読んでないな）、うちのウツおよび双極性障害本コレクションはかなりなものですw #bookmeter

2014年6月28日
16:37

【気晴らしの発見（新潮文庫）/山村修】2000年の出版だから、ストレス性の早朝覚醒（地獄のような不眠）に高脂血症に苦しんだ著者の「気晴らし」集なんだけど、いまなら完全うつ病判定だろうなあ。「気晴らししたくても、その気晴らしをする力が湧いてこない」のがうつの最も苦しいところだけれど、それでも毎回私も工夫しているよ—テレ東の旅番組見てるときだけは、起き上がっていられる…とか〜。ずばり名著です。#bookmeter

2014年6月28日
17:23

不眠はともかくとして、今回の寝たきり期間は2ケ月。今日は、とうとうスーパーに買い物に行けた！ #tbk_yuko

2014年6月30日
10:26

わたしのうつ寝込み

Depression

不眠はともかくとして、今回の寝たきり期間は２ヶ月。今日は、とうとうスーパーに買い物に行けた！ #tbk_yuko
2014年6月30日 — 10:26

　うつで寝込む。この感じをなんと説明したらいいだろう。事前に何のストレスもプレッシャーもなかったのに突然電源が落ちる感じ。強いていえば日々に倦む感じ。ひたすら沈殿する。何も動かない。生の欲求が消える極北。
　冬場に調子が悪くなりがちだったので、最初は季節性？ と疑ったけど、大好きな夏もぐったり寝込むことは多い。とにかく寝込んでは立ち上がりを繰り返してる。アメリカの大ヒットドラマみたいに「今季のうつは、シーズン15」とか数えたくなるが、もはや数え切れない。
　その時々で微妙に異なる症状。疲弊して寝たいだけ、というならマシだけど、自己評価が急落して自分以外の人々全員がとてつもなく頭が良く優れているように感じるしんどさ。寂しい、虚しい、憂鬱、不安……バラエティーに富んだ症状がさいなむ。そして底に見え隠れしながら流れる希死念慮（自殺衝動）の不気味さ。
　普段は風呂が好きすぎて朝夕に湯船につかるたち。夏場はそれが3、4回になる（シャワーやスーパー銭湯含む）し、外国に行ってバスタブがないホテルだと機嫌が悪くなるほど。それが調子悪くなると、大好物たる風呂が面倒でなんとも嫌になる。この合併症が、不潔を極めた果ての膀胱炎（痛い、不快！）だ。歯磨きすら出来なくなる出力低下のあげく、歯周病が悪化して顎骨まで溶け、奥歯二本を抜く羽目になった。いくら寝込んでるといっても心安らかに眠れるわけもなく、仕方なしに起き出しても何もしたくなく、結果酒を飲みふけるアルコール依存症に。これも深刻なうつの合併症。
　いまのところがん治療の前後で変わったことは、前は月単位で寝込んでいたのに比べて治療後はそれが明らかに短くなったこと。毎月一～五日から一週間程度ですむようになった。ならしてみれば月に十日ぐらい寝込でいるわけで、年に四～六か月どーんと寝てたのが細かくバラされているだけ。寝込み期間はたいして変わらないのかもしれないが、こういうことはあまりきちきちカウントしても仕方のないことかもしれない。がんに再発転移がありえるのと同じで、気分障害は一生つきあう種類の病気だもんね。

2014年7月9日
16:21

不眠2週間て、さすがに辛いわ #tbk-yuko

2014年7月9日
18:00

傷にこたえる低気圧…

2014年7月10日
07:15

息苦しいほどの湿気と、傷を疼かせる低気圧、相変らずの三重苦…

2014年7月11日
06:20

機嫌良く生きるためには、ある程度ナルちゃんである必要があるな。

2014年7月12日
03:59

打ち続く短眠に加え、昨日は午後からソワソワする感じと手の震えが少し。おセンチな映画を見ていたら心が総崩れになりそうに…やっぱ躁だよこれ。躁ってハイになるだけじゃないからな。こういう時は見る映画や読む本にも気をくばらないとやられる。#tbk-yuko

2014年7月12日
15:41

冷房を適切に使う時間の到来。相変わらず昼寝も出来ない寝つきの悪さ #tbk-yuko

2014年7月13日
17:44

こんな雨の日でも、傷口の疼きはさほどでもなかった。やっぱ湿気より低気圧にやられるのかな? #tbk-yuko

2014年7月13日
19:06

天気のせいかメローというかなんと言うか…眠れない日々が続いているので体力がないから、ろくに動けない。動くな、ということか。#tbk-yuko

2014年7月16日
13:07

生涯ほぼ初の眠剤ロヒプノール1mg.ちゃんときいてくれて4時間以上連続して眠れた。ありがたい!寝起き少し体だるかったけど、朝風呂とヨーガ45分で振り払えた。#tbk-yuko

リハビリ作業療法的に文字をいっぱい書いたら、マメができた！ #tbk_yuko

2014年7月3日
19:46

相変らず起床時間がパン屋か豆腐屋。しかし同じ不眠でも、なんとなくノリが違うのは、エビちゃんを切ったから？ まだ一日目だし、よくわかんないや。 #tbk_yuko

2014年7月4日
04:12

ほわほわのヒヨコ髪が生えてきたのはいいけど、セシールカット（古い）ぐらいの長さから伸びなければいいのになー。寂聴スキンのいいとこは、床に一本の抜け毛もない清さだったのに〜。

2014年7月4日
04:14

ヨーコちゃん

2014年7月4日
10:08

今日の午後、緑の中を運転していて、急に切なくなったんだよな。生のはかなさ、みたいなものが身に迫って。

2014年7月4日
19:25

同じ不眠でも、躁状態、平常心、鬱期では全然味わいが違うよな。躁状態だと我ながら怖いところに突えするし、鬱なら死が近づくのをリアルに感じる。平常心の時は、体の疲れがほぐれないので運動できないのが不便だなぁ、というぐらい。ただ暇つぶしに苦労するのでW杯は歓迎。 #tbk_yuko

2014年7月5日
19:59

うーん、やっぱり太閤温泉はお肌ツルッツルになる！ ビバ温泉！ ちょっとぐらい体に傷があっても気にせずえるよー。つきあってくれたお友達にも感謝〜。

2014年7月7日
17:16

「ずっと眠れなかったらどうなってしまうんですか。」「ねてしまいます」…なだいなだ『不眠症諸君』のやりとりを信奉しているのだが、昨日が2時間、今日さっき1時間て…その前10日ほどは3〜5時間だし。「15分の完璧なシャヴァアサナは睡眠3時間にあたる」とはいえ #tbk_yuko

2014年7月9日
02:12

2014年7月19日
20:28

欠落、喪失…、それは失恋にも似て甘苦い。辛くもあれば愛しい寂寞でもある。#tbk_yuko

2014年7月19日
20:31

@yukonya 何といっても立ち直る自分を誇らしく思える

2014年7月20日
10:36

術後はじめて電車に乗っている #遠足協会

2014年7月21日
15:05

物悲しいのは、睡眠不足のせいよ

2014年7月21日
19:33

髪がみるみる伸びてる感

2014年7月21日
21:57

しばしば泣けてくるのだが、なるべくシクシクしょぼしょぼではなく、うわ〜んうえ〜ん！にするようにしている。カタルシスってそういうことでしょ？ #tbk_yuko

2014年7月21日
22:01

自分でも気に入っていた、片っぽの胸が失くなったんだ。泣けて当たり前でしょ。#tbk_yuko

2014年7月21日
22:36

以前、薬の副作用で手が震えるのを気にしてるという人がいて、私は「そんな人、他人はろくに見てないし気にする必要ないやん」て思ってたけど、いざ自分が手術した後は、体の欠損をいちいち気にしてるのを気づく。#tbk_yuko

2014年7月21日
22:47

どれだけ泣いたとしても、私の胸を切り取った外科医を、私は信頼しているし、新しく得たこの身体を、活かすべく生きてるのだ。#tbk_yuko

2014年7月22日
06:46

昨夜は途中覚醒時にロヒプノール一錠。持ち越し効果で眠い寝起き。でもちゃんと寝れた。#tbk_yuko

2か月ぶりに外科。一見乱暴な触診も絶妙に傷に障らない。やっぱ切った本人やからかなー。ホワホワ産毛状態のヒヨコ頭褒められる。「赤ちゃん筆作ったら」と言われてその気に。ヅラ作った美容院に相談してみよ。#tbk-yuko

2014年7月16日
14:03

乳がん認定看護師さん情報。リンパ浮腫になるのは100人に3人とな。#tbk_yuko

2014年7月16日
18:23

脱毛筆には5cm必要!

2014年7月17日
12:33

今日、現像から帰ってきた写真、傷が何というかとても美しく写っていて、感謝したくなった。

2014年7月17日
21:07

早くもロヒプノール1mgでは効きが悪く…?途中覚醒が何度も。起床時に眠気が残るのも心を暗くするんだよな。人生の大半を寝起きの悪さで苦しんできたせいか眠剤アレルギー。抗うつ剤や気分安定薬抗精神病薬も抗不安薬もホイホイ飲むくせにね。
#tbk-yuko

2014年7月18日
05:46

傷に障らないっぽい衣類をどっさりお買い上げ

2014年7月18日
14:04

今日二つ目の肝試しは温泉だ。しかも単身乗り込む!

2014年7月18日
14:42

蝉時雨の露天風呂気持ちいかった〜。気にしなくっても、誰も私の傷なんか見ていないよ。

2014年7月18日
16:42

発毛

髪がみるみる伸びてる感

2014年7月21日 — 19:33

術後二か月ほどすると、ほわほわのヒヨコ毛が生え揃ってきた。ジーン・セバーグのセシールカット（古い）みたいで、我ながらいい感じ。そろそろ鬱陶しかった帽子ともおさらばしてベリーショートを楽しめる。これぐらいの長さから伸びなければいいのに。寂聴スキンのいいとこは、床に一本の抜け毛もない清さだったから。

抗がん剤でいったん抜けたあと新たに生えてきた髪だから、乳児のハサミを入れる前の髪と同じでフワフワ。治療のおかげで大人なのに赤ちゃん髪体験できたのはお得だ。近所の理髪店で赤ちゃん筆ならぬ脱毛筆を作ってくれるというので行ってみた。長さが十センチほどあれば作れるというので、伸びるまでしばし待つ。２０１５年の春分の日に断髪式を行うことにした。つまり術後一年弱。いい記念になりそう。

白人さんの髪みたいに細くて柔らかいから触ると気持ちいい。これ以上切らずに伸ばしてフワフワロン毛にしようかな。もともと髪が太くて硬くて、少しでも伸ばすと頭が重くなるからロングを楽しめなかったんだよね。でも、気になることがある。後ろ髪はフワフワ伸びてくるんだけど、なんで前髪の伸びが悪くて、いつまでたってもナポレオンみたいなんだろう？ 主治医に質問したところ、ホルモン療法で女性ホルモンが抑制されてるせいらしい。つまり男性の禿と同じで前髪や後頭部が薄くなってしまうのだ。よし、鬱陶しくなくていい！ と考えよう（プラス思考）。

毛が生えるのは頭だけじゃない。前腕の毛が一時モサッと生えた！ なんだろう、この生命の爆発めいた現象は。抗がん剤という〝毒〟が身体から抜けていく感覚を味わうのは悪くない……と思ったら、それが一度抜け落ちたあと、いままで通りごく薄くなった。わりとしっかり生えてた眉が薄くなったかな？ などなど、自分の肉体を観察するのも面白い。

治療が終了する術後五年目までハサミを入れずに伸ばし続けようか。そう思って実践している。一種のゲン担ぎ。もしも再発転移して、抗がん剤を入れたらまた抜けてしまう髪。そのとき、わたしは再度の抗がん剤を、そして脱

New hair

一

毛を選ぶのかしら?

2014年7月24日
22:01

あったものがなくなるのがかなしいのはあたりまえ
#tbk-yuko

2014年7月25日
05:46

23:30→3→レ半錠→5:30
#tbk-yuko

2014年7月25日
18:49

私の肉体は(脳も肉体の一部)、ある部分では不運に見舞われているけれど、ある部分はむしろ強く恵まれているのだから、そこをうんと耕していかないと。 #tbk_yuko

2014年7月25日
19:26

常に左脇に違和感がある、というのは、苦痛であると同時に、発見の芽でもある。スムーズに動く体を持っただけでは気づけない、あらゆる感度の高まり。あるいは高めるきっかけ。高感度センサーを肉体に搭載したのと同じ。#tbk_yuko

2014年7月25日
20:02

ニンニクは結石には悪いけど、うつ病にはきくのね。

2014年7月26日
09:11

泊まりがけは去年の9月以来
#遠足協会

2014年7月27日
08:19

0:30→2:30→レ半→5:30→レ半→7:00。最初から一錠のめばよかた。#tbk_yuko

2014年7月27日
09:19

朝っぱらから友人の名言「人って誤作動するよね〜」

2014年7月27日
19:14

なにかと世をはかなみがちだが、勇気持って生きて行こう！と思えるのは、旧友のおかげ。ありがとう。#tbk-yuko

受診日。持ち越し効果とダルさ、時に襲う何とも言えない物悲しさを訴えると「飲むのが1時だと、ちょっと遅いんですよね。半錠のんでもらうか…」と考慮の上、短時間型のレンドルミン1錠に処方が変わった。
#tbk_yuko

2014年7月22日
13:19

不安定な時は見る映画にも気を配らないと悪化させますよねぇ…と言ったら、なぜか主治医と映画談義に。収容病棟とアナ雪について。「そういうの、僕はカッコーの巣の上で、でもう十分やわぁ…絵が綺麗やのに中身が重いって、シェイクスピアみたいやねぇ」なるほど。
#tbk_yuko

2014年7月22日
18:47

今日は寝起きはイマイチだったけど、あとはいろいろついていて、機嫌よく過ごせた。気分障害を持つものにとって、こういう日もあることを記しておくことは大切。とかく悪い日だけが記憶に刻印されがちだから。捨てたもんじゃない、ととなえること。#tbk_yuko

2014年7月22日
21:00

朝。レンドルミンの効き目はまろやか。持ち越しのダルさもマシっぽい。ヨーガ50分。

2014年7月23日
08:56

レンドルミンは緩やかすぎて、効かないんじゃないかと不安になるけど、結局眠れた。バスと眠気は、信じて待てば必ず来る、の法則。#tbk_yuko

2014年7月24日
05:57

ベランダで夕暮れを眺めるために生きる

2014年7月24日
18:11

今日は物哀しさの波状に薄く受ける日中も、こうして夕べになって酒を飲みだすと、憂ひは風情と変はってしまふ。
種田山頭火　　うそうそ、自分w

2014年7月24日
18:31

2014年7月31日
19:10

他人から見ると「やりすぎ！」ってことも、当人にとっては「そこまでやんないと乗り越えられない」って場合あるよね。ある程度空ぶかししないと乗り越えられない段差、みたいな。#tbk_yuko

2014年7月31日
20:28

幸若舞『敦盛』―人間五十年、下天の内を較ぶれば、夢幻の如く也。一度生を享け、滅せぬ物の有る可き乎。

2014年7月31日
20:28

メメントモリ

2014年8月1日
15:39

今日はかなりあかん感じや。連日の暑さやもん。こんな日もある～。#tbk_yuko

2014年8月1日
17:53

子どもあやすのと自分あやすの、どっちが難しい？ #tbk_yuko

2014年8月1日
18:44

いろいろ病気持ちだが暑さには強いつもり…でも、曇った炎熱つらいニャー。

2014年8月1日
21:00

気分の反応性のある一日だった #tbk_yuko

2014年8月2日
20:02

傷つけられて育った人間だからこそ、安易に人を傷つけがちなところをグッとこらえたりウッカリしたときは謝ったりしつつ、自分と他者を愛する方向にもっていくべきなのだ。#tbk_yuko

2014年8月2日
20:41

祖母が「あてばっか損してる！」という人で、幼い私にも見苦しかった。長じると世間には「私は傷つけられた！」とか「俺損してる！」という人が多いので、うっすら軽蔑していたのだが、「損してる」「報われてない」感を過大なプライドで封印していただけだと気づいてる昨今orz #tbk_yuko

早朝覚醒したけど、昨夜は連続して5時間弱眠れたのでレンドルミンは飲まなかった。ちょっと寝不足だけど、まぁまぁ…　#tbk_yuko

2014年7月29日
07:56

痛みは、しっかり噛んでじっくり味わうと身になるはず。

2014年7月29日
18:28

影が濃いのは夏のせい？　いやいや、今日は午後から、ここんとこマシだった傷の疼きがひどかったんだ。湿気や気圧がさほどでもなくても、こういう日はあるんだな。それに気分まで引っ張られておセンチになったり世をはかなみたくなったり…気づいたところで止めよう。#tbk_yuko

2014年7月29日
19:52

さすがレンドルミン。23時に飲むと4時前には目覚めるのね。トータル7時間を確保したから、もう飲まないけど。#tbk_yuko

2014年7月30日
04:34

元気な時の私はエンターテインメントを大いに楽しむ。でも、メソメソしがちな時は、アートが力を与えてくれる。

2014年7月30日
17:14

ピピロッティ・リストみたいにスカートひらめかせて大股で歩きたいな。かたっぽの胸は誇らしげに乳首を勃たせて、もう片方は真っ平らなんだ。風を切る。#tbk_yuko

2014年7月30日
20:24

傷跡が痛むとき、いつも思うのは「人魚姫」の童話。ヒトの王子に見初められるために足を得た姫は、一足踏み出すごとにガラスを踏むような痛みに耐えた。恋しい人に会えるのならば。私は、何のために耐えているの？　それは、恋しい人に会うために。恋しい自分と結合するために。#tbk_yuko

2014年7月30日
20:46

添い寝したい気持ち。それが詰まっていたなぁ。「収容病棟」(ワン・ビン監督)。性的指向とは別に、同じ部屋にいる人に、一緒に寝ていい？とアプローチして、容れられたり拒絶されたり…　#tbk_yuko

2014年7月30日
21:02

違和感だらけの術後

Pain

常に左脇に違和感がある、というのは、苦痛であると同時に、発見の芽でもある。スムーズに動く体を持つだけでは気づけない、あらゆる感度の高まり。あるいは高めるきっかけ。高感度センサーを肉体に搭載したのと同じ。#tbk_yuko
2014年7月25日 — 19:26

脱衣場に鏡がある。お風呂の時、着替えの時、ザックリ乳房を切り取った衝撃映像が嫌でも目に入る。自分の身体が閲覧注意物件になっちゃうなんて、なかなか笑えるけどやっぱりしんどい。

術後しばらくは手術部位の痺れと謎の疼痛に悩まされた。気圧の低下によって古傷がいたんだり偏頭痛がする〝天気痛〟というものらしい。神経の誤動作？　によるものなので、とうぜん痛み止めなんか効かない。晴れの日はさほども感じないのに、いざ天気が下り坂になれば、とたんに左脇のあたりがピリピリちくちく。パッドを入れる補正用のブラなんか、もちろんつけられない。リュックのストラップ、ピタT……なんでもかんでも痛い気がしてびくびく。けっきょく寝巻きみたいなダボTしか着られない。とりあえず傷に障らないっぽいトップスをＭＵＪＩでどっさり買ってきた。

「じゃ、ちょっと触らせてもらうね」
執刀医で主治医の寺村ドクターによる二か月に一度の定期診察。術後五年間続くホルモン療法中の経過観察だ。血液検査で腫瘍マーカーの値をチェック、そして触診。乳がんは自分で触わって早期発見しましょうキャンペーンがはられてるけど、私なんかプロの乳腺外

科医にチェックしてもらえるんだもんね。ラッキー（ん？）
先生の触り方はけっこう乱暴だ。ダイレクトにガンガン触ってくる。「はいっ、はいっ、はいっ、はいっ」って、リズミカルに左右の胸をチェック。はいっ、問題なし。

いま、かなりきつく触られたよね？　だけど、まったくといっていいほど痛くなかったよね？　なぜだろう。あのシャツが擦れただけでチクチクと刺すような気味の悪い痛みは、ひょっとして「触らないように触らないように」避け続けているから襲ってくるんだろうか？　痛みを感じた時に自分から触っていったらどうなるんだろう？

野犬は逃げれば逃げるほど追ってくるっていうもんね。だったらこっちからいっちゃえば？　それ以来、少しでも傷痕に違和感を覚えた時は自分から左脇の手術痕のあたりをガッシリ右手で触ってみることにした。本当に痛むの？　それとも幻？　結果は……やっぱり自分から触ったら痛くない!!　あ、じゃあさ、じゃあさ、「自分の身体が気になって気になってしょーがない症候群」も同じことなのかな？

2014年8月5日
11:34

#今日のパンダ

2014年8月5日
18:39

(病的なものは別だろうけど)不安は、自分に対する期待の表れ、なんだってー。超プラス思考のアスリートの言も、たまにはいいかも。#ちちんぷいぷい #テレビ廃人 #tbk_yuko

2014年8月6日
13:19

今日の精神科待合室、暑すぎるせいかけっこう空いてた。「何とかしてくださーい」と、切ない声をあげ続けてた女性、なんとかなったかなぁ・・・

2014年8月6日
20:39

昨日のハートネットTV録画しといてよかったなー。義足のビーナスたち。脚は胸と同様女性美の象徴である以上に、日常の機能を担っているから、優れた義足師の存在なくしてアスリートなぞ存在できないし、日常も苦痛。生体に異物をつける痛み。夏の暑さのせいか、私も痛みが酷い。ただのシャツでも。

2014年8月6日
20:43

手術以後、精神科医にしゃべることが変わってきた気がする。#tbk_yuko

2014年8月6日
20:45

人工の胸をつけることはいいの。問題は、人工の胸をつけると、傷跡が酷く痛むということ。人魚姫に与えられた脚状態。? #tbk_yuko

2014年8月6日
21:01

醜くてもいいから、この痛みさえなければ

首都圏の人間関係が適度な緊張感を礎とするのに対し、関西はそれをふわっと緩衝材でくるんでる感じ。けしてゆるゆるじゃないんだけど、そのノリに身を委ねられれば自由になれる。例えば、いつも暑いのにスカーフをかけて身体の欠損を隠そうとしている癖を、ここでは解放できる。#tbk_yuko

2014年8月3日
21:50

吸ったら吐く。呼吸と同じ。#tbk_yuko

2014年8月4日
08:30

刺激が多いとどうしても脳が興奮しちゃうし、遠慮なく眠剤飲めばよかったなー。案の定肩こりなったから、お出かけ前にペットボトル温灸。2日前ぐらいから右腕に痺れも…今日は好きな本でも読んでゆっくりした方がよさそう。#tbk_yuko

2014年8月4日
10:49

ハートネットTV義足のビーナスたち

2014年8月4日
10:57

昨日のダラダラは正解。躊躇なくレンドルミン飲んだのもあって爽やかな目覚め…そんな気分も、内科で最悪の血液検査結果を突きつけられてシオシオ〜。でもさぁ、これ6/18の採血だから、うつで寝たきりだった時の数値よ。とりあえず運動とダイエットだ(酒は?)
#tbk_yuko

2014年8月5日
09:19

数値が急に悪くなったのも当然だわ。ホルモン療法うけてるんだもん! #tbk_yuko

2014年8月5日
09:57

どんな人も…有名な人も無名な人も、友達も知り合いも知らない人も自分も、自殺してほしくない。

2014年8月5日
10:29

油断してると、来週はもうお盆だ。医療機関ががっさり休むぞ! 明日、精神科行って追加の眠剤もらう。内科医曰く「睡眠薬は我慢せんと飲んだほうがええ!」やからな。#tbk_yuko

2014年8月5日
11:12

2014年8月14日
21:43

「閉じ込められ系」の先達として、アンネの日記は読み返した方がいいな、と思う。物理的隠れ家生活は、引きこもりや、逼塞、抑うつと似ているので、その状況で、いかに自身の健康を保つか、その努力の方向性が学べる。日記をキティと呼ぶ「他者の召還」なんかいいアイデアだ。

2014年8月14日
21:47

日記やパソコンに名前をつけて、常に呼びかけることで孤独な生活の場に「他者」を呼び込むという工夫。それと、いくらバカバカしくっても、自分を褒める行為の大切さ。朝起きて鏡に向かって「あなたイケてるわ！最高よ！」とアメリカーンに話しかける日々を繰り返すと、本当に自然な自己愛が生まれうる

2014年8月16日
15:22

【ひきこもりはなぜ「治る」のか？—精神分析的アプローチ（シリーズCura）/斎藤環】双極性障害のうつ発作は、ひきこもりと似たところがあるので斎藤先生の「社会的ひきこもり」（PHP出版）など、しんどい時すがるようにして読んでいた。本書は精神分析の古くて新しい使い方（治療者から家族、何によらず困っている本人まで）がわかりやすく解説されていて、人生行路の指針になる。欲求の実現を楽しみに待てるか？>欲求不満耐性。プライドが高い人ほど自信がないという事実。自己愛の大切さ。ラカンの欲望論。治る＝自由になることだから、信じる（洗脳）はNG…などなど。カウンセリングの危うさについての記述も興味深い。 #bookmeter

2014年8月16日
20:46

眠りと性は、同じ問題を共有していると思った。「他者」と折り合いをつけるのにうまくいかなくなったとき（自分の中の、といってもいい）、不眠や欲求不満が起こりえる。あ、それって「他者」とか言ってるけど「自分が自分自身で狭くなってる」だけなのかもね。#tbk_yuko

2014年8月16日
21:19

今日で術後4ヶ月。なんだ、そんなもんか。#tbk_yuko

いままでまったく何のストレスなくても数か月寝込むような鬱屈に見舞われ続けていたのだから、現在、落ち込むことが、わかりやすく見えやすい状況は、かえっていいのかもねと、主治医に言ったのだった。彼は電子カルテがバグってるのにてんぱっててそれどころじゃないようでしたがw #tbk_yuko

2014年8月6日
21:16

「1Q84」の青豆さんのように体を動かし清浄に保ちたいけど「気持ちいいところで止め」たい。村上春樹の小説に出てくる人々は禁欲的に運動し、キツい痛みに耐えている。本来、体を動かすのは、柔らかく気持ちよく開く行為だと思うのだけど、それだとのんべんだらりな日常で小説になんないからかな？

2014年8月7日
19:13

「信長のシェフ」はですねぇ、がん治療が始まった頃、病院の図書コーナーにあったのを読んで以来、私にとっては特別な作品w

2014年8月7日
20:53

低気圧迎撃

2014年8月9日
16:48

近づく低気圧、いやます傷跡の痛み。なんてことない、想定内だよ。

2014年8月9日
20:45

多肉植物を肴に酒を飲むことはあっても、まさか自分の肉体を肴に飲む日が来るとはね〜。いや、若い頃からそうしてる人って、案外多いかも〜。#tbk_yuko

2014年8月9日
22:03

お盆だから、自分にとって印象に残る死者を思い出している。彼我を分けていたのは、ほんの少しの空気の流れのようなものだろう。私が向こう側なら、思い出してくれる人はいるだろうか？ そうして、自分より先に逝ってしまうんじゃないか、という存在を感じてビクビクしている。そわそわする夜。

2014年8月14日
21:38

2014年8月27日
21:08

料理をしよう、という時、まず間違いなく私は調子がいい。事前の買い出し(買いまわりと、以後2、3日続く使い回し)から、事後のゴミ捨てまで続く物語。瞬発力だけじゃダメ。ある程度の期間、機嫌いい状態でないと。自炊が続けられる日々は、気分障害の人間にとって大きな慰め。 #tbk-yuko

2014年8月30日
16:02

とっても素敵な上着を購入。新しい身体には新しい服が必要だからね。ハラミイシカスコさん作。

2014年9月1日
00:54

四肢が明白な機能を持っているのに比して、乳房は隠喩的なんだ。だから四肢の欠損と乳房切除は、ちょっと違うジャンルっぽい、と見えるんだけど、それが「自信」に関わる点と、美に対する感受性あたり、響き合うものを感じるの。そしてどちらも痛みは共有してるはず。 #tbk-yuko
子どもあやすのと自分あやすの、どっちが難しい? #tbk-yuko

2014年9月1日
00:57

私は私の足、脚が大好きだ。だから、なくなってほしくない、と思う。胸はほどほどに好きな程度だった。

2014年9月1日
01:05

人は絶対壊れない。壊れているのは人が作った社会や仕組み…バイオニックジェミーとか、むかしのんきに憧れてたな〜。バイオニックテクノロジーが義足をパワーアップするのなら、その精神科バージョンも望むよな〜。ハザードを少なくするナイスアイデアを。

2014年9月1日
01:13

どうなんだろう? おもてからは見えない臓器。胃を半分切除する、って。食事の不具合やなんかの機能以外にどんなしんどさがあるのだろう? 内視鏡手術だと侵襲が少ないらしいけど、開腹はやっぱりしんどいと思う。他人の痛みを知りたい。比喩的ではなく! 頭痛も、神経痛も、結石も!

2014年9月2日
22:16

「裸婦」になりたい。なろう。撮るか描く人が必要だな。
#tbk-yuko

わけもなく歌の練習をしたいな。声を出すことは、必要。私の体にとって。

2014年8月17日
18:19

自分が何の気なしにした行為について、しっかり受け止め考察した上、書かれた文を読んで、温かい涙が流れた日。#tbk-yuko

2014年8月18日
22:58

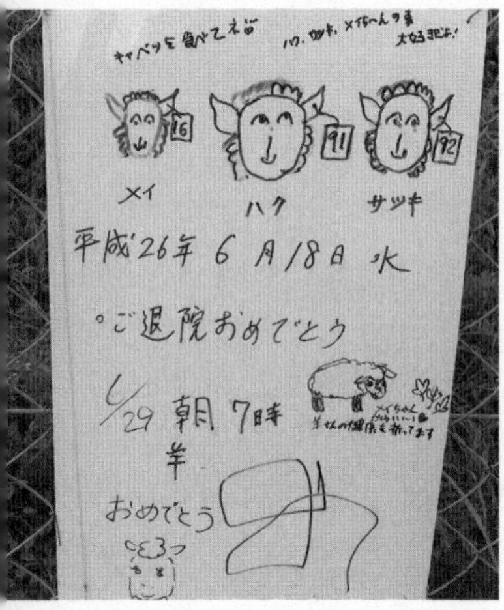

とても素敵だった

2014年8月19日
11:06

躁病で病識がないというのはよく聞くが、鬱でも病識ない場合があるのか。「無理するな、休め!」といくら言われても、素直に休めない。むしろ駆り立てられるように働き、無駄な動きでそれでなくても枯渇しているエネルギーを蕩尽してしまうような…あるよなぁ〜。#tbk_yuko

2014年8月25日
11:17

怖い夢というより、嫌な夢を見るとダメージがきついなぁ #tbk_yuko

2014年8月26日
08:46

軽い愚痴メールに対して重量級の愚痴を返信してしまったorz しかし「中原昌也作業日記2004-2007」を座右に置いている私は、それっぽっちでは凹まないんだ。ズブズブいくよ〜。#yukodokusho

2014年8月26日
20:56

軽く筋肉痛、ぐらいの毎日を過ごしたい。ああ、走りたい。踊りたい。#tbk_yuko

2014年8月27日
19:26

痛い。しかし、この痛みは私のもの。#tbk-yuko

2014年8月27日
19:59

2014年9月10日
19:52

「トラウマは向き合えば個性になる」ー名言だにゃー。録画で見た昨日のハートネットTV。「死にたい気持ちはつねにここ（左肩をさする）にありますよっ」と言い放つコメンテーターのタレントさんの切迫と、彼女が死なない理由。#tbk-yuko

2014年9月10日
20:00

一度ガンを患ったからには再発の可能性はあるわけで死を身近に感じる。でも、怖いようで恐怖ではない。切なく懐かしく寂しく亡くなった人々と合一し地球の空に溶け込む日を思う。対して鬱パニックの希死念慮は「殺される」恐怖。狂った大脳に希死念慮という武器で付け狙われる怖さ #tbk-yuko

2014年9月10日
20:03

今日は担当看護師さん（乳がん認定看護師）と随分しゃべった。私の疑問に答えてもらうと同時に、彼女の仕事の鬱憤も聞く関係性なのでイーブン。こうしてしゃべっていると、自然とどっちがどうとはいえないカウンセリング空間が生まれて発見が出てくるので面白い。#tbk-yuko

2014年9月10日
20:08

人に酷いことを言う人は、実は自らに不安と恐怖を抱えている場合が多い（自分の若い頃がそうだった）。弱っている人間を見ると「自分もいずれそうなるのでは」という恐怖から攻撃してしまうんだよな…
#tbk-yuko

2014年9月10日
20:20

自分の暇暇日常を振り返るに、がんていうのはほぼ障害になってない。ネックは常に気分障害。若いうちにこじれて就労困難になってしまった青年層と、似た感じの「踏み出しにくさ」なんだよなぁ。がんだったら「抗がん剤投与でちょっと休むかもです」だけど、気分障害読めない…
#tbk_yuko

タバコやめたのは2008年の12月3日らしい #tbk-yuko

2014年9月3日
20:33

今日は体の傷がラクだった。やっぱり爽やかな気候を求めているのね～。#tbk-yuko

2014年9月7日
18:12

高山右近の首の傷、黒田官兵衛の顔の痣や歩みが、近いものとして味わえるので、外科手術傷があるのもいーもんだ。あとは、傷跡フェチのイケメンボーイフレンドがほしいぞw #tbk-yuko

2014年9月7日
18:15

医師の勤務時間の長さは半端ない。私も入院中に主治医が休日出勤してくれてドレーン抜いてくれたのに感動したもんだが、あれってIT系の人があくまでバグ出しに燃えるのと同じで「あの患者のあの処置、当たりかな？気になる！やっぱ当たってた！よっし！」みたいなもんかも～。それが仕事の楽しみw

2014年9月7日
19:45

びよいんにニモいた！

2014年9月10日
11:50

看護師さんと盛り上がって喋ってたら、午前の暇が潰れたわい

2014年9月10日
12:38

びよいんの売店には絶妙なサイズのお菓子が
#今日のパンダ

2014年9月10日
12:48

2014年9月17日
08:16

昨日のパンダ #今日のパンダ

2014年9月18日
17:30

血液検査で腫瘍マーカーCEAが上がってるとかでCT撮ったんだが異常は認められず。じゃーなんで値が上がったの？てのはわからず仕舞なので経過を見てまた採血＞やっぱ上がったままなら今度はPETを撮る…と。先日の子宮がん検診も検査待ちやけど…とりあえず祝杯！ #tbk_yuko

2014年9月18日
23:04

あー、鬱屈はらしたい！思いっきり踊りたい！引きこもり生活いやや〜！って、これじゃまるで青年みたいだが、夏目漱石やったらすでに死んでるで！って年だから笑えねぇ〜。いや、こーゆー時こそ笑うんだ——！

2014年9月24日
19:33

先日、酩酊で妄言吐いてた時「私の担当看護師」と言うべきところを間違って「私の担当編集者」とw 私の病が作品だとすると、確かにスケジューリングとかアドバイスする看護師さんて、編集さんぽいよな〜。#tbk_yuko

2014年9月26日
11:20

トイレットペーパーがあと一個、という時点で補充。以前に比べて強迫的な感じが減ってるのかもな。前は残り4個とかで焦って買ってたから。#tbk_yuko

2014年9月26日
11:31

ニモのいるびょいん@彦根市立病院

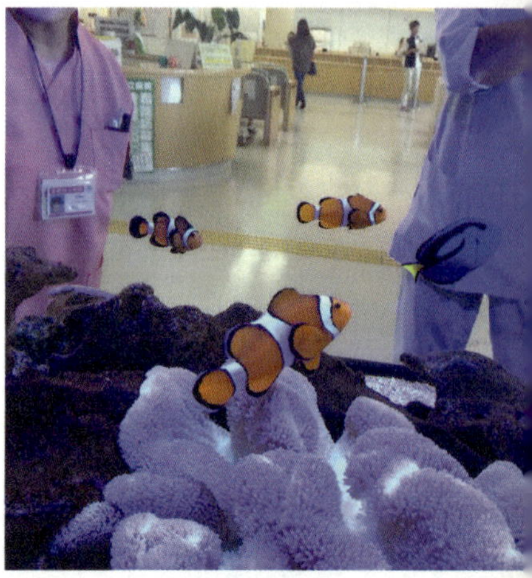

2014年9月26日
11:32

お花もきれー@彦根市立病院

乳がん認定看護師さん曰く「皆さん、自治体検診の再検査とかでいらしてるから、まさかがん告知されるとは思ってなくて…告知されたあとも、仕事があるから！って職場に戻られるんですよ」…で、もちろん忙しすぎて検診もスルーしてしまう人も多数…

2014年9月10日
20:25

熱心な医師が休日出勤して病棟回ったりするのはIT系のバグ出し感覚かと思ったんだけど、今日看護師さんと話してて、むしろ牧畜農業系だと結論。毎日ベコの様子は見るもんだ。よし飼い葉食いが戻ったな、とか、毎日畑を見に行く感覚～。#tbk-yuko

2014年9月10日
20:45

術後のホルモン療法は子宮体がんのリスクを増すので婦人科へ。子宮頸癌検診は経験あるけどもっと奥でしょ？かなり不安も、あたりの柔らかい先生。「ちょっと痛いことしますよ」「え、子宮口開いてるんですか？」「正確に言うと子宮引っ張ってます」「えー？」ていううちに終了w #tbk-yuko

2014年9月10日
20:59

病的な鬱とは違って、憂いや寂しさは良いもの。なんてったってそれで酒が呑める！不安、恐れ、寂寞、憂愁、悲哀…全部、酒の肴～。#tbk-yuko

2014年9月15日
18:00

術後5か月。今日はCTをとる。#tbk-yuko

2014年9月16日
14:41

びよういんの花壇。立葵きれいだにゃ

2014年9月16日
15:23

びよういんでオヤツ

2014年9月16日
16:27

検査に行って手探りの取材で手応え。久しぶりに編集とか執筆とかしたくなるにゃー。#tbk-yuko

2014年9月16日
20:30

2014年10月3日
22:59

ハルステッド法は、いまはほとんど行われていないのでは？しかし昔の手術ではウィスキーのまされる程度で胸筋まで外科的侵襲されたんだよな…私、21世紀の手術でよかったわ…

2014年10月3日
23:03

告知についてはいいと思いますよ。慢性病(精神疾患でも身体疾患でも)で、病名隠されてると、よけい悪化すると思うのでね。

2014年10月3日
23:09

放射線やったことないからなー。抗がん剤が眺めのいい8階の展望ベッドでゆったり3時間…だったのに比べて、放射線は地下で照射されるんだもん(放射線だからね)… #tbk_yuko

2014年10月3日
23:14

昔は胸筋までとるハルステッド法どころか、鎖骨肋骨までとってたんだもんね。全摘よりリンパ廓清とか温存した上での放射線治療のほうがつらいと思うんだがなあ…乳腺外科の先生曰く「いずれ乳がんは薬で直す時代がくるけれど、いまは手術せざるをえない」と。外科医が切りたがってるてのは偏見よ。

2014年10月3日
23:16

そりゃ、あったものがなくなるのはつらいよ。片腕、片足を失った人に比べれば、機能がない分ラクだとは思うけれど。片耳を失ったゴッホ、片方の腎臓を与えた人、としゃべりたいなあ。あと爆笑問題田中さんとか〜。
#tbk_yuko

2014年10月3日
23:25

触っただけで悪い、とかはないよ。悪性かどうかはエコー画像の読影、悪性度は病理診断で出るはず。そうじゃない病院はダメっしょ。

2014年10月3日
23:26

ま、私は納得の上で治療手術を受けたわけだからいーんですけどね。へんな先入観を得てほしくないんだ…あ、来週はひとり農業かー。録画しよw

私の体から採られた組織は、ヤンデル先生みたいな素敵な病理医に診断されてると妄想。

2014年9月26日
11:46

そんなにいい出来ではなかったのは否めないけど、明日で美輪さんの「ごきげんよう、さようなら」も聞き納めかと思うと惜しい気がする。なんといっても最初の頃、入院中に楽しみに見てたのが印象的だ。#花子とアン

2014年9月26日
18:29

ちょいと大きめの身体疾患やると、ドクターG(とヤンデルせんせの副音声)の面白みがグッと増すよなぁ。謡をやるとお能で寝なくなる、みたいな〜w #yandelive

2014年9月26日
22:48

must rule out(最初に排除すべきあらゆる意味で危険な疾患だから見逃さず検査せよ)とか、医療業界の名言満載で、毎度うっとりしてました(ヤンデル先生の副音声がまた…)

2014年9月26日
23:24

「ヤンデル先生の灼熱病理検査室」にて連載開始ですと。私なんかがのんきに生活できてるのって、治療手術してくれた主治医のおかげもあるけど、やっぱドクターG(かかりつけの内科医)と確定診断してくれた病理医のおかげやし。

2014年9月26日
23:43

今日は是非会いたい彼女がいたから行った。でお釣りが出るほどの感動。会いたい彼女に会えて(会えるだけで私には力になるのです)、おまけに他にも素敵な人々に会えて、ほんとに良かったにゃー。#遠足協会

2014年9月28日
21:56

今日はややましだったが〜。昨日のパンダ #今日のパンダ

2014年10月3日
21:25

抗がん剤投与が終わってから出た後遺症的な右腕のしびれの違和感。それよりも左胸切除後のしびれ、知覚過敏的な痛みは毎日毎時毎分感じること。放置しなさいって言われても、ねえ… #tbk_yuko

2014年10月3日
22:53

2014年10月7日
02:14

たかだか片胸切り取るぐらいでこれだけ思うところあるんだから、昔の中国の宦官とかどうやってんやろなーって思う(しかも麻酔がアヘン程度!?)。同時に性同一性の問題で手術する人の、気持ちは納得しても体の後遺症とかしんどさの具合とか。それ思うことで孤独を紛らすんだけど #tbk-yuko

2014年10月12日
13:01

気にしすぎは良くない、という話 #今日のパンダ

2014年10月13日
19:41

合宿1日目は座学みっちりやって東洋医学の初歩の初歩。自分的には脈診が体験出来たの良くてプチ長今気分。2日午前のボディワーク(宿命的な股関節問題が!)、午後の韓氏意拳体験中(と、その後もそれを意識してる時)、常時チクチクしてた手術痕の幻肢痛が消えてたんだよねっ #tbk-yuko

2014年10月14日
10:33

私は自分の持病、けっこう気に入ってるな、と思える。長い付き合いだから、好きにならないとソン。#tbk-yuko

2014年10月14日
11:31

風景を見ている時に、取り立てて物悲しいとか楽しいとかないのがニュートラルなんだろーなー。
#tbk-yuko

2014年10月15日
23:52

クロッキーのヌードモデルとかしてみたいなー。人とは違った肉体を得たので、それをお披露目的な～。

2014年10月16日
09:26

わぁい、ハラミイシさんのシャツいかす!

あー、でも、自分が受けた医療を「納得したい」「ひいきしたい」気持ちはあるね。温存or全摘、リンパ節郭清したかしないか、再生するかどうか、片方か両方か、放射線したかしないか（抗がん剤は全員するはず）、転移してるかしてないか。乳がんだけでもこれだけの「差別」が〜 #tbk-yuko

2014年10月3日
23:41

しかし、やっぱりキツいのは、がんなんかより精神疾患の方だ。いつ、どのくらい落ちるのか、まったく自分も医師も言い当てることが出来ない。身体疾患ならば善し悪しごとに見通しがきくのだが、それがもう五里霧中だから、未来が見えず、未来がなくなってしまうに等しいから。 #tbk-yuko

2014年10月4日
00:37

がんの再発より私は鬱の再発が怖い。だから鬱に飲み込まれる可能性のある限りは、出来るだけ外に出て会える人に会えるうちに会いたいと思う。私から「外部」を奪うのは、おそらく精神疾患の方が重いと思うのだ。だって、体がきかなくなるより気力が萎える方が動けなくなるんだから #tbk-yuko

2014年10月4日
00:45

乳がんで全摘した人がすごい人数いるに違いないのに、なんで私の周りに見当たらないの？ なんでパラリンピックが終わると、腕や脚のない人をメディアで見なくなるの？ みんな出てきてよ！ 私を一人にしないで！ #tbk-yuko

2014年10月4日
00:55

7月あたりから感じてる右肘周辺の痺れが、右手の中指や人差し指にも広がって、かなり酷くなることも。城崎に向かう車中からなので、温泉は関係ないよな。こんな痺れ（抗がん剤の後遺症だろう）とともに「目が覚めたら機械になっちゃってた」青年のお芝居を見るのは格別だった。 #tbk-yuko

2014年10月5日
17:35

ダンス教師の体の安定感半端なかった。樹木のように揺るぎない〜。で、風に揺れるような重心移動とステップ。体動かしてる間は、右手のしびれとか傷の違和感とか忘れられてよかった。 #tbk-yuko

2014年10月7日
00:33

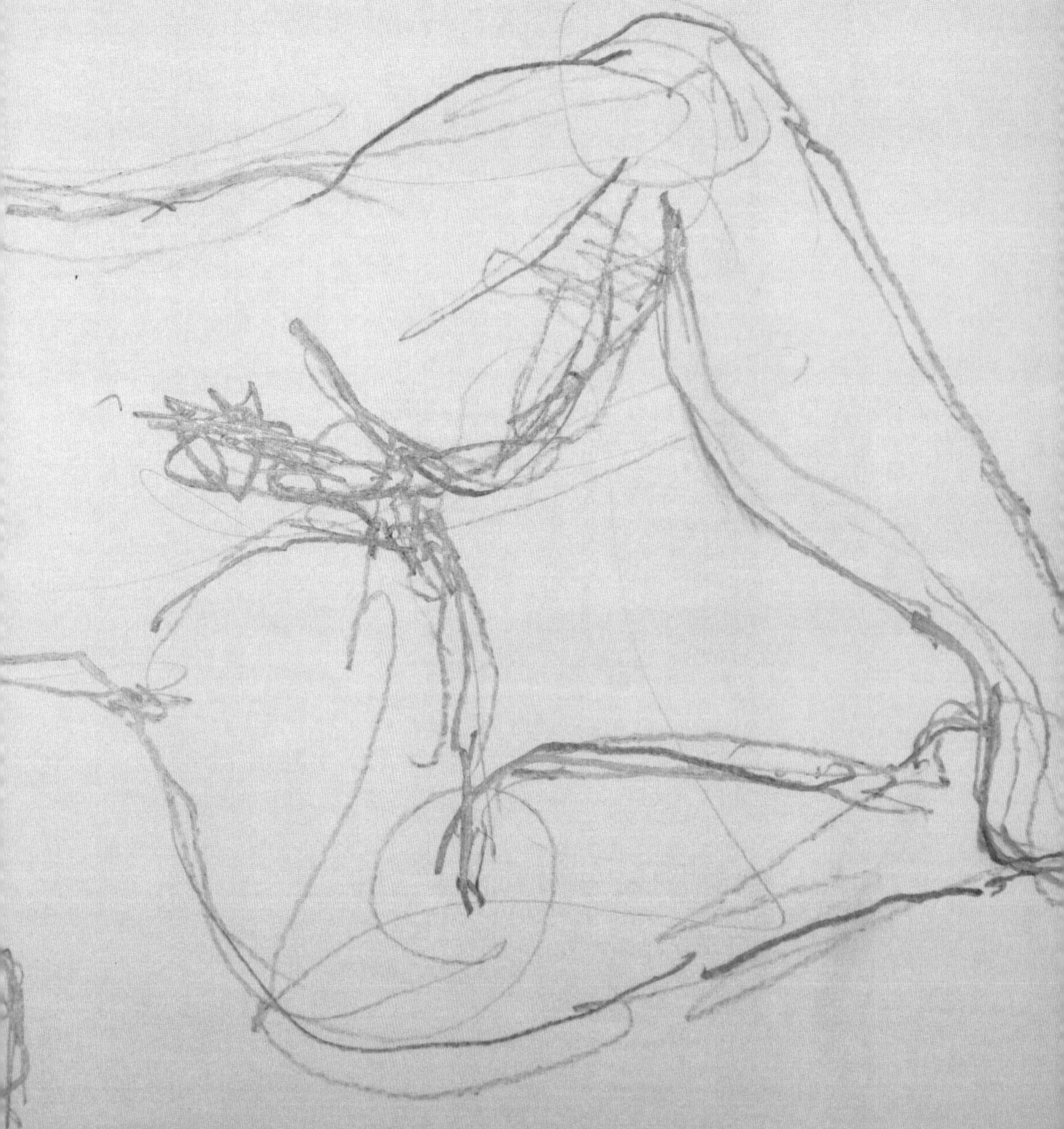

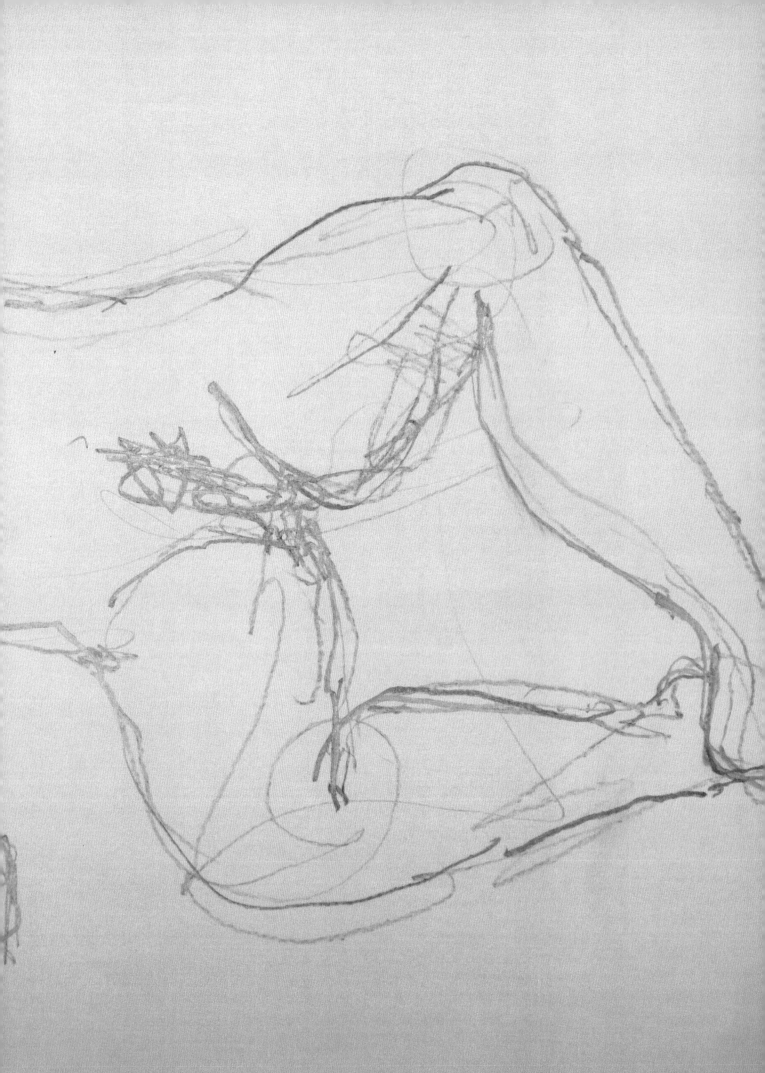

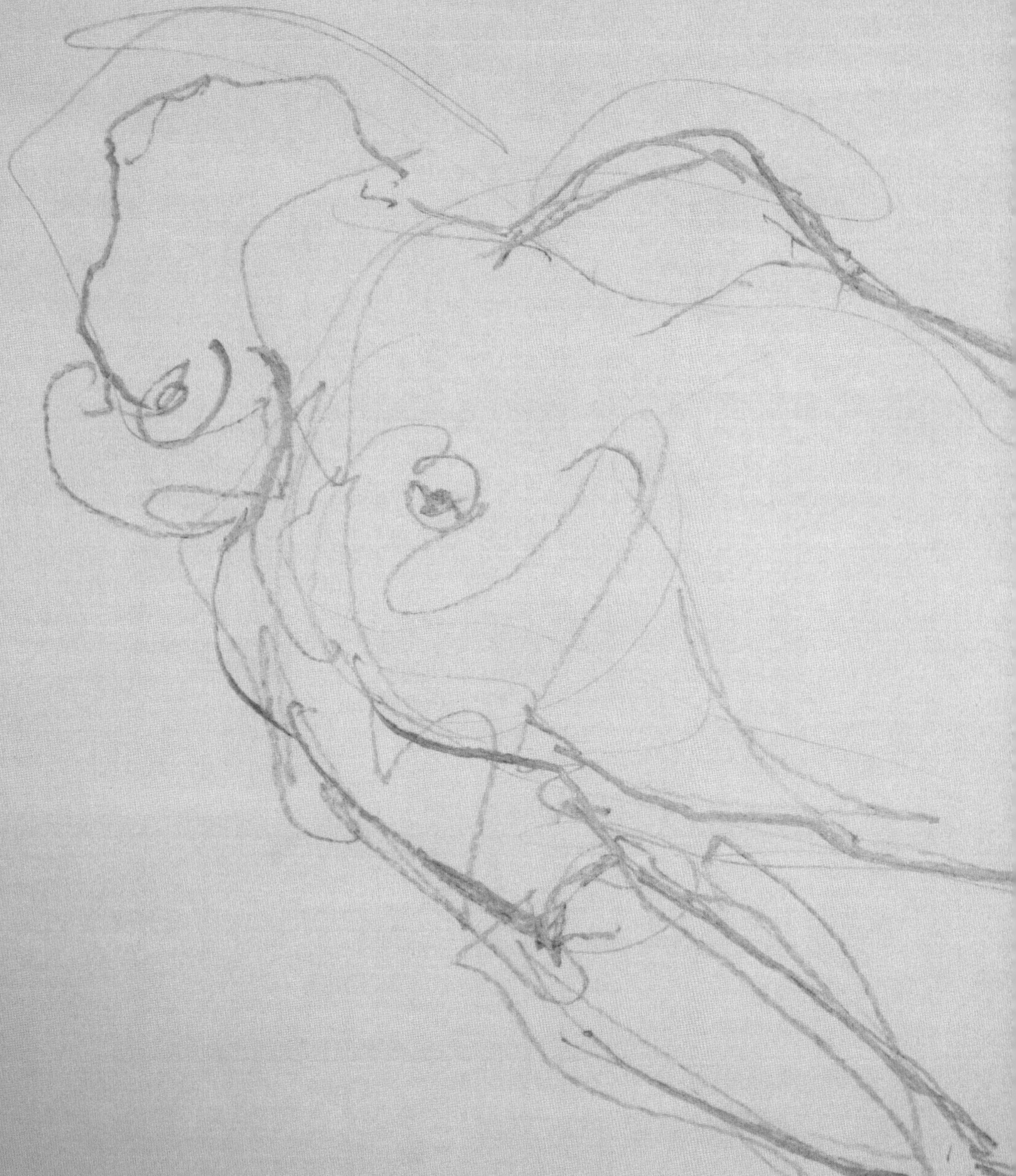

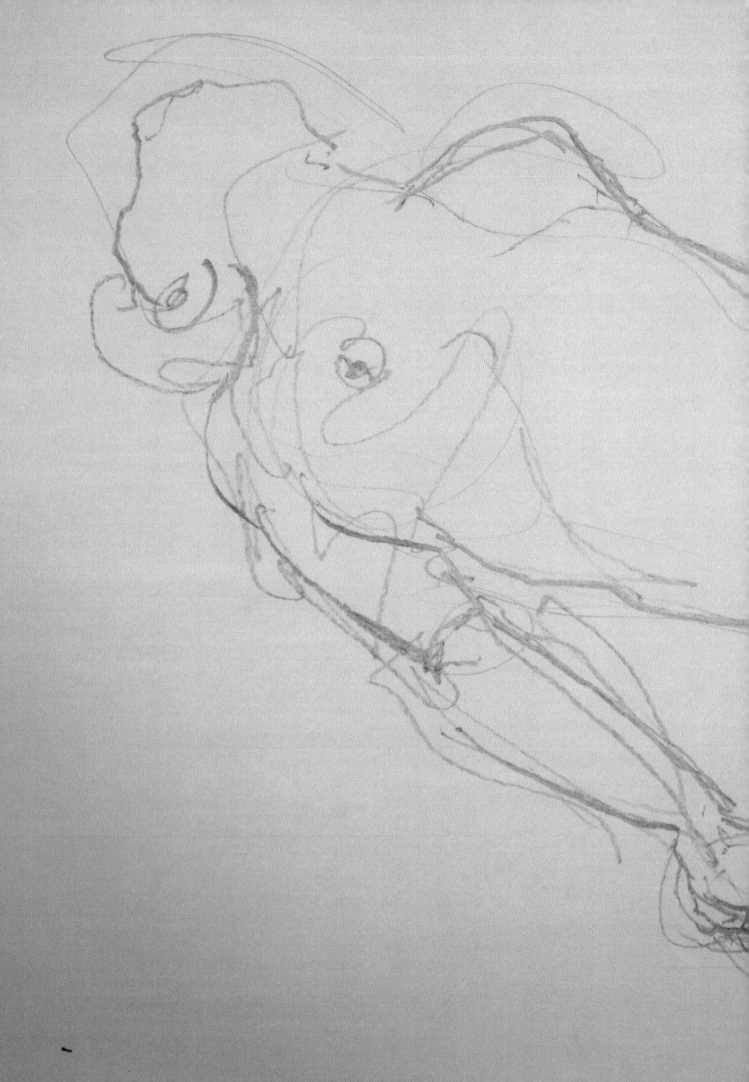

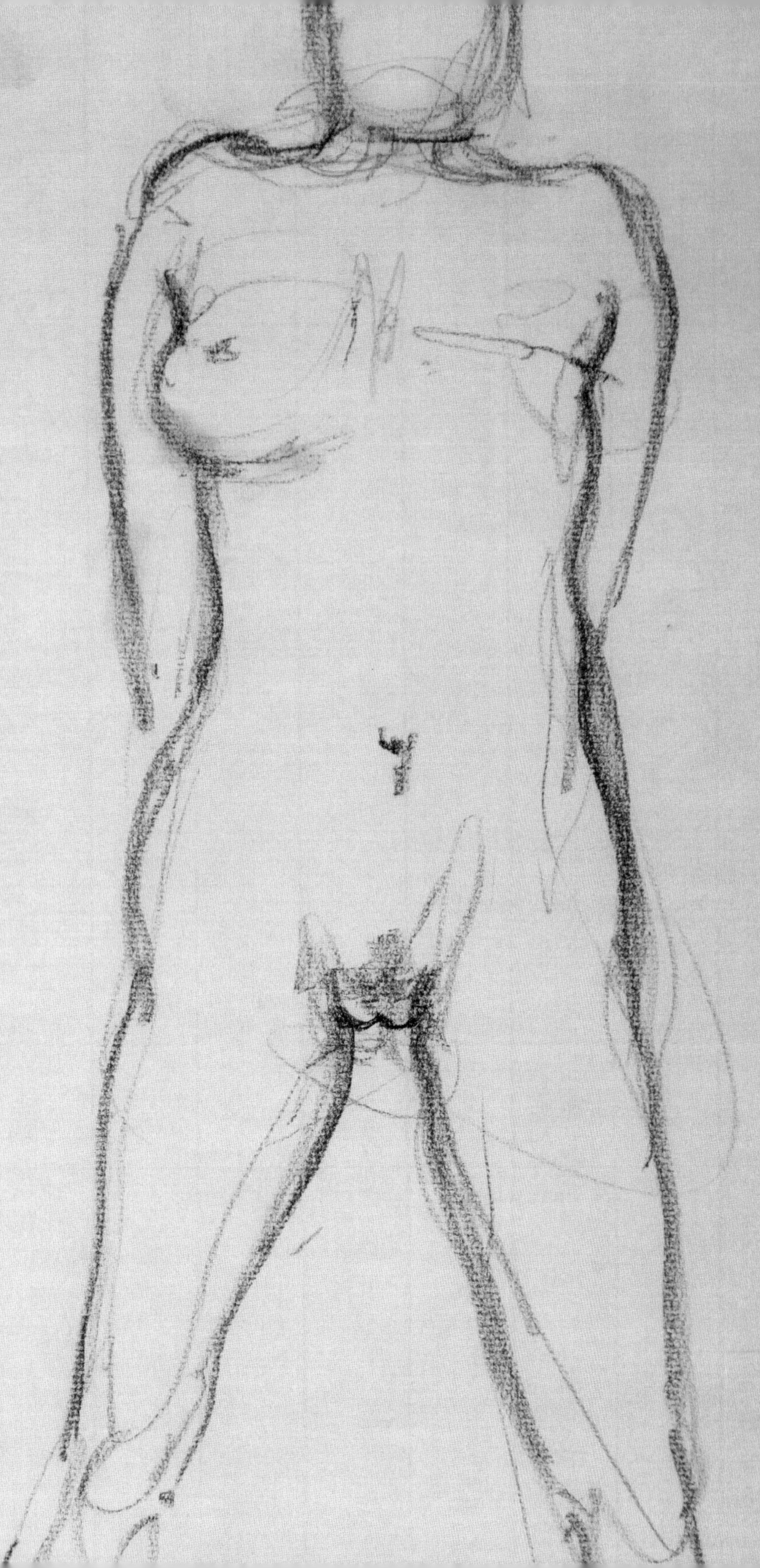

裸婦

Nude

つきあいの長い写真家の太地悠平くんに手術前の写真を撮ってもらっておいた。双丘がそろっているうちに、イメージをとどめておこうと。本書において2013年12月27日に行われたフォトセッションがそれ。抗がん剤で脱毛し、全身むくんでいるけど、とりあえず乳房は二つある。そして術後の写真も（2015年3月7日分）。

全裸ではないけどセミヌード写真だし、あくまで自分の思い出、記録のためで他人に見せることは考えていなかった。けれど、ある日ふと思ったのだ——「いや、これ、見せてもいいんじゃない？」

日本人女性の生涯乳がん罹患率は十一人に一人（2018年のがん統計）。乳房を切り取られた傷は実はありふれていて、女の身体にはこういうバージョンもよくあるってことになる。たとえば四肢欠損のボディイメージは乙武洋匡氏のおかげで格段に〝ポップ化〟した。あの感じが欲しい。つまりわたしは「わたしの身体を一般化したい」。だったら自分の〝欠損ヌード〟を公開するのもアリかもしれない……。

ぼんやりそんなことを思っていた頃、渭東節江（いとうときえ）ちゃんから連絡が来たのだ。古くからの友人で、もともとアーティストだけれど最近はとりわけヌードクロッキーにハマっているのだという。

そうか、「裸婦」があるじゃない?! 写真よりも動画よりも、昔々から描かれ続けてきた女性の身体。さっそく彼女にヌードを描いてもらうことにした。五十歳にして裸婦デビューである。ドキドキする。

巨大なクロッキー帳にイーゼルまで携えて彼女は来てくれた。ソファに寝そべって、椅子にかけて、立って……節江ちゃんがポーズを提案してくれる。姿勢を一度決めたら動くわけにはいかない。視線さえ動かしてはいけない気がする。十分どころか一分ももたないのでは？ と心配だったけど、やってみたらけっこう平気だったから自分でも驚いた。数年前からちょこちょこヨガをやってたおかげかな？ ラクすぎるポーズだと眠くなってしまうほどにリラックスしている自分に気づく。静止している緊張感と眼差されている高揚感。そして親しい友人に描いてもらっている、という親密な安心感。

思えば、まだ自分でヌードモデルに挑戦しようなど思いもよらなかった頃、わたしは節江ちゃんが企画した「女性のためのヌードクロッキーワークショップ」に参加したことがある。ヒトの身体が持つシンプルな美しさにビックリしたことを思い出す。伸ばした指先から乳首の先端までが一直線で描けたりする造形の妙。学校時代、美術の時間に「友だち」を描かされることってよくあるけど、あれでみんな絵を描くのが嫌になっちゃうんじゃないかしら？　ヌードに比べて着衣のデッサンは数段難易度が高いと思う。服のシワを描写する手間に比べれば、裸体のなんと清々しいこと！　新しい眼を開かれて興奮した私は、帰りの駅で人々の顔を線でとらえたり面でとらえたりしていたっけ。

「モデルはクロッキー会の導師。『このポーズむりやろ？』みたいなのをやりきるとか、苦しそうな顔を見せないとか、長時間ぶれないとか、早期にモデルのモチベーションの高さをみせることができると、描き手はぐんぐん引き込まれる。やる気はモデルから引き出されていると思います」——節江ちゃんとやりとりしながら、その後もセッションは続いた。彼女の画塾にギャラをもらって参加したこともあったし、パフォーマンスイベントに乗り込んで、わたしがモデル、節江ちゃんがナビゲーターとしてデッサン会を催したり。今後もちょくちょくやっていきたい。

さてさて、わたしを描きたい人、いませんか？

2014年10月30日
02:43

私の「がっくり寝込む」は、多分、脾気虚。けどそれだけで（ん？）、事前に何のストレスもプレッシャーもなく突然電源が落ちる感じ。しいていえば日々に倦む感じ？ これが一番病深いのかなぁ。とりあえず前日まで機嫌よく体も動かしてたのにー、てのが多いが、予感は、ある。#tbk_yuko

2014年10月30日
03:19

普段は風呂が好きすぎて通常朝夕に湯船につからねばおかないし、夏場はそれが3.4回になる（シャワーやスーパー銭湯含む。）し外国に行ってバスタブがないホテルだと機嫌が悪くなるクチなんだけど、調子が悪くなると、その大好物たる風呂が面倒でなんとも嫌になる。これが分水嶺。#tbk_yuko

2014年10月30日
21:28

昨日は2:30-3h眠れたかな？ 2chとか見るだに、海老ちゃんの不眠副作用、はんぱねーな。効き目があるのはありがたいことなんだけどねぇ〜。今朝から断薬してるが…#tbk_yuko

2014年10月31日
08:56

昨夜は入眠困難も、レンドルミン半錠で眠れたし途中覚醒も1回だけ。海老ちゃんの副作用を乗りこなせてる？ 起きたらペットボトル温灸&葛根湯へ。#tbk_yuko

2014年11月1日
08:14

レンドルミン半錠で眠れた。深刻なもめ事の仲裁をする夢。途中から「こういう時こそユマニチュード技術つかわなあかんやん」と気づいて実行しようとするが、なかなか上手に出来ない。教育とか子育て、人付き合い全般に使える技術なので、みんなが地道に練習する必要あるね。#yukodokusho

2014年11月1日
19:35

20代の前半までは、常に感覚に薄皮が張ってる感じで、それって今にして思えば離人感だったのかなぁ。ジョン・レノンが死んだ、とかいうことに対して人々が感じている感じを、私は全く感じられない。戦争や紛争も事故も事件もなにもかも。

術後半年の日 #tbk-yuko

2014年10月16日
17:16

幻肢痛は「大切なものを奪われたダメージから、人間を救おうという脳の防衛とも言える」唯川恵（讀賣書評欄）#tbk-yuko

2014年10月19日
08:37

めいめい自分がええと思う格好をし、他人には干渉しないというのが大阪下町の眼差し。そのせいかちょっとぐらい他人と違う身体でも遠慮せんと湯に入れるへ。#遠足協会

2014年10月19日
13:20

私にとってのピンチは、ここんところ空気のように覆ってくる倦怠や空虚感。それを秋空や澄んだ空気に触れることで、なんとか振り払う。#tbk_yuko

2014年10月24日
19:36

桑山医師の「針金で人生を表現する」浮き沈みの可視化。これは気分の反応性。気分は常にテンポラリーなもので、移り変わるのが普通。これが下がりっぱなしになったりすると病気だけど、普通」は下がると上がる。それを信じること。#tbk-yuko

2014年10月24日
19:47

何か出来た時にいちいち自分を褒める。またしても寝込んでる私も、歯磨き出来た！程度で褒めまくった。

2014年10月27日
07:53

土曜に寝込んで日曜からエビリファイを飲み始めて4日か。今日は普通に活動できたのはいいけど、お定まりの不眠副作用ってやつ。よくきくお薬だけに反作用もあるんだが、よし乗りこなしましょう（これなしで半年寝たきり、てのよりいーでしょ）。#tbk_yuko

2014年10月30日
02:39

2014年11月4日
21:40

二つの視点。うつ病が高じてパニックから自殺を思う時のぼんやりとした不吉な予感から強烈なパニックまでの拷問に等しい責め苦。それに比べれば、がん宣告は、死が近しく懐かしい（じいちゃんもばあちゃんも、そういえば死んでいったよなー、的な）感じがした。
#tbk-yuko

2014年11月4日
21:47

希死念慮て、自分の中に自分を攻撃するストーカーを育てて、そいつに自分を襲わせるようなことだから、明らかに幻で病んでいる。どうした拍子かで、その魔刻から抜けられるのだから、絶対に騙されてはいけない。これさえ肝に命じていればどんな鬱も大丈夫だ！しんどい時は寝てろ、君は復活する!!

2014年11月4日
21:49

結局、不治の病より、精神疾患の精神攻撃の方がしんどい気がしてきた…彼女、どんな気持ちだったんだろうなぁ。やすらかだったかなぁ。幸せだったかな。でも、老衰で穏やかに見守られて逝く人と似ていたのかも。

2014年11月5日
09:51

採血終了。朝ごはん。売店がセブンイレブンになってた〜。謎ドリンク買えなくなったのがちょい残念。#tbk_yuko
@彦根市立病院

2014年11月5日
10:12

羊ちゃんず@彦根市立病院

2014年11月5日
12:20

病院のニモちゃん@彦根市立病院

2014年11月5日
18:34

手術痕が知覚の誤動作を起こしてチクチク痛いのは、怖がって極力触れないようにしてきたから。むしろきっちり触ると別に痛くない、ということに気づいたので、積極的に触っていくことに…これ、克服できそー！と喜んでたが午後から違和感増大…案の定低気圧接近！ #tbk_yuko

思えばあの離人感(20代の感覚)から解放されて、じかに世界に触れるようになったのだから、そうやって触った世界が退屈きわまりなくともマシではないか？
#tbk_yuko

2014年11月1日
19:38

7月に右ひじが痺れ、9月からは手先までも痺れていた抗がん剤の後遺症が、やっと少しは和らいできたと感じる。少なくとも頻度は減った。#tbk_yuko

2014年11月1日
20:22

精神科受診日やし書いてみた #tbk_yuko

2014年11月4日
08:32

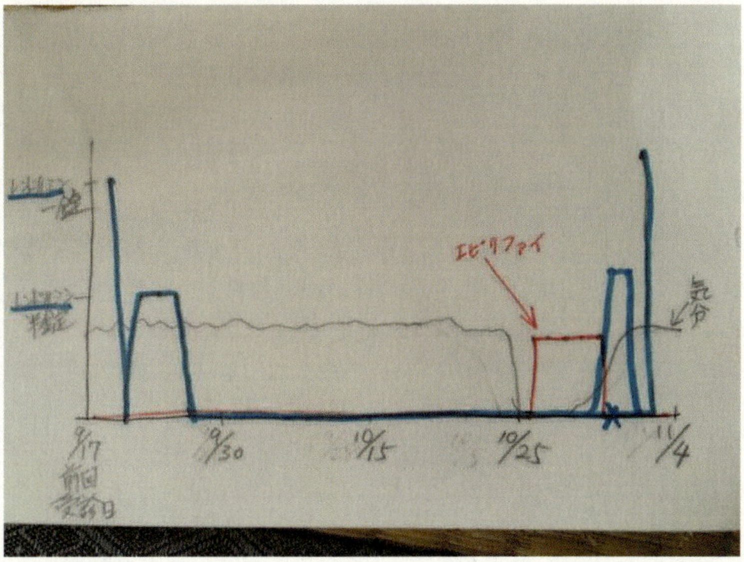

がん告知もらったのって、去年の今頃だよなー…つーことで、
#tbk_yuko アルバムまとめてみたー

2014年11月4日
16:39

「メモリー1分間」2003年のデータ。大人の科学の録音機とか？我ながらさっぱり記憶にない。1年前のガン治療も2001年から続く精神科通いもリアルなのに「自己表現」くさいものって、あっさり忘れちゃう。その分、面白いwけど

2014年11月4日
18:15

明日は検診だ。腫瘍マーカーが上がってないといいけど
#tbk_yuko

2014年11月4日
21:27

2014年11月21日
19:41

生物として人間の寿命は50ぐらいだから、そのつもりでー #tbk_yuko

2014年11月22日
21:54

最近自分の体を見て驚いたり泣いたりすることがなくなったな。傷跡に積極的に触っていくことを始めてからだろう。一度自分から遠ざかった体と再度一体化する感じ、というか。んー、これってSFっぽいかも～。コンタクトレンズやめたから、もはや私はアンドロイドではないんだがw #tbk_yuko

2014年11月22日
21:56

最近朝夕傷跡が紫になってる。これ、体が冷えてるってことなんだよなー。冬だよぅ、嫌だよぅ。今日はあったかくって助かった。私の活動限界は多分摂氏16度ぐらいまでだな… #tbk_yuko

2014年11月24日
04:55

エビリファイの副作用不眠は折り込み済み。レンドルミン飲んでも3時間半の眠りがいいとこ。わかぱんの切り抜きとかして遊んでる。#tbk_yuko

2014年11月28日
00:32

きゃー！「FRAGILE」2話って私のこと!? 岸先生みたいな素敵な病理医のせんせえが「このまま閉じちゃって大丈夫」ってゆったからリンパ郭清しなくて済んだんだわ～。萌えるぜ！医療従事者萌えが激しいたちなんで簡単にメロメロになっちゃうなぁ～。 #tbk_yuko

2014年11月28日
00:37

手術前に萌えたのは麻酔医のせんせえが好みだったこと。渋い白衣男に膝まづかれて「術前のご説明を」なんてやられたら、もうメロメロ。手術担当の看護師さん（男性）も術前挨拶に来たしなぁ。なぜ病理医にだけは会えないの？生体である私の体を触る人と、私から取り出された標本を触る人の差かな。

リンパ節さわるの怖い>脈ってきしょい>傷跡なんか見たくないしさわるなんてとんでもない！てのを、順にすべてクリアできてる〜。自分の体を知るボディワークって、大事よね。#tbk_yuko

2014年11月5日
20:48

抗がん剤でいったん抜けたあとで生えてきた髪だから、赤ちゃんヘアーでフワフワ。このままハサミいれずにのばしてフワフワロン毛にすると気持ちよさそーだなー。再発しなけりゃ、それも可能でしょー。#tbk_yuko

2014年11月5日
22:54

菜根譚て養生と同じね。躁鬱の上下の極端なところを切って、中身を濃くするという教え。鬱でダメだった時を躁の勢いで補填しようとしても、それは次の落下につながるだけなので、一見惜しいように見えても「今日は調子いいな」という時は早寝しちまうのが、返ってコア部分が充実するのでお得、という話

2014年11月5日
23:28

島津製作所の田中さん年取りはったなぁ。でもお元気そうで何より。画像診断のPETって、そんなに大ごとな機械やったんか。腫瘍マーカーは高めなもののCEA値は前回よりわずかに下がったということで草津まで行ってPETに入るのはナシになったんで、まぁよかったってことだろ #tbk_yuko

2014年11月11日
08:15

10月にはあった、日々に倦む感じが今は消えている。ありがたいことだ。#tbk_yuko

2014年11月12日
20:11

昨日のパンダ #今日のパンダ

2014年11月16日
09:38

当事者研究のコツ。かまってちゃんが出たら、まず自分に相談する（自分と向き合う！とかではなく、あくまでも相談。お風呂とか静かな場所で）。見つめる、のではなく、眺める。#tbk_yuko

2014年11月20日
18:21

Recovering self-image

閲覧注意物件は、むしろ見せていく方向で

疼痛以上にイタかったのが、セルフイメージの問題だ。はっきり言って自意識過剰地獄。襟ぐりの広いシャツの時は気をつけなくちゃ。前屈みになった時うっかりすると傷が丸見えになっちゃう。スカーフぐるぐる巻きにすればいいか。あー、暑いなぁ、憂鬱だなぁ。自分が見られるのを気にするというより、不用意に人の目に触れさせてショックを与えちゃいけないと思う。めんどくさくて情けなくてお先真っ暗な気分で、ほとほと自分に疲れる。

ナース曰く「みなさん温泉行けなくなったのが一番残念だっておっしゃいます」――ちょっと待って。私は人一倍温泉が好きな女。諦めるつもりはない！　パートナーが誘ってくれたから、山陰の某有名温泉地に出かけてみた。でも彼と入れるわけじゃないし、一人女湯へ。手拭いを左肩にかけて傷痕を隠す。湯につかる寸前に手拭いをサッと頭にのせる。洗い場に人がいると、湯船から出る勇気がなくてのぼせる……なんなんだ、この不自由さは！

初回はちょっとやり方を間違えた、と思う。まだ「見られちゃダメ、見せちゃダメ」意識を外しきれてなかった。だいたい最初っから一人で女湯にエントリーしたのは課題が高度すぎて緊張しちゃったんだ。次は女友達と行ってみよう！

「手術のこと知らなかったから……」

友人が家に来てくれた。チャンス到来！　彼女を誘って近所の天然温泉までドライブ。やっぱり左肩の手拭いガードははずせないけど、友と二人だからなんだか安心。

「ね、こんな風になるんだよ」

傷を見てもらう。

「ふーん、なるほどねー」

冷静な彼女。

あ、そうだ。私も昔、全摘手術した人の身体見たことあったわ。遠くのほうに片側の胸がのっぺらぼうのおばあさんがいらっしゃって、彼女は胸を隠すでもなく自然にスーパー銭湯を楽しんでおられた。わたし、そのおばあさんのおかげで乳がんのイメージを事前に持っていたから、比較的落ち着いて全摘手術を受けられたんだ。「ああい

まだ慣れない、まだ慣れない。変貌した自分の身体に慣れるまで、どれだけ時間がかかるんだろう？ 出来るだけたくさんの女友達と温泉にいって傷を見せびらかし、男女を問わず多くの人々に触れてもらうパーティでも催すぐらいでないと、それはなかなか難しいと思う。 #tbk_yuko
2014年7月2日 — 23:37

う身体になるんだろう。それ以上ひどいことにはならないから大丈夫」――傷痕を隠さないで入浴していたあのおばあさん、いまでもお元気かしら？

　気にすれば気にするほど気になるし、隠せば隠すほど傷痕の存在感って増してくるんだ。だったらアッケラカンとしてればいいのかも。

　その後、下町の銭湯や国道沿いの健康ランドを友人と、次は一人で……と攻略していくうち、少しずつ一歩一歩平気になってきた。小さな課題を設定しては、ちょびっとずつでもクリアしていくことで、私は乳がん最大の合併症といえる〝女性としての自己評価の急落〟から徐々に回復していけた気がする。

2014年11月29日
20:57

自分の医療従事者萌えのわけがわかった気がする。この年で自分より年上でバリバリ緊張感もって働いてる男と出会うのは、ほぼ病院しかないんだよなー。だから「せんせえ萌え」年上珍重感て不思議やけど、女子によくあるよね〜。#tbk_yuko

2014年12月2日
04:53

去年の12月は抗がん剤治療中感染リスクに怯えながらマスク帽子でかためて名古屋まで「ゼロ・グラヴィティ」を見に行った。今年は、とうとう風邪ひいちゃったけど以前より硬い左胸、重症化に怯えなくていい白血球、生え揃った髪で「インターステラー」を見た。1年生き延びた。#tbk_yuko

2014年12月3日
07:51

風邪薬を飲むと、すぐにうっとり眠くなってしまう。運動や過食で体重は上下する。どちらも手術以前にはなかったことで、体質変わったんだな、と思う。#tbk_yuko

2014年12月8日
18:13

自分の精神疾患を気にして何もできない&する気がない状態に長らく閉じ込められてたけど(無職属性と自分がイコールで結ばれる感じ)、やっとイベントの手伝いできるようになったのは大きい。私の気分の揺れをわかった上で機会を与えてくれた人のおかげ。あんまり怖がらないで外に出て人に会っていこう

2014年12月9日
06:13

やっぱり3時間半で目が覚めちゃう。深く眠れてるからギリ大丈夫やけど、いつまでたっても風邪治らへんし、この調子で焼き切ってしまうといずれ倒れちゃう…#tbk_yuko

2014年12月10日
13:19

羊イベントいんだ彦根市立病院

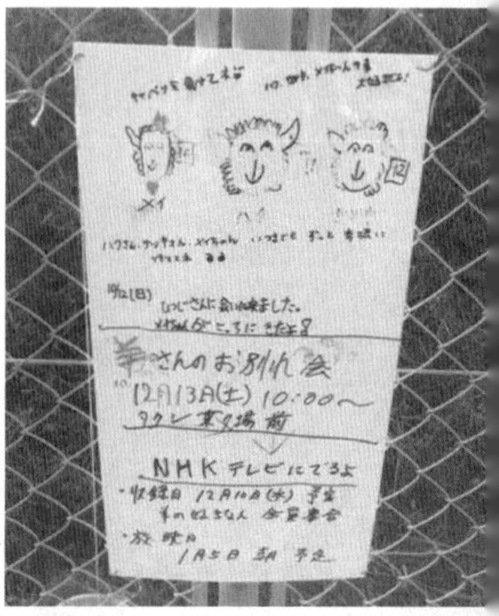

2014年12月11日
17:03

今日は何だか無闇に心が敏感で、なんでもないことで落涙しそうになることがたびたび…あんまりないけどたまにある躁発作?? でも、きれいな花を買って、展望フロアから琵琶湖の夕景を眺めているうちに落ち着いてきたぽい。ほ…#tbk_yuko

時に妙な気分になるのは、全身麻酔ゆえ私の担当臨床医がメスを持って私の体を切った、という事実が信じられない点。診察室でガハガハ冗談言い合う仲なのに、そんな怖いことするの？彼が？信じらんない！っつって、妄想とか脳内M女起動とかせんと手術なんて怖くて耐えられないw #tbk_yuko

2014年11月28日
00:41

手術台に乗せられてすぐ「全身麻酔なので拘束させていただきますよ」ってベテランぽい女性看護師に手首を…もうSMクラブに行くしか再現できない体験だわぁw。それに麻酔で気を失う瞬間の甘美なことと言ったら！「好みの男に気を失わされる」って人生最高体験だったかも！ #tbk_yuko

2014年11月28日
00:46

んー、やっぱ外科、麻酔科、病理診断…新鮮なんだよなー。普通だったら精神科の方がロマンなのかもだけど、10年以上も通っちゃうと萌えポイントがすり減って… #tbk_yuko

2014年11月28日
00:49

手術が患者と医療従事者の共同作業だとすると、唯一顔を合わせない患者と病理医の関係がとても特殊に感じるけど、似た関係ってあったわ。ライター時代に印刷所の現場の職人さんには会わなかったもの。印刷所の営業とか代理店担当者とは顔突き合わせるものの、印刷現場とは校正紙上の記号のお付き合い。

2014年11月28日
17:18

【フラジャイル(1)(アフタヌーンKC)/恵三朗】
腫瘍が悪性か良性かを診断するのは外科医？いえいえ病理医！患者とは顔を合わせないプレパラートと顕微鏡の魔術師。私も病理医の先生に助けてもらったクチ。マンモもエコーもはっきりしなくて確定診断が出ない日々は、首の後ろ摘まれて宙づりにされてる猫みたいに落ち着かなくてその後の抗がん剤だの手術だのより辛かったぐらいだもんなぁ〜。私の体から採取された組織を、岸先生みたいな偏屈イケメン病理医が鋭い目つきで診断してるのかと思うと萌え萌え〜。他の先生方や患者さんも魅力的なキャラ揃い。凝りに凝ったキャスティングでドラマ化希望！ #bookmeter

2014年11月29日
18:04

2014年12月17日
20:46

とりあえず今は無事なのだし、無駄に焦燥したって仕方ないんだから淡々とすごしてればいいじゃないか。再発したら再発した時。まあ「怖がる」選択肢が普通の人よりちょっと増えただけなんだから。それより難儀やった精神疾患の方が馭せるようになったのだから、ぐっと安定してる。#tbk_yuko

2014年12月18日
16:15

私の左胸は、もう痛くないけれど、とても、硬い。

2014年12月21日
20:18

私は私を晒さないでは私を保てない #tbk_yuko

2014年12月21日
20:57

やぱどうしても考えちゃうんすよねー「私があのとき愛された時、私には胸が二つあった」と。それを乗り越えていく工夫を不断に。#tbk_yuko

2014年12月21日
22:46

今日は、恋人でもない異性に身体を見てもらった。露出癖っぽいけど、自分にとっては、とても意味のあること。#tbk_yuko

2014年12月23日
21:09

がんになったといったって、痛くもかゆくもないうちに発見されたのだから、苦痛というほどのことも…まあ、そのように病の実感のないままに体の一部を失ったことが、私の中に残る痛みなのかもしれんな。失った→得たへの変換の工夫を。#tbk_yuko

2014年12月24日
03:16

すごいな6時間もノンストップで寝てたわ
#tbk_yuko

2014年12月25日
09:48

世話になった高額医療費認定証を返す時がきた。助かりました。ありがとう。#tbk_yuko

昨日は取材で、今日はお見舞いで病院へ。去年の今頃は抗がん剤治療に通ってたからクリスマスツリーとか懐かしかった。病棟からの眺めも。わたし、生きている…と思ったらまた涙腺が緩んで。明らかにハイやな。えーと、こういうとき養生的にはどうすんだっけ──サッサと寝る！ #tbk_yuko

2014年12月11日
17:33

パサジェルカからの流れ。ポーランドを思わせるこの街の冬曇り…なにもかもが「いま読め」と言っている。思えば2014年、最初に映画館で見たのは「ハンナ・アーレント」だった。白血球が減ってたから京都まで出るのはビクビクだったけれど、どうしても見たくて…
#yukodokusho

2014年12月12日
14:22

病院のツリーは、やっぱ特別だ@彦根市立病院

2014年12月12日
15:34

「人間の条件」プロローグを読んでたら、1月に観た「ハンナ・アーレント」と12月に観た「インターステラー」がガッチャリ噛み合った。まるで2014年の総括。用語（翻訳、神学）がもどかしいし一度読んだだけでは「撫でた」ぐらいのもんなのでこれから毎日一回読もう。#yukodokusho

2014年12月12日
19:55

今日の診察室で「私はもう大丈夫です」と言い放った気がする。こんな日がくることもあるから、うっかり自殺できないんだよな〜。#tbk_yuko

2014年12月16日
13:39

1942年のワルシャワにおけるユダヤ女性イレーナの苛立ち。空虚な束縛の中で命が限られていることに切迫し、自分でも訳も分からず求め、得られず、焦燥する…ある種の病気でも同じことが起こるんだよな。自分の生命の有限さを突きつけられると、慌ててしまって。#tbk_yuko

2014年12月17日
20:39

1

病院の待合室、今日は特に混んでる。去年の今頃は不安を抱えてなにを読んでたっけ？「夜と霧」？ #tbk_yuko #yukodokusho

2014年12月25日
10:33

テクニシャンの男性に思いっきり胸を触られて…もうクリスマスに思い残すことないわ…って、主治医だけどなっ。CEA以外の腫瘍マーカー調べてくれてて、そっちの数値は問題ないとのことでひと安心。#tbk_yuko

2014年12月25日
10:53

今日、病院にいるすべての人へ
Happy Christmas!! @彦根市立病院

2014年12月25日
10:59

後ろ髪はフワフワ伸びてくるんやけど、なんで前髪の伸びが悪くて、いつまでたってもナポレオン状態なん？と主治医に質問したところ、ホルモン療法で女性ホルモンが抑制されてるせいらしい。鬱陶しくなくてええやん！（プラス思考）#tbk_yuko

2014年12月25日
11:39

#今日のパンダ

2014年12月25日
17:17

あたしはビョーキだ。いいじゃないかっ。どんどん病んでいこう！

2014年12月26日
18:10

自分自身の意識だけで自己の存在を捉えてるから寂しくなったり怖くなったりするのだ。自己は他者の記憶や印象の中に遍在している。死後もしばらくそれは残る。私を知っている人がすべて死に絶えた後も歴史上の偉人のように記憶されたいとは思わない。そのへんはあっさりと。#tbk_yuko

2014年12月27日
05:54

2014年12月30日
09:03

ちょいちょいセンチメンタルな気分になるけど、お風呂に入ったりあったかいもん食べたら収まるから大丈夫。#tbk_yuko

2014年12月30日
14:35

お誕生日の翌日というのは、なんというかメロウな気分になるものなんですね… てか、毎年この時期病んでたからメロウもへったくれもなかったんだなー。

2014年12月31日
18:40

映画館で見た映画は12本(ハンナ・アーレントに始まり、Life, Laughter and Loopsに終わる)。年内にベイマくれなかったし、インターステラーもう一回見るのもかなわなかったので〜。しかし去年は3本やったこと考えると、寝込む期間が短くなったの、まじでありがたい!

2015年1月1日
19:16

生きる欲求を強く感じている。感じながら私は涙を流す。生の時間が限られているから、これほどまでの強度を感じる。日々日常から離陸したいと念じ続けているわりに、いざ「離陸する日がくる」ことに気づくと、地上にいつづけたい、地上にいる人々に抱きとめられて留まりたいと願う #tbk_yuko

2015年1月1日
20:09

私たちがやっていること(アーレント)は、自己治癒(草間彌生)なんだろなって思う。やるべきこと(仕事にしろ家事にしろ)をきちんとこなすこと(村上春樹)や、愛することや捧げることetc… 筋肉を動かすと必ず筋肉が傷つくので修復プログラムが自動的に起動するのと同じだ #tbk_yuko

2015年1月1日
20:15

失恋と鬱の大きな違いは、前者が「動いていないと死んでしまう」焦燥感で何かを産まざるを得ないところだな。後者は、ひたすら沈殿する。何も動かない生の欲求が消える極北。私はどっちも見られて、結果よかったな。#tbk_yuko

中原昌也氏なみに号泣しちゃったな。でも音楽を聴いて泣くのって普通でしょ。2011年は不安定すぎて画廊で花の絵見て号泣してたから。少しは安定してると思うの。#tbk_yuko

2014年12月27日
17:09

夕暮れ。同じ病を体験した先輩(部位は違う)と話すことによって、私はいかになぐさめられるか!

2014年12月27日
17:34

お世話になったカウンセラーのK先生どうしてはるかな。頼りなさげなペラペラの若者に見えて、しっかりした壁だった。私は壁に向かって存分に言葉の球を投げ、自分で気づいてキャッチする力を得た。余計なこと一切言わないのに、時々思いもよらぬ返しがきて、私は私を見つめた。#tbk_yuko

2014年12月28日
07:38

年の瀬に人々とそれぞれに熱く語れるのって、ここ10年ぐらいありえへんかったこと。私を鬱布団蒸しから引っ張りだしてくれた人々と大塚製薬エビリファイに最大限の祝福を! #tbk_yuko

2014年12月28日
18:55

大掃除フェス終了。これから夕刻の寿司フェスまで休憩。しっかし毎年毎年冬に具合が悪すぎて、自分の誕生日がいつだとか言う気にもならない(PCも携帯も見る気力ゼロやし)年が続いてたんだけど、今年は自分から言ってるしなぁ〜。やっぱ悪性新生物くんにお立ち退きいただいたのが大きかったのかな?

2014年12月29日
14:11

18時すぎた。半世紀生きてやったぜー!

2014年12月29日
18:12

年賀状だけの交流の人みたいに、このイベントでしか会わない人がいる。去年は治療中だったからこれなかった。私は、この上もなく美しい片方の胸を屠って、命を拾ったのだ。#tbk_yuko

2014年12月30日
06:23

2015年1月8日
04:05

最近やたらと涙もろいのは躁状態なのかな…でも、途中覚醒するけど睡眠時間は短くないから、多分歳のせい。#tbk_yuko

2015年1月8日
06:37

@yukonya 何に対して泣くかってのもあるな。少なくとも自分の病気や傷痕について泣くことはなくなったわ。

2015年1月8日
09:58

あぁ、逢えないと思うと、想いが募る！私の迅速診断をしてくれた病理医の先生は、どんな口調でそれを伝えたのでしょうか？あぁ、どんな方なの？いつもどのフロアでお仕事していらっしゃるの？白衣は着てらっしゃるの？それとも背広？もしかして女性？？あぁっ、病理医に萌えすぎる!!

2015年1月8日
20:57

躁転すると感情の起伏が激しくなり、怒り笑い号泣する毎日が訪れる。そんな時、般若心経をよんでいたらいきなり涙が止まらなくなった。このお経は恐ろしいぐらい昔から人々が縋るようにして唱え続け書き続けていたのかと思うと、その果てしなさに打ちのめされた。すごい文章だ。でも、泣かんでも＞自分

2015年1月12日
05:25

日々いろんなレベルでチクチクすんねんけど、痛みを感じなくなったら人間終わりやからな。#tbk_yuko

2015年1月12日
09:42

しっかり耕せば、やはり充実感が満ち溢れる。これは無条件に善いこと。続けていこう。#tbk_yuko

2015年1月13日
21:09

私は1964年生。1974年、世界に絶望。1984年、大学で恋愛三昧（勉学皆無！）。1994、サンフランシスコでアメリカかぶれ。2004、精神疾患でダウン。2014、悪性新生物くん切り取ったら、いー感じに回復してきた？2024年まで生きたいな。とりあえず。#tbk_yuko

水玉の中に自己消滅していく草間さん。ここでも「消え=vanishing=て」いる。自ら消す・消えるのか、他者から消される・見えないことにされるのか。この両者には暴力的な違いがあるな。#tbk_yuko

2015年1月1日
21:03

鬱ると、まず間違いなく生のエネルギー（性のエネルギー）が激減するから、トキメキも萌えも恋も一切なくなる。周りの男の子たちがカッコいい、綺麗、素敵、美味しそう！に見えてきたら、まず大丈夫だ。#tbk_yuko

2015年1月1日
21:52

読書会のため「人間の条件」三章を。ハイデガーが人間存在を死すべきものと言ったのに対して、アーレントは「死ぬためではなく始めるために生まれてきたのだ」と（号泣！）。ただ死を身近に実感した人らしい抉るような記述が…「思考も生命とともに終わる一つの過程」とか。#yukodokusho

2015年1月2日
12:25

手術体験で想像力が働くようになったんだけど、交通事故のニュースで「○人死亡×人重軽傷」って出たとき、以前なら死なずに怪我で済んだ人はよかった、と思っていたが、いまではそのキツさに思い至る。万全にコントロールされた状態で体切られてさえチクチクするのに、いきなり傷つけられるとは…

2015年1月4日
21:09

最近出会い運が凄い。今日も久々な人にあって「調子いいです」と、なんの抵抗もなく言えた自分。以前だったらなかったことだ。#tbk_yuko

2015年1月6日
21:49

昨夜はチャッピーちゃんと梅香温泉行ってんけど、初めて自分の体を隠さなくていい気がした。他にお客さんいたけど。これって、本当に凄いことだわ。今日で術後7か月です。#tbk_yuko

2015年1月16日
08:25

むーん、、、パックして寝たのに、やっぱ目の下にクマが〜。ま、お肌ってゆーのは鏡で見るもんじゃなくて、自分で触ってみて適度なハリさえあれば健康なんだから気にしないこと！ 気にすると美容と健康に悪いわよ！ #tbk_yuko

2015年1月17日
08:24

足湯なつかしーなー。抗がん剤治療中、毎朝やってた。

2015年1月17日
10:15

黒瀬さんに送ってもらって梅香温泉。今日も自分の体隠す気皆無で開放感いっぱい。でも、自分の町の国道沿いのスーパー銭湯では絶対隠すやろな。自宅の風呂が壊れない限り行きたくない。別府では紋入りの姐さんを見た。この界隈にもいはるらしい。だから私の体も解放される。#遠足協会

2015年1月19日
00:04

天気痛には酔い止めなのか！ 気圧低下の前に〜。#tbk_yuko

2015年1月21日
20:29

片山真理さんと！ Nadiff 3F TRAUMARISで個展開催中。あいちトリエンナーレの包まれむせ返るような空間も良かったですが、今回のすぅっと空気や風の通るような美しさも好き。ファイルをゆっくり拝見して時間を過ごしました。

2015年1月22日
15:28

片山真理さんのアート界における育ての親が東谷隆司さんだと知らなかったので雷に打たれた気持ち。恵比寿駅で妙に女性のハイヒールの足が目に付いた不思議。そういえば夏頃まで美しい胸のラインを露わにした女性を見るたび泣きそうになってたのに、いつから平気になったのかな？ #tbk_yuko

2015年1月22日
15:39

2015年1月24日
04:59

自分の時間＝肉体を売る、その辛さ＝何度も時計を見てため息つくような、に耐えていたのは、学生時代の合わなかったいくつかの短期バイトの他は、新卒で入ったブラック企業の9か月間だけで、その他は仕事するのを楽しめたんだからラッキーだったかも。もちろん鬱ると生全体がブラック社員化するけど。

2015年2月1日
23:05

鬱屈した時にきくのは、時空を超えることと、性差を飛び越えること。#tbk_yuko

2015年2月1日
23:10

モデル募集に応じたいのだけど、そもそも自分の3サイズがわかんないやーw

2015年2月1日
23:34

自撮りって、なんか切実な迫力があるな。

2015年2月1日
23:37

あぁ、あたしの3サイズって、イケメンサイズやったわ。

2015年2月2日
08:49

昨日の発見、自分が「恋だの失恋だの」について恥辱を感じるってこと。恥の観念は人それぞれだろうけど、私は普段からしょっちゅう恋だの愛だの言ってるわりに（だからこそ？）自分の恋心や失恋の有り様を見取られるのが耐えられない。病気については全然平気で言いふらすんだけどなー。普通逆？

2015年2月3日
09:56

内科で採血。先月の数値、かなり良かったと褒められる。看護師さんと禁煙体験の話題。朝の喫茶で読書。架空の恋に陶然とする。それはさておき、今日は好きな人が家に来ちゃうぞ！ ワクワク!! 帰って片付けしよーっと。#yukodokusho

2015年2月4日
22:08

あー、もうほんとに飽き飽きしちゃうなー。抗がん剤のせいで女性ホルモンが抑制されてるから前髪だけ全然伸びない。エースをねらえ！の宝力冴子みたいな髪型（よく言い過ぎ！もしくはナポレオン）もう飽きたー。鬱陶しくなくていいんだけど、サ… #tbk_yuko

ギャラリーでビール飲みながら何度も胸が詰まったけど、なんとか
耐えた〜。でも帰りの駅で「私も切断女子って名乗っていいん
だ(部位違うけど)」と思ったら、嬉しくって号泣〜〜。体の
一部と同様、人との別れも切断ですねって話をした。時
間や視点のチェンジで痛みは和らぐはず。#tbk_yuko

2015年1月22日
15:45

片山真理さんのおすすめ本→彼女失格 恋してるだとか、ガン
だとか 幻冬舎 #アマゾンポチ

2015年1月22日
15:55

片山さんのファイル、読むとこいっぱいあってよかったな。
特に足や義足についての…義足って削れていくのね。
ほっとくと黴たりするのね。私も、補正用のパッド洗
って干してると「あれぇ? あたしの左胸が洗濯バサミに
摘まれてぶら下がってるよ」って、妙な気分になるのです。
#tbk_yuko

2015年1月22日
16:19

あ! 落ち込みは天麩羅のせいかも。脂っぽいものがすぎたのか
も! #tbk_yuko

2015年1月23日
00:58

病気平癒のお守りを頂いて、確かに平癒したのでお札を納めに
参りました。やっとお礼参りだん。#遠足協会 @とげぬき地蔵
尊 高台寺

2015年1月23日
15:46

ヨーコちゃんの話。私か死を思ったのは37歳以降の躁鬱に
よる希死念慮と、昨年のがん治療だったのに、彼女は7歳で
「死ぬかも」って言われて、胸に太い管を入れられて1年ベッド
の上。「医者やったお父さんがまだ兵隊に取られてなくて、
近所の小児科の先生も兵隊いってなかったから助けても
らえた」と

2015年1月23日
19:37

あーよかった…そろそろ寂しくなってきたとこなんだよね。ほっとく
とどこまでも個人行動しちゃう方で、調子に乗って一人遠足続
けてると、ヤバいとこまでいっちゃう(こういう場合、なぜか家
族は助けにならない)。明日からは、どんどん人に会って
行こうっと! #tbk_yuko

2015年1月23日
20:58

2015年2月11日
10:59

少々疲れたり寂しい気持ちになったとしても、寝て起きたら復活できるようになってきた。人間の世界に戻ってきたんだ。
#tbk_yuko

2015年2月11日
12:45

イベントの仕込みは、パジャマにアイロンをかけるところから〜。このパジャマ、入院のために去年の今頃買ったやつやん。感慨深い。
#tbk_yuko #yukonexus6

2015年2月12日
00:55

新聞を読んでて「乳がんが再発、転移して」て人の体験談を読むとゾクっとくる。誰だって一瞬後に死ぬかもしれない(地震なんてまさにそうだったじゃないか)のだけど、私は「私に寄生していずれは破壊する可能性のある生物の宿主」に一度なったから少し心地が違うのかもしれない。
#tbk_yuko

2015年2月12日
00:57

この世から消えたくない! 誰だって消えるってわかってるけど!

2015年2月12日
01:17

そか「死を恐れる」ことが「生の実感」なんだわ。2355のトビーのセリフで、一等お気に入りは「あのコ、もう寝たかな?」

2015年2月12日
01:34

そうか「この世から消えたくない」のは「この世が好き」だからなんだな。好きな人がいたり、好きな光景を見たからなんだな。

2015年2月12日
02:32

あ、そうか。自分で圧倒的な体験をした、と実感できた時、人は不安から解放されるのだわ。だから、他人は何も手助けできないの。

2015年2月18日
14:40

再読物件 #yukodokusho

2015年2月18日
18:00

3年日記を使っているから、過去を簡単に参照可能。今年の明日は「Adieu au langage」を見にいくけど、去年の明日は「ニシノユキヒコの恋と冒険」を見てたんだな(一昨年の明日は鬱寝込みのため空白)。「恋の映画には死生観を感じる。恋には寿命があるから」なんて書いてあった。

デスクトップに「切断女子」フォルダを作った #tbk_yuko

2015年2月4日
22:20

でもVirgin hair…いやBaby hairだから、触ると気持ちいい。白人さんの髪みたいにやらかい。Virgin hairはパーマをあてたことのない髪のことよね。私のは乳児の鋏をえれる前の髪と同じ。抗がん剤治療のおかげで赤ちゃん髪体験できたのお得！ #tbk_yuko

2015年2月4日
22:33

フィルム一眼レフの現像。去年の夏から切り取られた36枚なんだな。インデックスは出すけどプリントできない、というのが2枚。写真と肉体とイメージについて身をもって考える体験。#tbk_yuko

2015年2月5日
14:52

かなり距離はあるけど、このように言われますと、ろくでなし子さんのお気持ちが実感できます。私の肉体、私のイメージは誰のもの？ #tbk_yuko

2015年2月5日
14:55

聖アガタは乳がん患者の守護聖人 #tbk_yuko

2015年2月5日
19:37

アーレント言うごとく「生きるとは痛みを感じること」だから、たとえ15歳だろうが65歳だろうが等しく痛みを感じるのだ、日々。現時点から過去を振り返って「あの時はのんきだった」「幸せだった」「いまより不幸だった」など印象をもつけれど、その時の日記を発掘してみれば、案外今と異ならない。

2015年2月6日
21:25

実は初めてのことだが、自分の傷痕についての夢を見た。#tbk_yuko

2015年2月8日
08:15

撮影会をしてもいいな。#tbk_yuko

2015年2月10日
20:15

そうだよ。いつまでも待っていたり、選ばれようとしなくていいじゃん。自分を選んで実行するのだ。#tbk_yuko

2015年2月10日
23:22

再発？・転移？・そして？

Fear of recurrence

３年日記を使っているから、過去を簡単に参照可能。今年の明日は「Adieu au langage」を見にいくけど、去年の明日は「ニシノユキヒコの恋と冒険」を見てたんだな（一昨年の明日は鬱寝込みのため空白）。「恋の映画には死生観を感じる。恋には寿命があるから」なんて書いてあった。

2015年2月18日—18:00

平坦になった左胸は硬い。いっそ両方いっぺんにとってしまった方が左右が揃っていいんじゃないの？　なんて思っていたけれど、やっぱり残された右胸の柔らかさは自分でさわっても心地よくてうっとりする。右に再発転移したら、こっちもとることになるんだろうな。そしてまた抗がん剤を使ったら髪も抜けてしんどい思いをして、じきにそれもきかなくなって手術も無駄で……。

　そんなイメージがちょいちょい脳裏をよぎる。新聞を読んでいて「乳がん再発、転移」てな人の体験談を読むとゾクっとくる。誰だって一瞬後には死ぬかもしれない（地震なんてまさにそうだったじゃないか）のだけれど、わたしの場合は「自分に寄生していずれは破壊する可能性のある生物の宿主」に一度なったから、少し心地が違うのかもしれない。

　常に再発の可能性はあるわけで、死を身近に感じる。でも怖いようで恐怖ではない。切なく寂しく懐かしく、亡くなった人々と合一し地球の空に溶け込む日を思う——じいちゃんもばあちゃんも、そういえば死んでいったよなぁ的な。

　対して精神疾患がひきおこす死とは、〝殺される〟恐怖だ。ストーカー（狂った大脳）に希死念慮という武器で付け狙われる怖さ。うつが高じて自殺を思う時のぼんやりとした不吉な予感から、強烈なパニックに至る拷問に等しい責め苦を思えば、がんの果てにある終結はノーマルだと思える。

　とりあえず今は無事なのだし、無駄に心配したって仕方ないんだから淡々とすごすほかはない。再発したら再発した時。〝怖がる〟選択肢が普通の人よりちょっと増えただけなんだから。なるだけハッピーに日々を過ごすことで免疫力を高めるのが吉。

　幼くして娘さんを亡くした知り合いが彼女の命日のことを「天国デビュー」と呼んでいた。わたしのデビューはいつになるかな？

　この世は天国デビュー前の〝下積み〟に過ぎない、のかもしれない。

2015年2月25日
09:35

私はマスクをしないで車から降りようとしている。免疫機能は戻ったから、神経質に感染を恐れなくてすんでいる。そう思ったら泣けてきた。今日、ドクターやナースの写真を撮れるだろうか？ #tbk_yuko

2015年2月25日
09:45

やっぱこの病院にくると落ち着く。元気いっぱいに生きなくてもいいじゃん、て思えるからかな？ 治療中に一番助かったのはノイトロジンの注射打ってくれてたBナースが「あたしも抗がん剤治療中は味覚変わっちゃって大変でした～」って言ってくれたこと～。#tbk_yuko

2015年2月25日
10:55

肥厚性瘢痕 #tbk_yuko

2015年2月25日
11:09

ケモ室なつかすいな #tbk_yuko @彦根市立病院

2015年2月25日
11:12

なんしか眺めのいい病院 @彦根市立病院

2015年2月25日
11:15

こういうオカンアートも病院で輝く @彦根市立病院

2015年2月25日
11:31

ありがたいことに腫瘍マーカーはじわじわ下がっている。触診。「ひこうせいはんこん やなあ」「なんですのん、それ」「こういうケロイドみたいな」「これってマシになってくんですか？」「それはないなー」「ははは」…で、ちゃっかりドクター、ナースを写真に収めた～。#tbk_yuko

2015年2月25日
11:41

ナースの詰所では松岡修造カレンダーが人気らしい。患者は大変だけど、患者のオーラの直撃を受けるナースも大変やもんね。

2015年2月25日
12:25

診察終了を待って院長先生を撮影。「出版するん？」「まー記録に残しとこーと思って」「そらそや、人生の大きな出来事やからなぁ～」…この人に告知してもらったから取り乱さずに聞けたんだな。#tbk_yuko #yuko_book

再読する。自分の本を作るために #yuko_book

2015年2月19日
17:00

引用したい箇所「病の皇帝」上巻には見当たらず。下巻か立花隆のやな。しかし改めて「五年生存率」なんて書いてあるの見てゾッとしちゃう。でも、なるだけハッピーに日々を過ごすことで免疫力を高めるのよ！
#yuko_book #tbk_yuko

2015年2月19日
18:25

いまは下積み！イケてる女子は下積みたかだか5年とかで彼岸にデビューしちゃった！あたしなんかもう50年も下積み。キッカケあったしけっこうデビュー近い？そうでもない？いざデビューっていうと怖くなるのかな？下積みのうちは仲間同士でワイワイしたり嫉妬したり優しくしたりすればいーじゃん

2015年2月19日
22:28

梅香温泉ていつもモニタに流れてるのが「癒しのポップス」みたいなんで刺激を与えない。今日は改めて喋っていたし喋るほどに平気になるんだけど私は自分の体を誰かに承認してほしくて寂しくて仕方ないんだと思った。うん、それは無理もないよ。今日は楽しかったし明日もきっと。
#tbk_yuko

2015年2月22日
00:00

人生は短い(きっと)。今を楽しめ！

2015年2月22日
05:38

若原さんの映画見てて「ここに辿り着けてよかった」と実感した。時間はかかったけど。自分の中に潮が満ちると死ぬのが怖くなくなる。恃む恃まれる日々を。
#tbk_yuko

2015年2月22日
14:53

一分一秒を珠玉にしていきたいわけですよ。生が有限だとわからせてもらったから。たとえ眠っている時でも労働の最中でも。 #tbk_yuko

2015年2月25日
04:41

恋の歌を聴いているはずなのに、なぜだか入院していた病室が脳裏に甦った。そうか、生と死は背中合わせにくっついているからね。 #tbk_yuko

2015年2月25日
06:11

2015年3月2日
09:13

before/afterで考えてたけど違うな。去年は自分の中にある美を止めようとしてセッションしたけど、美の総量はいまの方が増えていると思う。コンセプト的にも、以前の姿は参照資料程度だなって思った。やっぱり朝ヨガするといい考えが浮かぶね（たった20分だけど）#yuko_book

2015年3月3日
09:13

朝食後薬を飲もうとしてはじめてデパケンRが切れてるのに気づく。私が精神科の薬を忘れる日がくるとは！悪性新生物と精神安定の関係について外科の先生は特にコメントなかったけど明日精神科医にきいてみようか。ついでに近江八幡も6か所回っちゃうか！深刻は？…今日！ #tbk_yuko

2015年3月3日
12:36

新しい男（外科）に気持ち傾きすぎて、付き合い長い男（精神科）がおろそかに…そんなこったから自立支援手帖忘れるんだよー。#tbk_yuko

2015年3月3日
12:47

私の体に触れる外科医とは違って、私と彼は一回470円の仲。だけど彼は私を深く知っていてくれる。だってもう13年も付き合ってるんだよ。「もう僕ら、疎遠になりそうやな」って、少し寂しそうに。私もそんな気がしてるし、また彼の力を借りることになってもそれは怖くないし。#tbk_yuko

2015年3月3日
13:51

ふぃー、完食！貰ってきたばっかのお薬のむ。しっかしデパケンR90日分で560円て激安！私の場合は、やけど、精神科がいっちゃん安ついてる〜。#tbk_yuko

2015年3月3日
19:56

診察室にて。生が虚空を渡る平均台をギリギリの緊張感で渡る脂汗の流れる日々で、火に炙られるのに耐え切れずうずくまったまま何ヶ月もじっとしていることが長年続いていた。現在は、その平均台の下は虚空ではなく、1m下に地面はあるから落ちても大丈夫な感じです。と私は言った #tbk_yuko

お魚さんたち、また2か月後に！@彦根市立病院

2015年2月25日
12:35

取り敢えず祝杯だ！ほぼ2日禁酒やったし〜

2015年2月25日
13:11

なんか午前中に行った病院、楽しかったなぁ〜。2か月ぶりにドクターやナースたちに会えたしなぁ〜。列車の走行音が「生きてる、生きてる」とリズムを刻むように聞こえる。#tbk_yuko #遠足協会

2015年2月25日
16:53

日暮れを見るのが大好きだ。毎日ただ布団の中にいて過ごしていた日々はなんだったんだろう。#tbk_yuko

2015年2月25日
17:41

自己洗脳によるポジティブシンキングって、この世をわたるには絶対必要な気がしてきた。

2015年2月27日
21:16

筋金入りのナルちゃんこそ最強。絶対に倒れない。そこが秘訣だ。ナル化するのを恥ずかしく思ってじくじく苦しむぐらいなら、セカオザを凌駕する勘違い野郎になって強さを実装したい！

2015年2月27日
21:17

人の裸体って本当に美しい。学校の美術の時間では「友達」をよく描かせられるけど、まとっている制服のシワが、質感が、物量が、どうにも捉えられなくて混乱してしまった。初めてヌードクロッキーをした時、その明確さ（手、腕、胸、肩、首までただ一つの直線だったり！）に狂喜した。クリアネス！

2015年2月27日
22:13

今日までの会期の塩賀史子さんの個展を見に行く。いまのところタブローで一番好きな作家さん。あれは2011年だったか。長い鬱があけて這い出したところに地震の報道がやってきて…その後でみた彼女の花の絵に涙が止まらなかったのを思い出す。

2015年2月28日
12:21

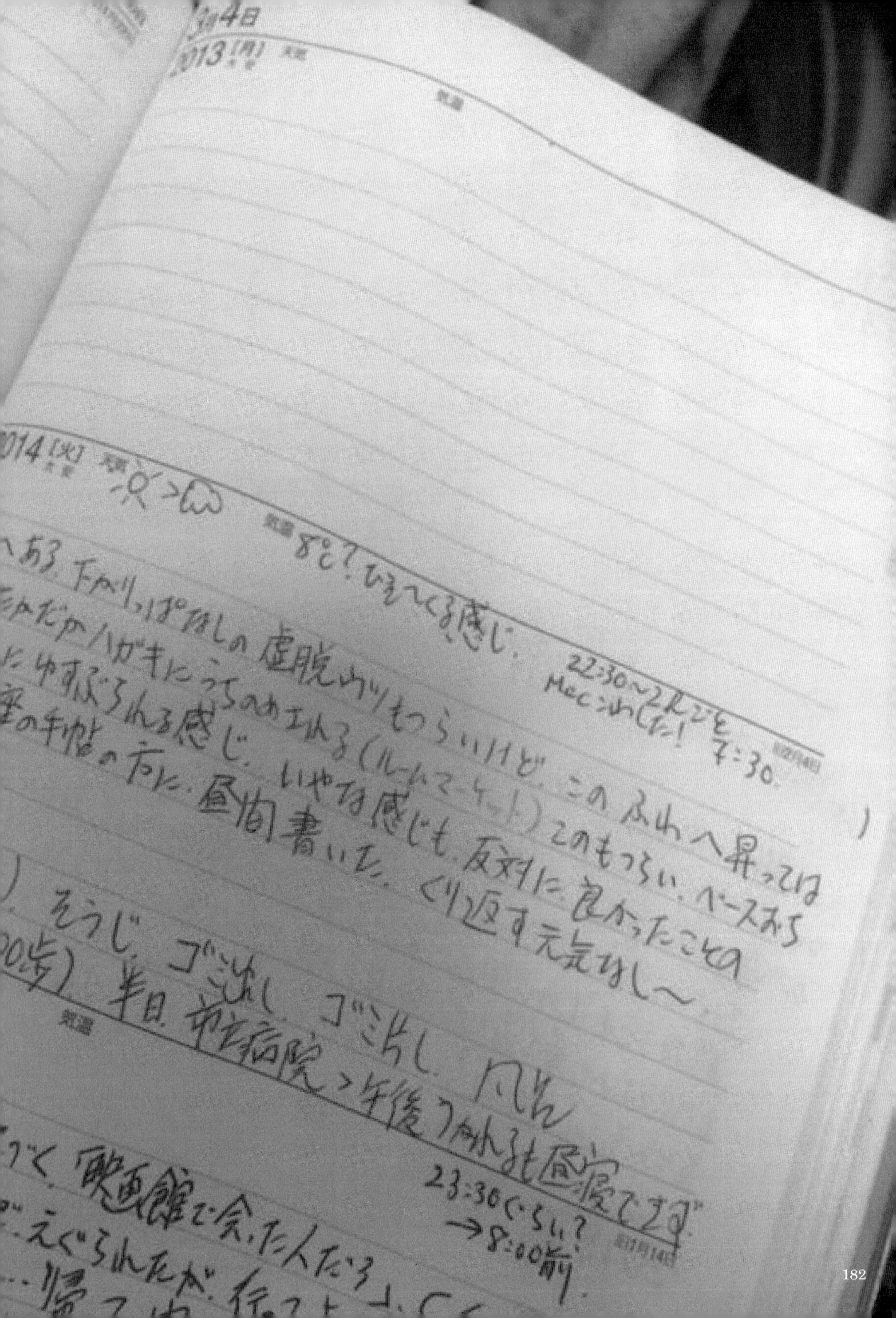

4日
2013 [月]

2014 [火]　気温 8℃? ひえてくる感じ.

22:30~2度ねた
Mec 治した！
7:30.

〜ある。下がり、ぱなしの虚脱い!! もらいけど. このふれへ戻っては
〜だか ハガキたうちのかエんる（ルームマーケット）このもつらい、ペースえる
〜ゆすぶられる感じ. いやな感じ. 反対に良かったことの
〜座の手帳の方に. 昼間書いた. くり返す元気なし〜

) そうじ　ゴミ出し　風呂
20時) 半日 ○○病院 >午後 ○かれると昼院です

23:30 ぐらい？
→8:00前.

〜 映画館で会った人だろ
〜えぐられたが. 行ってよ
〜帰って

日記狂。パンダ絵日記、日々のツイ廃でも足りず3年日記。去年の今頃は抗がん剤治療で精神不安定で日々苦労していたらしい。「手術したら楽になるから」と去年の私に言ってやりたい。一昨年に至っては鬱で寝込んでいたので毎日白紙 #tbk_yuko

2015年3月5日
08:15

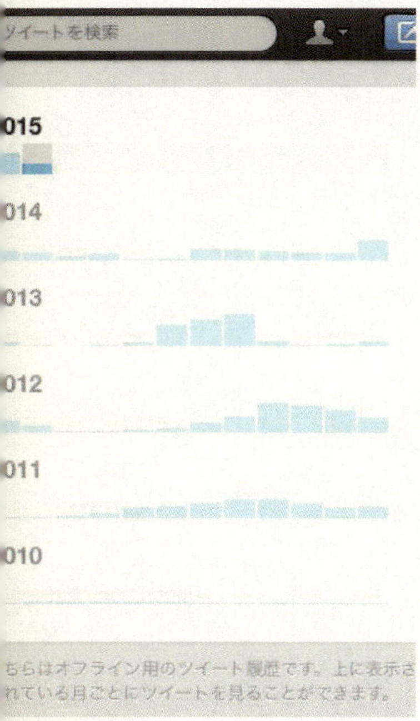

激しい自撮りの山。治療中だけでこんだけあった #yuko_book

2015年3月5日
20:18

tweet履歴でわかる躁鬱のありさま #tbk_yuko

2015年3月5日
21:11

胸ってなんで二つあるのかな？人体には手とか足とか鼻の穴とか二つあるものの方が多いんだけど。その一つがなくなったことを嘆くあの辛い状態からは脱却したんだけど、なんというか「辛かった時の自分」の映像や記述を見返して「その人が可哀相だ」と思って涙することはある。

2015年3月5日
21:28

不眠に責められてパニックして未明に冷蔵庫の前に佇んで消え果てそうになって、これは誰かに助けを求めねば…とメールをしたら、返信がもらえて、かろうじて耐えたんだったな。命拾いをしたわ。#tbk_yuko

2015年3月5日
22:19

今日の朝日朝刊買ってよかった！NewYorkTimesのオリバー・サックスの手記の翻訳が載っていた。この文章は私の将来を支えてくれるだろう。切り抜いてどこに保存しておこうか。一番大切な本を置く棚に。#tbk_yuko #yukodokusho

2015年3月6日
09:51

明日がどんな日になるのか、想像もつかないなー。前回は2013.12.27のセッションだった。あの時とは自分の状態がかなり違うから、やっぱり想像もつかない。#yuko_book

2015年3月6日
19:32

日記狂の詩

わたしはまちがいなく記録魔だと思う。日々の出来事や思いつきをツイッターにつぶやきまくり、PCに手帳にメモり、録音機を回す。日記は3年日記を愛用。これは躁うつ者に特にオススメ。「去年の今頃は抗ガン剤治療の精神不安定で日々苦労していたらしい」とか「このへん躁っぽくて過活動だなぁ」「一昨年に至っては寝込んでいたので毎日白紙」といったレファレンスに役立つからだ。

うつになるとメモる気力も消え果ててしまうので、日記が白紙になる。白紙＝何もなかった、しなかった（できなかった）ではないはずなのだけど、そう思い込んでしまう。どんなに小さなことでも、なにかできたことを書き残さないと本当に自分がダメに思えて死にたくなるから危険きわまりない。そこで、薬局でもらったカレンダーをトイレに貼って、「ゴミすて」とか「ハミガキ」とか最低限できたことを書き込むようにした。メシも風呂もダメでもトイレにだけはいけるから、その機会にせめて日々の記録を、というわけ。風呂を浴びれた日は特にスペシャルな日だから、おっきく「風呂」と書く。手書きの場合、わたしは風呂の「風」を略字で書くのだが、そこにカレンダーの罫線が偶然あたって、まるで目みたいにみえた……というのが「かぜさん」と名付けられたキャラクターの誕生だ。

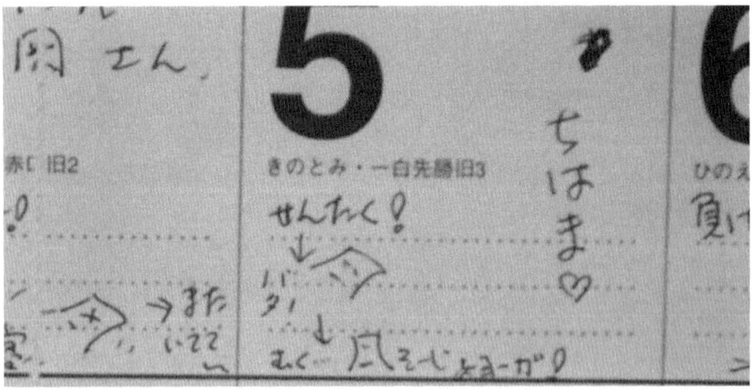

Kaze-san, Mr.Wind is a character in my picture calendar.
It appears while I'm in depression mode.

今日は寝起きはイマイチだったけど、あとはいろいろついていて、機嫌よく過ごせた。気分障害を持つものにとって、こういう日もあることを記しておくことは大切。とかく悪い日だけが記憶に刻印されがちだから。捨てたもんじゃない、ととなえること。
#tbk_yuko
2014年7月22日 — 21:00

Diary

Panda is the main character. It is the symbol of daily life. Panda works a lot as a house keeper.

うつ期間のキャラがかぜさんだとすると、復活してくるとメインキャラのパンダが登場してくる。このパンダは「日々」の象徴だ。絵日記のなかでパンダが家事をしはじめたら、うつから復活の兆し。洗濯、掃除、料理、買い物、ときどきおでかけ……パンダの黒い部分を塗る根気が出てきただけでも、かなり調子が上向いてきた証拠。

Usagi no Yousei-san, Rabbit Fairy was anthropomorphized menses. It gave estrogen from its moon wand. On the other hand it gave me menstrual pain. I've now been through menopause so it's gone.

「ウサギの妖精さん」は、生理をキャラ化したもの。月の杖でエストロゲン（いろいろ良い影響のある女性ホルモン）を振りまくと同時に、ナイフでチクチク刺してくる（生理痛）。乳がんの場合、女性ホルモンがかえって悪影響を及ぼすので、ホルモン療法で閉経にもっていった。そんなわけで、長い付き合いだったけど過去キャラに。

Shinseibutsu-kun, Cancers came in my picture calendar from the day of cancer sentenced. First it was alone after my doctor found I have 2 or 3 cancers. So it was called in plural — Shinseibutsu-kun with "tachi".

「謎の新生物くん」。主治医先生がレントゲンで解説してくださるには「正常細胞のエッジがくっきりしているのに対して、悪性のものはモヤモヤっとしてるのが特徴なんですよ」というので、ふわふわモヤモヤした輪郭のキャラに。のちに一か所だけでなく複数あることがわかったので、常に二体で行動する「新生物くんち」になった。

2015.03.07

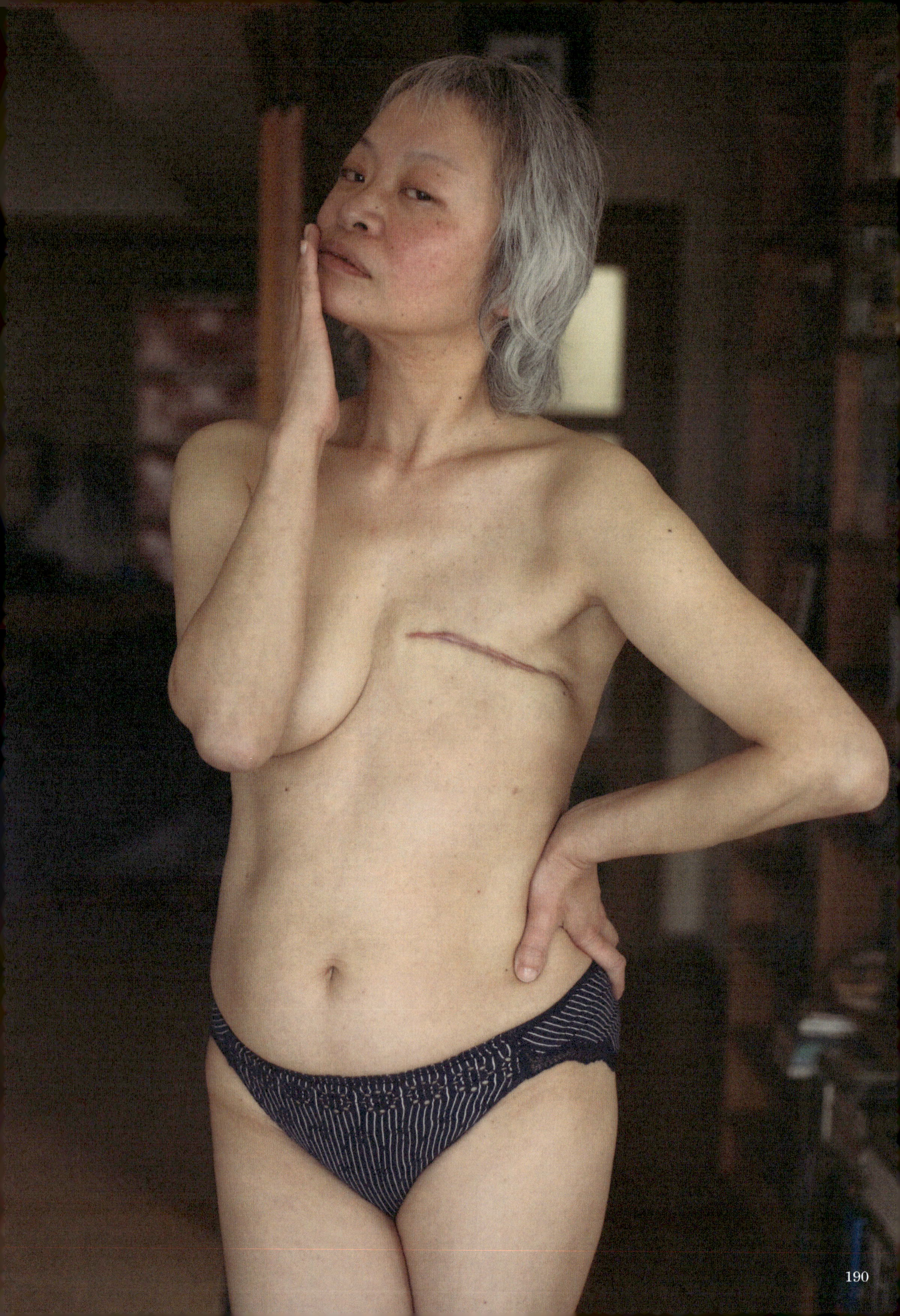

2015年3月19日
09:08

乳癌体験本作ろうと思って#yuko_bookタグを。乳房切除の傷跡がわかる写真とドローイング、そして膨大な日記絵日記の#tbk_yukoタグをまとめてある程度バイリンガルなアートブックの構想。保険金で自費出版て思ってたけど興味ある版元さんいますか？ 3/22-24東京行！

2015年3月19日
10:56

半日じっくりモデルの筋肉痛もなんのその(20分3本。あとは10分2本ぐらいと5分と2分をいっぱい)。やっぱヨガやっててよかった〜。次の遠足まで家にいられるのは2日と思ってたら3日だったと判明し、ますます余裕！ 朝からお灸&ヨガ45分。ほぐれましたー。雨だけどいい1日になりそー。

2015年3月19日
18:24

#シマ に引っ掻かれた！ リンパ浮腫にだけはなりたくない！ マキロン!! #tbk_yuko

2015年3月19日
19:51

あー、いわな美しかった！ さて、撮影も終わったし、春分の日に断髪式を行うことにした。ひょっとしたら筆を作るために(赤ちゃん筆ならぬ脱毛筆です。抗がん剤で抜けた毛が新しく生えてきたので)相当切られるみたいで、そうしたら、このホワホワ産毛ともお別れなのかな？ #tbk_yuko

2015年3月19日
20:39

あと2日、うっとおしくなるほどに伸びてきた自分の髪を撫で愛でながら生きよう(随分刈られてしまうみたいだし)。去年の今日、最後の抗がん剤の点滴。「来月には手術なんだな」──日記に書いてある。去年の私に言ってやりたい。怖いことは何もなくむしろ良いことずくめだと。#tbk_yuko

2015年3月19日
20:42

子どもから十代まで髪が柔らかかったけど、そのあと剛毛になって白髪になるのも母の遺伝で早くて気にしてもいたけど、病気のせいで覚えてもいない赤ん坊の頃の髪質を得たのは僥倖だった。これを切って筆をつくる。切るのもったいないけど、時間がたてばまた剛毛になるかもやし。#tbk_yuko

2015年3月20日
21:01

バリバラなう！ 片山まりさん、うっくし──！

あー、なんて綺麗な脚! 脚がどんどん気になってる気がする。いままでさほど気にしてなかったんだけどねー。んー、なんというか、やっぱ胸のあたりのバランスが失しているので、脚を重視したい気持ちってあるんだろーなー。#tbk_yuko

2015年3月6日
21:22

写真が入稿された。新しい私と古い私。古い方の写真には、いまはなき左乳房が写っているんだが、改めてみると下の方が変形している! そこに悪性新生物くんがいたんだなぁ〜。観察って大切! #tbk_yuko

2015年3月11日
08:47

写真として「喚起力があるかないか」っていうのは、何が写っているかに全く関係がない気がしてきた。撮ってもらった写真を、これからなるべく見返すようにしようと思ってるの。ぼーっと酒のみながら、じわじわ追いこむように選んでいくのが自分にとっての正解っぽい。#yuko_book

2015年3月12日
22:56

なんかもー魅了されるよーな写真があるよ。自分の顔なのにすごすぎる…ナルシズム、ではないと思うのよ。だって全然「こうあってほしい自分」ではないから。なんかわからんすごさだな。他人の眼でしか定着できない。#yuko_book

2015年3月12日
23:00

私の大好きだったお祖父ちゃんの写真は若いときのものが一枚きりだ。対して私は何枚自分の写真を持っているのだろう(子供のときのは、ほとんどないけれど)。なんなんだ、イメージって。ロラン、どーよ! バルトさんっ!

2015年3月12日
23:02

私の左胸と釜のおっちゃんが作ったおにぎりバッジ。なんか似てる。#tbk_yuko

2015年3月18日
07:55

さすがに出し切ってた。眠い!! でもお風呂だけはっ。出し切る感じ、写真もドローイングも同じ。私は「モデルとして行為して」そこに居るから。じっとしてるのに全力疾走めいた熱量。#yuko_book

2015年3月18日
22:45

対話 Dialogue

元看護師あげはさんに、学生時代の実習の話を聞いた。

あげは　患者さんの担当に三週間ぐらいついて、その人に関わるのね。手術前のメンタルの話、手術をして、手術後のマンマの体操もパンフレット作って教えるの。そういうの実習でやらされるんです。手術、見なきゃいけないですよね。私は乳房切除と再建術をするというのを一緒に見たんですけど。

Ｙｕｋｏ　あたしは再建してなくて、とるのにだいたい二時間半だったんだけど、そっから再建が始まるから長いんだよね？

あげは　そう。全部見ると半日以上？　途中で帰っていいって言われたんで、とるとこだけ見たんですけど、初めて見る手術で、メス、いまレーザーなんで……。

Ｙｕｋｏ　レーザーなんだ、刃物じゃないんだ！

あげは　多分レーザーの方が血が止まるんだと思う。もう、切った瞬間に肉の焦げる匂いがして。視覚だけじゃなくて嗅覚も……気持ち悪くて無理！って思ってるんだけど、後半の再建担当の医者が暇なもんだから延々説明してくれてて帰るに帰れなくて。

Ｙｕｋｏ　手術のときって、患者さんはどういう状態？　顔は見えてるの？

あげは　見えてない。全部緑の布かけて、術野だけ出すんですよ。でも、初めての手術なのに、乳房切除ってけっこう女性の象徴的なところをとるっていうのが……なんかけっこう「ポロ～ン！」ってとっちゃうんですね。肉の焦げる匂いはずーっとしてるし、そのポロ～ン！ってとこ見ただけで、けっこう気持ち悪くなっちゃう。それからしばらくは、ゲームのグロ画像みたいなの一切ダメになって……。

Ｙｕｋｏ　気持ち悪いよねー。私、あげはさんにだったら自分の違和感を説明できる気がするの。普通の人だったらあまりにグロいので言えないんですけど……。乳がんの手術って、皮膚をいったん剥がして、中の乳腺とって、くっつけてるから、周辺の神経がいったん剥がされてて誤動作がおきやすくて。だからファントムな痛みが出るんですよって、主治医には説明されてるんですけど。チクチク感とか、なんか古傷いたむ〜っていうのを説明するときに「いったん皮膚を剥がして」って、その時点で「わっ、吐きそう！」てのが普通の反応だから。で、そのときあげはさんは何歳でしたか？

あげは　二十歳でしたね。私は勉強になったけど、患者さんのほうが……二十代後半の若い人で、たしかそのとき婚約中で、それでとるって決まって……。人生の大変なときに学生が担当につくのって、それってどうなんだろう？って。

Ｙｕｋｏ　絶対さー「あたしは胸がなくなっちゃうのに、この子は私より若くてかわいくて、きっといい彼氏がいて、胸もふたつあって……」って嫉妬の嵐！

あげは　そういう人に学生つけるのよくないなーってずっと思ってて、なーんで私ついたんだろーって……。あと実習で絶対やらされるのは「マンマ体操」のパンフ作らされるの。

Ｙｕｋｏ　それは再建した人用？　どんな？

あげは　再建じゃなくてリンパをとった人の。そのせいでむくみやすいから。なんか手を上げ下げするような運動だと思います。

Ｙｕｋｏ　私は手術中、病理医の迅速診断で転移がないと言われたのでリンパ郭清しないですんだんですよ。でも、術後ショックだったのは、とった側の左腕がここまで（三十度ぐらい）しか上がらなくて！

あげは　そのあとは？　リハビリけっこう長くやったんですか？

Ｙｕｋｏ　だんだん上げて……でも、ひねると痛い、とか。私、ヨガやってたから、腕を真上に上げる動作とか日常的にやってたの「出来なくなるんですか!?」って主治医にきいたら「いや、それは出来るようになりますよ」って。毎日少しずつやると上がってきたし。でも半年ぐらい左胸から脇にかけて痺れがあって、気圧が下がると古傷いたむ、みたいなのはまだまだあるし。あとはリンパ浮腫が怖いですね。

あげは　そういえば、高齢者の方で子宮とった人がいて、多分リンパ浮腫になって、脚が倍ぐらいになってる人がいました。

Ｙｕｋｏ　術後看護師さんから言われました。左手で重い荷物を持ち続けるとかＮＧって。経過観察で血液検査するときは、右利きだからつい左を出しちゃうんですね。おいおい違うぞ、こっちだぞ！って。飼い猫なでるときも絶対右手で。ひっかかれてバイキン入ってリンパ浮腫になりしたらヤバイから。

２０１５年３月23日（月曜日）
荻窪マクドナルドにて

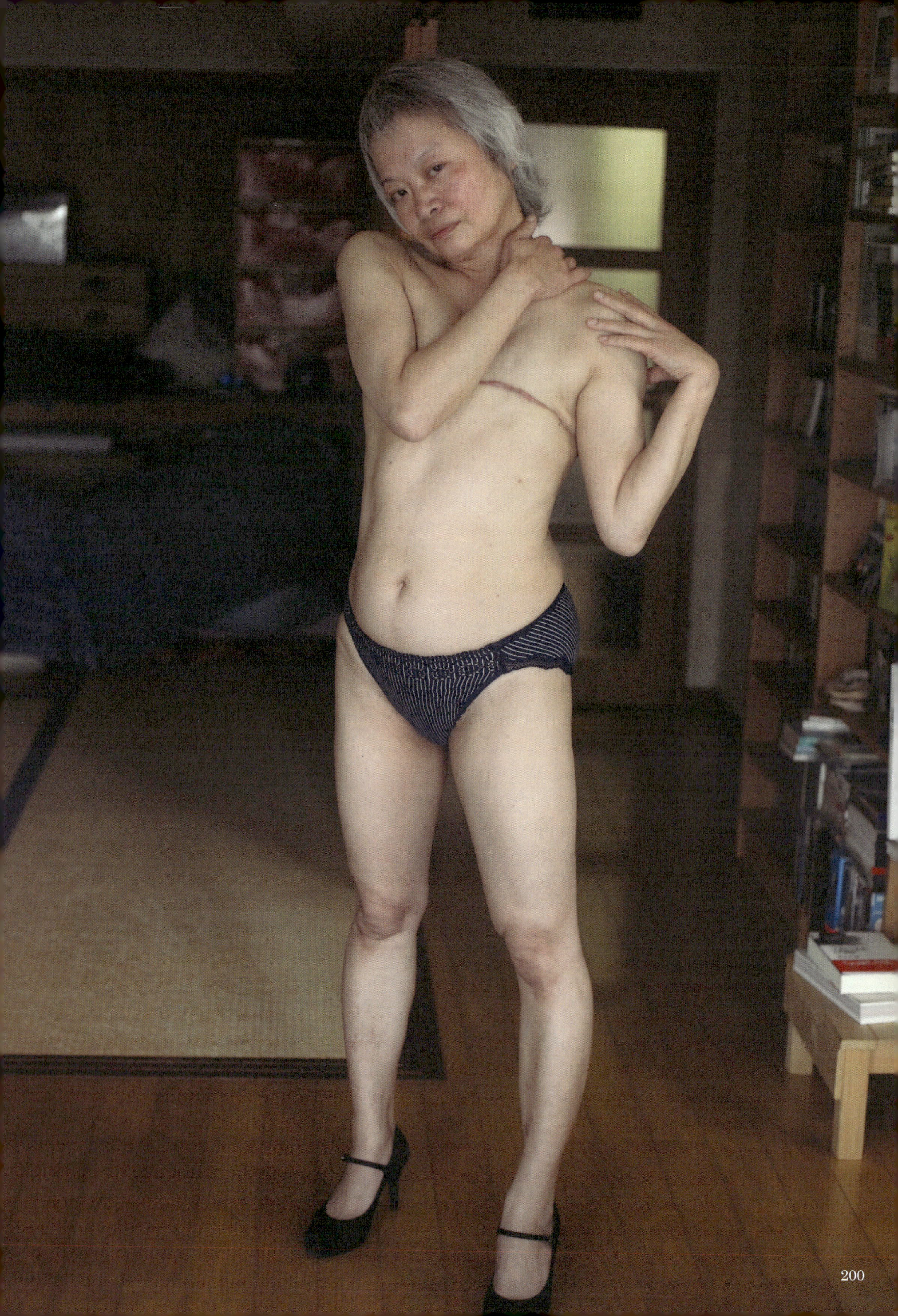

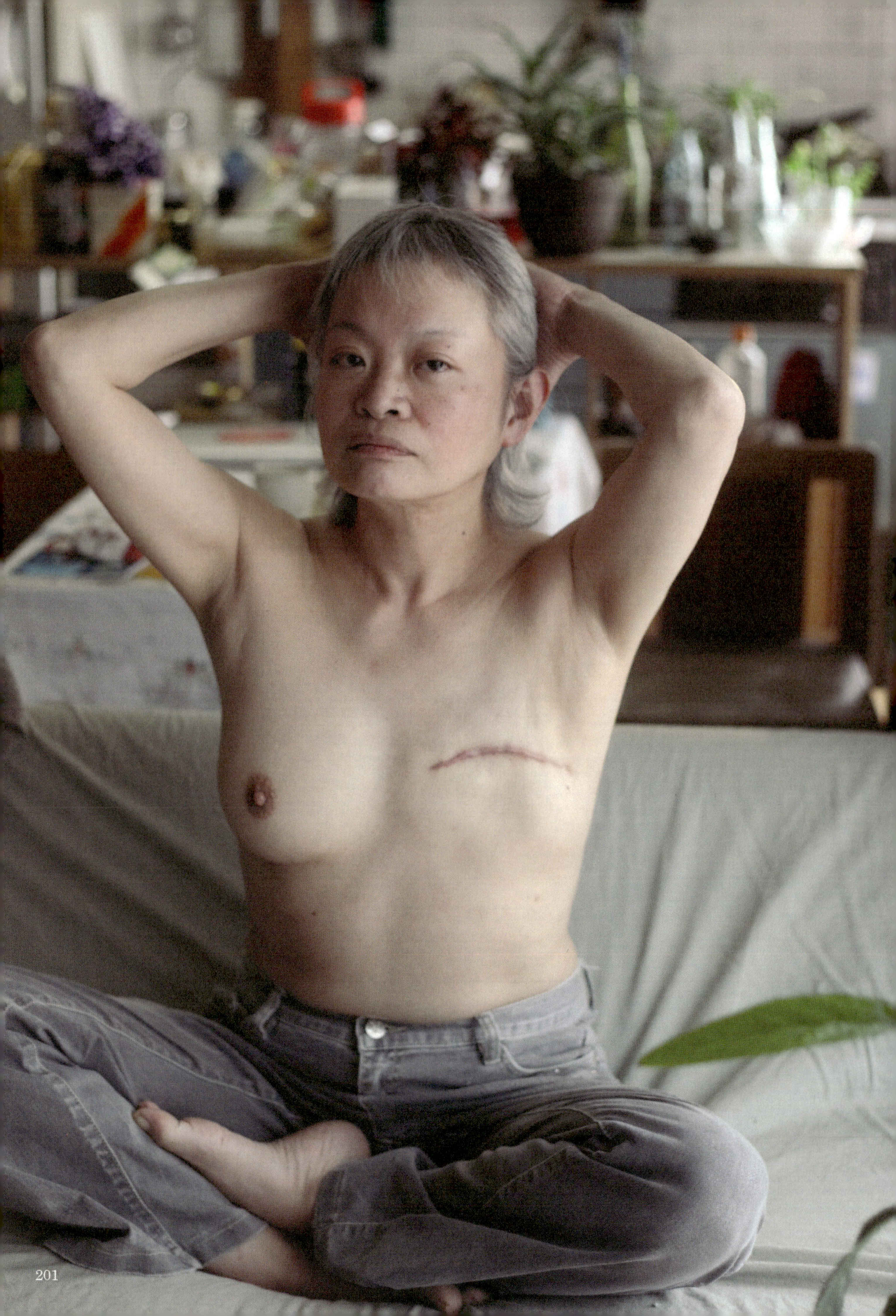

2015年3月27日
22:18

がん治療時には、お金のかかったパンフをいっぱいもらった。主に製薬会社の製作で、長らく通っている精神科では、そんなパンフ見たこともなかったから不公平だって思った。金の回る病と回らない病がある。でも一番ぐっときたのは看護の人々(助手や学生さんも)が手作りしたカラーコピーものなんだ。

2015年4月1日
08:05

4月になったなーと思って3年日記をパラっとやったら去年の入院時の絵日記に当たってハッとする。やっぱ自分の日記が面白すぎるので、誰も欲しがらないかもしれないけどまとめたいや。#yuko_book

2015年4月2日
15:01

我ながら名言はいちゃったな――「私は私の身体から早く自由になりたいのです!」 #yuko_book

2015年4月2日
16:24

「私は私の身体から、早く自由になりたいのです」この言葉についてもう少し考えてみよう。自由になる、消える――まどろみや忘我のきわ。肉体を強烈に意識しながら同時に溶け去るような性の時間。長い優しい懐かしい眠りのように死の瞬間も迎えられるのかな…その時にならないとわからないけど。

2015年4月3日
10:44

もともと人の日記を読むのは好きだけど、やっぱこれ凄くいい。私にとって初めての電子本、「本日は最前線の吉日」…精神病院閉鎖病棟入院日記を、日常に添わせるよう毎日1日分ずつ、日記の速度で読み進む。#読書フェス #yukodokusho

2015年4月3日
11:10

鬱でも、せめてなにかできたことを書き残さないと、本当に自分がダメに思えて死にたくなる。トイレにはってあるカレンダーに(風呂には入れないがトイレにはいける)「ゴミ捨て」とか「歯磨き」とか最低限できたことを書きこんだのが #今日のパンダ絵日記のはじまりでしたいいなぁ〜。義足を脱いだあとのシルキーな感じとか。あたしも傷口毎日マッサージしてるよー。あと、抗がん剤後のフワフワ産毛が現在自慢。誰か触って〜〜w

2015年3月20日
21:08

好き！大好き！片山まりさん、素敵すぎるわっ！身長130cm〜180cmまで可変の身長。私、一緒に写真撮っていただいたことあるけれど、とても素敵なデートの気分でした！

2015年3月20日
21:09

この時期体調が良かった試しがないので、なんだか戸惑ってる。いつもぐったりしながらノロノロ過ごしていたのに、今年は飛ぶように春がやってくる。ちょっと待っていただきたい。きちんと味わいたい。

2015年3月21日
11:52

湖を臨む理髪店で鋏を入れてもらう。私の新しい髪に。#tbk_yuko @彦根市付近

2015年3月21日
13:55

筆になる！ #tbk_yuko

2015年3月21日
14:10

私は、自分が美しく生きることにしか興味がないので、自分の幸せにはまったく関心がない（え？）

2015年3月25日
22:11

まっとうなナルシシズムは自分と世間を幸せに導くので、マジ尊い。

2015年3月25日
22:16

もうじき1年になる古傷がなんかチクチク。天気痛かな？ペットボトル温灸して酔い止めのもう。

2015年3月25日
17:41

桜が散っている。昨年、4/15～1週間入院して手術受けたけど、自分で乗ってきた車はその間駐車場に放置で…退院するとき桜の花びらまみれになった愛車を見つけて、なんか嬉しくなったのを思い出します。

2015年4月8日
12:36

去年の今日、生まれて初めての入院をして、去年の明日、乳がんの手術をしました。「5年生存」のうちの1年が過ぎていきましたね。おかげさまで。#tbk_yuko

2015年4月15日
09:02

いつ来ても心が開かれる。私は去年の今日、ここを退院しました。もう一回入院したいwって思うくらい、ここが好きです。過ごしたい場所や住みたい街があちこちにある幸せ。#tbk_yuko @彦根市立病院

2015年4月22日
10:50

2か月に一度の経過観察。特に異常なし。先生とボルダリングの話で盛り上がる。抗がん剤によって卵巣機能は10～20歳年老いるそうで、ならば私の卵巣だけは70歳だ。身体の中で「時をかけて」る！ SF身体…シブい！ #tbk_yuko

2015年4月22日
11:18

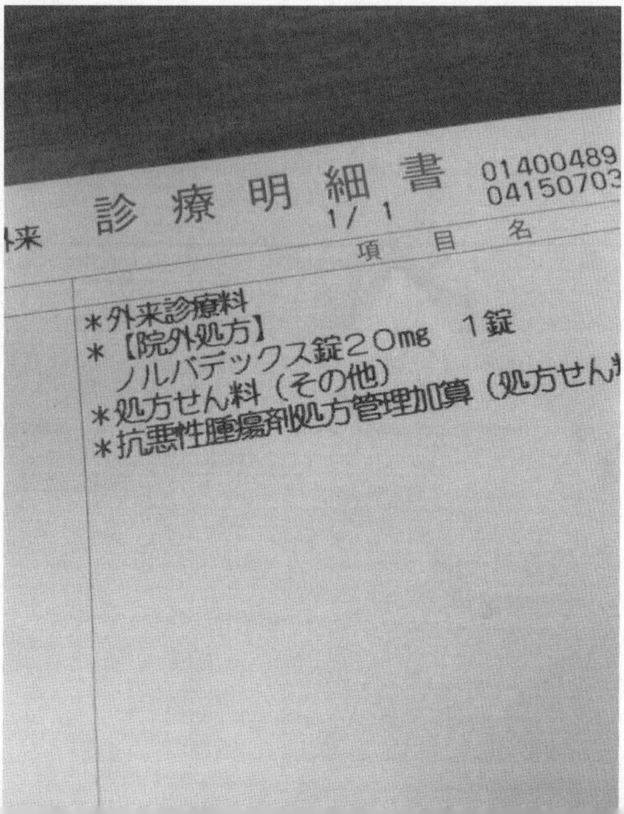

2016.02.19

in my arms
rainy days i held
It had been a long time

復活 Recovery

大阪を拠点に活動するアーティスト・梅田哲也くんのｗｅｂ ｂｏｉｄマガジン「ほとんど事故」より転載。制作中の事故（２０１４年）による負傷から約半年、本格的に活動を再開する梅田くんがけがと入院を経て実感するようになったこととは……。

文＝梅田哲也

入院中にブログを公開していたら、ゆうこさんからメールが届いた。そこには、二年半前に大阪でやった、宿泊しながら鑑賞する展覧会「小さなものが大きくみえる」の感想と、宿泊の夜、入りに行った銭湯のテレビが談志の死を悼んでいたことなどが書かれていた。じつは私は乳がんがめっかって（命に別状はありまへん）、もうすぐ入院手術やから、密かに梅田くんの入院ブログ参考にしちゃったりしてます～。いろいろ大変やろけど頑張ってな～。お返事無用で～す。

今月からいよいよ本格的な仕事復帰。まずはスイスのチューリヒとオランダのフローニンゲン、二つの都市でおこなわれるフェスティバルでのパフォーマンス。移動も含めて十日間の滞在で、五公演。帰国するとすぐ丹後半島のイベントに合流して、その後もしばらく移動や展示が続く。休んでる間にきちんとそれぞれの準備をおこなっていれば、今現在がこんなに不安にもなることもなかったろうに。それよりも、休みの間にしかできないことをする、ということを優先順位の上位に据えて生活していたもんだから、思いつきでどこかに出かけてみるだとか、近所の美味しい店を探すだとか、はたまた、勢いで大物歌手のコンサートを見に行くだとか。そんな、これまでやってこなかったようなことをしながら、毎日を過ごしてみていた。

　大物歌手のコンサート当日は、台風だった。なかなかこういう大きいコンサートにお金を払って行くというような習慣がないもんで、台風のなか会場にたどり着けただけでも、何かひとつのイベントを終えたような充実感があった。開演前、係の人たちから、しつこいくらいの場内アナウンス。携帯電話の電源はお切りください、マナーモードではなく、必ず電源をお切りください。また、公演中咳をなさるときのために、かならずタオルかハンカチをご用意ください。客席は高齢の人が八割以上を占めていて、平均で七十才は超えていると思われた。音の分離が悪いとか、なんでモノラルなんだよとか、そういう不満を除けば、さすがの表現力と技術に裏打ちされた、素晴らしいコンサートだった。序盤で、従軍慰安婦に捧げた歌が歌われたとき、大物歌手が礼をして袖に引っ込んでも、僕の斜め後ろの席の人は、拍手をやめなかった。まっ暗な客席のなかで、いっこうに鳴り止まない、ひとつの拍手。はっきりしたことはわからないけれど、この人はきっと、歌われていたようなことの当事者の一人かもしれない、と僕は思った。衣装替えをして戻って来た大物歌手は、これにウィットで返していた。私ももう歳ですから、衣装を変えるのに時間がかかってしまうんです。拍手で間をつないでいただくなんて、親切な方ですわね。

　拍手をきりのいいところでやめた大多数の人と、拍手をやめなかった人とで、どんな違いがあっただろうか。歌手が歌う内容、歌手が演じる人物に自分を重ねている、という点ではきっと同じ。片や、関係ないことを歌われているのに、まるで自分の人生でおきたことであるかのように、想像のなかで自身の経験を重ねる。映画でいうところの、フィクションにおける疑似体験のように。もう一方は、歌われていることの当事者として、むしろ自分自身の経験に歌を引き寄せるようにして、この歌を聞く。自分自身の人生を切り取ったドキュメンタリーを見ているかのように。でも、歌っているのは他人だ。自分ではなく、誰もが知っている大物歌手だ。歌手は、拍手をやめなかった人の人生に自分自身を重ね、歌う。すると、拍手をやめた大多数の人は、歌手という媒体を介して、拍手をやめなかった人の人生を生きようとする。とどのつまり、今この瞬間この会場にいるすべての人は、拍手をやめなかった人の人生に自分を重ねたのだ。という、妄想。

　想像力とは、いかに他人のことを自分のことのように考えて行動できるか、だと思っていた。決して他人にはなれない自分というジレンマを、いかに想像力で乗り越えるか。でも、入院を機に、そのまた逆の発想で、いかに自分のことを他人だと思えるか、という想像力も必要と考えるようになった。他人を自分にするのは、感情移入というやつで、いろんな経験をするなかで培われた技術といってもいいかもしれない。でも、自分を他人にする、ということは、なかなかやってこなかったように思う。誰かのためにやること。その「誰か」に「自分」をあてはめてみる。どうせ自分のことだからどうでもいい、となりがちなところを、ひとつひとつ気にとめる。ちゃんと生活する、体を気づかう、おいしいものを食べる、悪いことはしない。もしかするとこれって宗教なんかとも無縁じゃないのかな。神様が見てる対象は、自分であって、自分でない。自分が見ている、自分の中の他人。はたまた、ちょっと飛躍して、自分を死人だと思う、という想像。自分が死んだとき周りがどう思うかとか、状況がどう変わるかとかではなく、死んだ自分自身が己の死について何を思うか、という想像。幽霊になってからの話とか、そういうことを言ってるんじゃないよ。

コンサート中盤、誰かの携帯から聞き慣れないメロディが聞こえてきて、それが伝染したかのように、一気に場内に広まった。あら？　何この音。一斉にどうしたのかしら。大物歌手がキョロキョロしてると、客席の誰かが、「防災警報！」と叫んだ。ああ、防災警報なのね。じゃあ皆さん方お逃げになって。私は一人で歌ってますから。場内がどっと沸く。あれほどアナウンスされたのに、電源を切っていない人がこんなにいたのか。でもよくよく観察するとどうやら、場内のおじいちゃんおばあちゃんには、電源の切り方を知らない人がこれだけいた、ということらしかった。鳴ってしまった警報の止め方も、いまいちよくわからない。場内にはしばらくその音が鳴りつづける。大物歌手は、音が止むのをステージで黙って、じっと待つ。音がひとつ消え、またひとつ消え。外はきっと強い風が吹き荒れているであろうなか、場内はどんどん静かになってゆく。

あれ、梅田くん？振り返るとゆうこさんは、見よ！この左右比対称！と言いながら、上着をばさっとはだけてみせた。瞬間、ゆうこさんのとった行動の意味も、それにどう反応すべきかもわからず面食らったが、そのまま静止した胸元に目を移して、片方の乳房がごっそり無くなってしまってることに気づいた。ああ、そうか。一拍あけて視線を上げると、ゆうこさんはにこにこ笑っている。僕は平静を装ってみせる。服の上からであっても、外でこんなふうに女性の胸元を直視したことなんかない。見たくても、見ない。あるいは見たとしても、見てない振りをするようなものだ。しかもゆうこさんの胸は片方が無くなってしまってるから、見たら見たで、今度はそこから視線を外すことが容易でない。ふたたび顔を見ることに躊躇する。どんな表情が正解だろうか、わからない。それらを一瞬でのりこえての、渾身のひとこと。お互い、復活できてよかったですね。

梅田哲也（うめだ・てつや）

国内外の美術館およびオルタナティブな空間におけるインスタレーションを発表するほか、音楽やパフォーミングアートの現場で活動。近況、活動予定はこちら www.siranami.com

デイルームにいます

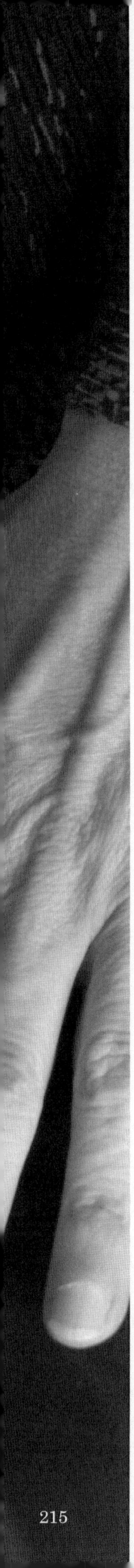

I used to think that imagination was how much you could act as though you were someone else. To see just how much you can overcome the problem of never being able to be someone else using the power of your imagination. But while I was hospitalised I came up with the opposite idea; that imagination to think of your own self as another person was just as important. To put yourself in someone else's shoes, to empathise with someone, is a skill I think we cultivate through various experiences in life. But to think of your own self as if it were not you but someone else, is something we rarely do. When you "do something for someone else" how about changing that "someone else" to "yourself". Pay attention to all the times you think to yourself "oh it doesn't matter it's only for myself". Live well, take care of your body, eat good food, don't do bad things. I don't think it's entirely unrelated to religion either; what God is watching is you, and not you. Or you could take it even further and imagine yourself as deceased. Think about what people will think after you die, not stuff like how things will change for them, but think about what your deceased self would think of its own death. I don't mean what happens after you become a ghost.

In the middle of the concert an unfamiliar melody rang from someone's cell phone. And that melody spread throughout phones at the venue like an infection. What on earth was this sound that rang from everywhere all at once? The singer looked worried too but someone shouted from the audience "It's a disaster alert!" "Oh, I see, well then please evacuate everyone, I will sing here alone." There was an uproar from the audience. I couldn't believe that despite all the insistent announcements that had been made there were still this many people who hadn't turned off their phones. On closer inspection however, it appeared that there were this many old men and women who didn't know how to turn their phones off in the venue. They also didn't seem to know how to turn the alert off either. The place echoed with the sound of that melody for a while as the singer waited silently for it to stop. One by one, the sounds stopped. Outside the strong winds were probably blowing violently, but inside the venue it slowly got quieter and quieter.

"Hey is that you, Umeda-kun?"
As I turned around to see who it was Yuko said "Take a look at this asymmetry!" as she opened her jacket and bared her chest. I was taken aback as I had no idea why she did this or how I should react, but I slowly shifted my line of sight to her chest and realised that one of her breasts was completely missing. Ahhh I get it now. After a second I looked back up to see her smiling. I put on a calm and composed face. I had never looked so directly at a woman's chest in public, even with their clothes on. Even if I wanted to I didn't and even if I did I'd pretend I wasn't. Nevertheless as one of Yuko's breasts was missing it didn't matter so much if I looked, but looking away again wouldn't be easy. I would hesitate to look her in the face once again. I wouldn't know what facial expression to have. That was a tough hurdle to overcome. Isn't it great we've both recovered.

"Recovery" translation by Katie Funnell

that email she told me her thoughts about the exhibition I did in Osaka two and a half years ago called "When small things that it seems big", which was an exhibition where guests stayed the night. Yuko wrote that the night she stayed over they were mourning the death of the famous Rakugo-ka Danshi Tatekawa on TV at the local public bath she went to. She also wrote that she, in fact, had breast cancer (although it wasn't life threatening) and was just about to go into hospital for an operation. She said she had secretly been reading my blog to get an idea of hospital life, wished me well and told me not to worry about sending a reply.

I'm finally getting back to work properly this month. First off I have five performances over ten days at festivals in Zurich, Switzerland and Groningen, Holland. Then, as soon as I get back to Japan I have an event to do in the Tango Peninsula and after that I have to go various places and I have various exhibitions. If only I'd prepared properly while I was off work I wouldn't be so worried about it right now. But at the time I put highest priority on doing things that I could only do when taking time off. Things like going out somewhere that just sprung to mind, looking for delicious restaurants in the local area and going to see a famous singer's concert on the spur of the moment. I spent my days doing things I'd never done before.

On the day of the famous singer's concert, there was a typhoon. I never really did things like spending lots of money to go to a big concert, so even just getting to the venue in the middle of a typhoon seemed like an event in itself. Before the performance started the staff told us insistently over the speakers to turn off our cell phones, not just switch them to silent mode, but to turn them off completely. They also told us to cover our mouths with a towel or handkerchief if we coughed during the performance. More than 80% of the audience were elderly people and the average age was probably over 70. Aside from grumbles about the sound being monaural and the like, it was a fantastic concert full of amazing expression and talent. At the start of the concert the singer sang a song dedicated to comfort women, but even after they had taken a bow and returned behind the curtains the person sitting diagonally behind me didn't stop applauding. In the pitch black audience, one person's applause didn't stop in the least. I can't be certain, but I thought they must probably be someone who was like the person being sung about in the song. The singer returned in a different outfit and responded to the applause with wit; "I too am getting on in my age so it takes me a while to change outfits." What a kind person to fill in the gap with applause!

I mused on what the difference was for the many people who stopped applauding after a reasonable time, and that one person who didn't stop clapping. I'm sure that both could identify with the song and the people it was being sung about. For the larger group of people they would have imagined it as their own experience in their head even though it had nothing to do with them at all; a simulated experience like watching a fictional film. On the other hand, that lone person listened to the song as someone who was being sung about. It would be as if they were watching a documentary of a snippet of their very own life. Except that the person who was singing it was someone else; not themselves but a very famous singer known by everyone.

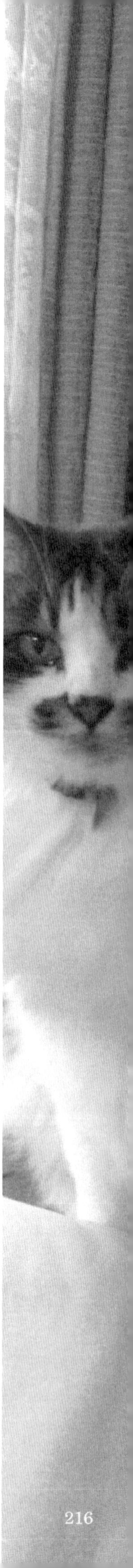

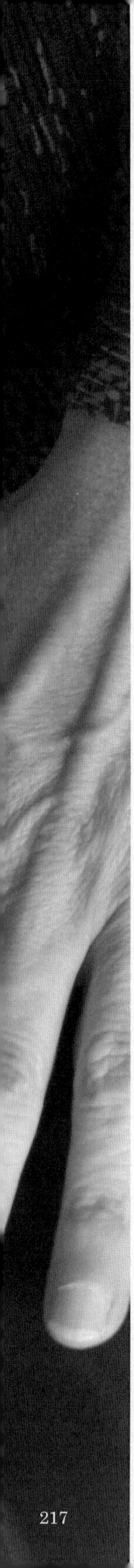

Yuko: I was gradually able to raise it higher and higher, but... it would hurt when I twisted my arm and things. I had been doing yoga, and when I asked the doctor in charge if I wouldn't be able to raise my arms straight up or do everyday movements like I could before, he said, "No, you'll gradually be able to do them again." By moving my arm a little at a time every day, I finally got to the point where I could raise it again. But for about six months the area between my left breast and armpit felt numb, and when the barometric pressure drops, the old wound still hurts. Now I'm afraid of getting lymphedema.

Ageha: That reminds me of an elderly patient who had her uterus removed and then got lymphedema, which caused her legs to swell up to twice the normal size.

Yuko: The post-op nurse told me the same thing. She said it wasn't a good idea to carry heavy things with my left hand. When I had blood tests done as part of the follow-up process, I would quickly hold out my left arm because I'm right handed. But then I'd remember I had to hold out the other one. And when I pet my cat, I would always do it right-handed because if she scratched me, there would be a danger that my lymph gland would get infected.

Interview conducted at a McDonald's in Ogikubo on Monday, March 23, 2015

"Dialogue" translation by Christopher Stephens

Recovery

Tetsuya Umeda

Creates installations at art museums and alternative spaces as well as performing music and other performance arts.

You can check his latest news and schedule at https: / / www.siranami.com

Text taken from Osaka based artist Tetsuya Umeda's article "hotondo jiko" published in boid magazine. He writes about his experiences of returning to his artistic work half a year after suffering an injury during an accident while he was creating an artwork in March 2014.

I received an email from Yuko during the time I had been writing my blog while in hospital. In wasn't only the sight, it was also the smell... It was disgusting and I thought, "I can't take this!" But the doctor who was in charge of the reconstructive surgery didn't have anything special to do, so he just kept on endlessly explaining what was happening and it was impossible for me to get away.

Yuko: What sort of state are the patients in when they do the operations? Are their faces visible?

Ageha: No. There's a green sheet completely covering them with only the operative field exposed. That was the first operation I had ever seen, a mastectomy the removal of something so symbolically female... and when they cut it off, there was a kind of "plonk." The smell of burning flesh never let up and seeing that plonk really turned my stomach. For some time afterward, I couldn't deal with those grotesque scenes in video games at all.

Yuko: Yeah, that was really revolting. When I talk to you, I can explain how uncomfortable I felt. But it's such a grotesque thing that you can't really talk about it with regular people... In breast cancer surgery, they start by peeling back the skin, take out the mammary gland, and then stick it back together. But because the surrounding nerves have been peeled back, it's easy for them to malfunction. According to the doctor in charge of my operation, that's what causes phantom pains. When I explain about the prickling sensation and the pain of the old wound, and tell someone, "We'll start by peeling back the skin," her or his immediate reaction is, "Ugh, I think I'm going to be sick!" How old were you when you saw the operation?

Ageha: I was 20. It was a useful way of studying for me, but for the patient... a young woman in her late 20s, who had just gotten engaged, the decision to remove her breast must have been.... Now I wonder how it must have felt to have a young student like me assigned to her at such a traumatic point in her life.

Yuko: She must have been overcome by a storm of jealousy: "I lost my breast, but this kid is still young and cute, and I'm sure she has a nice boyfriend and both her breasts."

Ageha: I have often thought about how wrong it was to assign a student to someone like that and wondered why it was me.... We also had to make a pamphlet about mammary exercises as part of our practical training.

Yuko: Was that for patients getting reconstructive surgery? What kind of thing was it?

Ageha: No, it was for people who had their lymph glands removed. That often causes swelling. As I recall, it was a movement in which they moved their hand up and down.

Yuko: In the middle of my operation, the pathologist concluded, based on a rapid diagnostic test, that the cancer hadn't metastasized, so there wasn't any need to dissect the lymph gland. But what really shocked me after the surgery was that I couldn't raise my left arm (that was the side that my breast had been removed from) higher than this [about 30 degrees].

Ageha: Did the rehabilitation period continue for a long time after that?

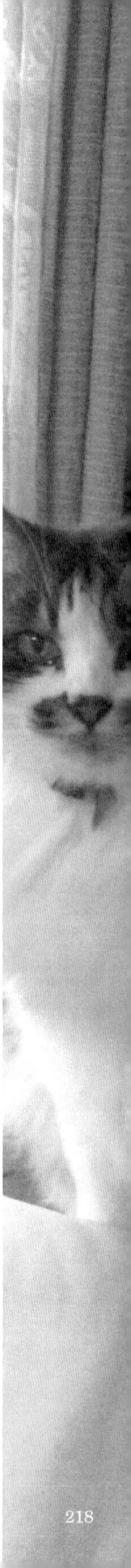

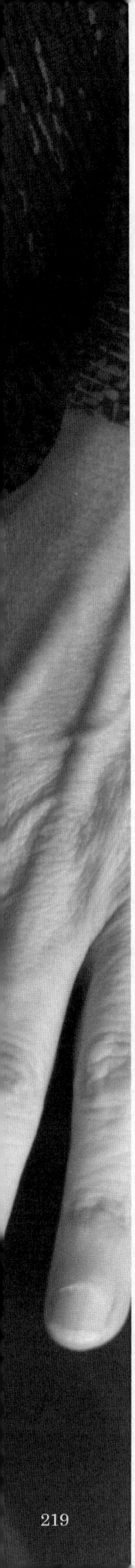

Depression

Often I stay lying in bed because of terrible depression. How can I explain this feeling. It's just like someone turned off the power supply to my body. It happens even when I'm not feeling any stress or pressure. Nothing in my body moves. I'm so far from any life.

I find that I get stuck in bed in winter often so at first I suspected the cause was the season. Even in summer, which is my favorite season, I stayed in bed, too. I can't count how many times I stayed in bed because of depression. Every time the symptoms are slightly different. The easiest symptoms are just being tired and sleepy. The tougher one is a sudden fall in self-esteem. All other people seem to be more clever, better and more valuable than I am. It's really hard. Loneliness, emptiness, depression, anxiety…I suffer from so many symptoms. And the impulse of suicide is always close to me somewhere in my unconsciousness.
Usually I really like taking baths. But when I get depressed I can't take a bath anymore. The complication of this is cystitis due to uncleanliness. It's hurt and uncomfortable! I don't have the energy to brush my teeth so I lost 2 teeth from pyorrhea. Even when I stay in bed all day and all night I can't sleep, so I get out of bed and drink a lot of alcohol. It made me an alcoholic. It's also a severe complication.

After anticancer care, my depression cycle changed. Before, I would stay in bed for months. Now it is obviously shorter. One to three days or a week in a month. Although saying that, 10 days depression every month adds up to 4 months depression in a year. It's not such a big change but it's change.
Anyway, cancer can recur and spread and mental disease is also a long life friend, isn't it?

Dialogue

I talked to Ageha, a former nurse, about the practical training she had received in university.

Ageha: We were assigned a patient who we tended to for about three weeks. First, we would talk to them about their mental state prior to the operation, then they'd have the actual operation, and we'd make a pamphlet and teach them how to perform mammary exercises. This was the kind of training that we received. We were also forced to watch the operation. I watched the mastectomy and the reconstructive surgery.

Yuko: In my case, it took about two and a half hours to remove my breast, but I didn't have any reconstructive surgery. It takes quite a bit longer to do that, right?

Ageha: Yes, it takes about half a day in total. They told me I could go in the middle of the operation, so I only saw the removal, but that was the first operation I had ever seen. It was done with a scalpel… but now they do it with a laser.

Yuko: Oh, a laser instead of a blade!

Ageha: I guess the laser is better in terms of stopping the blood. The second they started cutting, though, it smelled like burning flesh. It

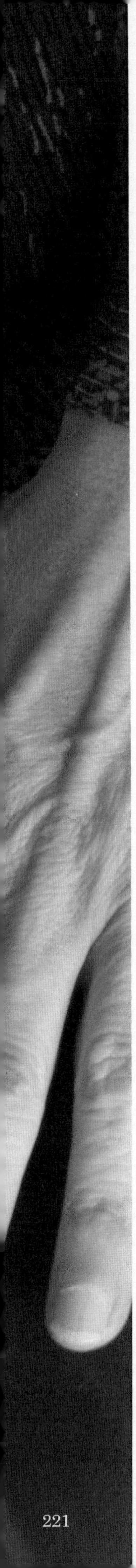

left my body. A few weeks later my lower arms became not so hairy anymore though. And my eyebrows seemed to become a little thinner. I enjoyed observing the changes of my body.

Anticancer hormone care takes about 5~10 years. It's a bit superstitious but I decided not to cut my hair until the last day of the care.
If the cancer recurs and spreads what will I do? Will I take anticancer drugs and loose my hair again?

Fear of reccurance

My flat left breast was hard. Before I thought that total removal of both breasts would be better because it would avoid looking asymmetrical. But my right breast is so soft. It is enough to fascinate me.
If the cancer recurs and spreads, I'll loose this right breast in an operation. And I'll have to take anticancer drugs again…and I will have hair loss and painful days again. Then someday maybe the drugs will stop working…
Those kind of images pop up in my head. I feel a shiver when I find articles like "Her breast cancer recurred and spread" in the newspaper. Everybody has the same possibility to die at any moment — The earthquake is one possibility — but in my case it has a rather different feeling because once I was "the host of a parasite that was destroying my body".

I feel death beside me. Even though this fear is not so terrible. It's a painful, lonely and sweet feeling. I imagine the day when I merge with the air and people who have passed away — like grandpa and grandma had gone in that way. On the other hand, the feeling I get about death from my mental disease is the fear of being murdered by myself. It's like my mad brain stalks me, aims its gun and makes me think of suicide. Depression tortures me with a dimly ominous ever-present idea of suicide and terrible panic. In comparison with that, the end of life from cancer is normal death I feel.

Anyway, now I'm fine. I don't worry too much. I just have more "choice of fear" than others. I will enjoy my days and try to improve my immunity system.

The nurse said "Many patients say they can't go to a hot springs or publics baths anymore". What?! I won't give up going to baths because I really like it!
My partner invited me to a famous hot spring. But in there we couldn't bathe together. I went to the women's bath. I covered my scar with a small towel. When I got inside the bathtub, I quickly put that small towel on my head. When there were some other women around I couldn't get out of the bathtub because I didn't want to show them my scar. I felt flushed and dizzy. What is this discomfort!?

OK. I made a mistake the first time. I cared too much about not showing and not being seen. For the next time I thought to go with my friend. I invited my friend on a short drive to a small hot spring. I felt rather comfortable with her.
I showed my scar and said "See? Like this".
She said "I see" calmly.
Oh, I remember once I saw the body of someone who had total removal of her breast. It was in the big public bath, it was one old woman who had one flat breast. She didn't cover her scar. She seemed to enjoy taking the bath. I could have the operation rather calmly because I had the image about total removal from that old woman.
I thought "I'll have a body like her. It won't be worse than that" — I wonder how that old woman is now?

So after that I had cleared other challenges too — going to a public bath in downtown, a health center in the suburbs. With my friends first and then alone...step by step slowly I felt OK about it.
And like that I recovered from the terrible complication of breast cancer — "the degraded self image as a woman".

New hair

About 2 months after the operation, soft hair grew on my head. My head looked like a chick. I liked it.

My hair was soft because it grew after anticancer care hair loss. It's the same as baby hair. I was lucky I could experience baby hair despite being an adult thanks to my disease. I tried to make a calligraphy brush using my hair at a barbers nearby. The hair stylist said it needs to be at least 10cm long hair. So I had to wait a while. I decided to cut my hair on the spring equinox in 2015. It's almost one year since the operation.

I felt good when I touched my soft hair. I decided to not cut my hair anymore and enjoy the soft long hair that grew. Before the operation my hair was hard and heavy so I couldn't enjoy long hair.
But I wondered why my bangs didn't grow well. It seemed to be like Napoleon's bangs. I asked my doctor. He told me that it was the side effect of the hormone care.
It suppresses female hormones. So it's the same thing that happens with bald-headed men — It makes a bald spot in the forehead and the back of the head.

Once my lower arms suddenly became hairy. What was this explosion of life? It felt to me that the poison that was the anticancer drugs had

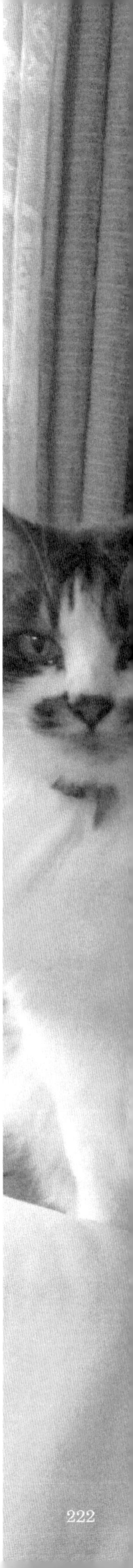

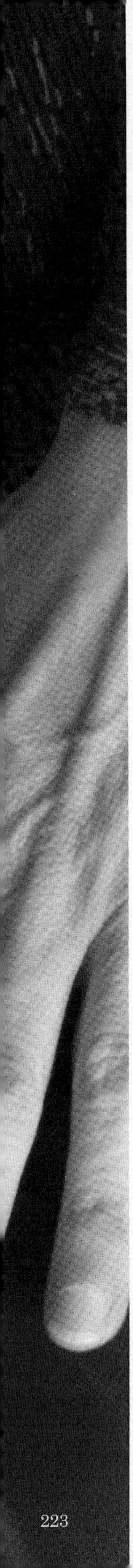

it again and again. If I choose my own tissue, it would be absorbed into my body some day. So you have to put more tissue in again. If I chose silicon, one breast would remain in the same place but the natural breast on the other side breast would sag down year by year. If I wanted a natural balance, I would have to do an operation to fix this problem.

I remember vaguely one poem written by an American feminist.
"When my whole body is excited, only my one breast is still cool".
Silicon is a foreign body. A tattooed nipple never gets hard.
Anyway I don't like pain and trouble. Both before and after the operation I didn't want to reconstruct. Of course this is my personal wish.

Don't think of it as losing one breast, let's think of it as getting a new one-breast body. But thinking in that new way was hard enough too.

Pain

There is a mirror in my dressing room. When I take a bath and change out of my clothes, I see my big scar. It gives me a shock every time.
I felt uncomfortable numbness and pain for a while after the operation. It is called weather pain that gives pain because of low pressure. It is an problem of the nerves, so painkillers don't work. I don't feel pain so much when the weather is fine but once the weather goes bad I feel pain in my left armpit. I can't put on a bra with a pad. A strap of a rucksack, a tight T shirt... everything seems to give me pain.

"OK, I'm going to touch you" Dr. Teramura who was my physician in charge said. Once every 2 months I saw him for 5 years after the operation. He is a bit direct. He touched my left and right breasts roughly, rhythmically and quickly. The doctor touched me roughly but I didn't feel pain at all.

The uncomfortable pain was maybe an illusion. I wondered whether if I touched myself roughly I wouldn't feel pain too. I tried touching my scar roughly with my right hand...Was it painful? No!!

So the next step was about the incompatibility of one's body image. Can it be changed?

Recovering self-image

The change in the image of myself was more painful than the actual pain. I was too self-conscious about myself. I thought I should be careful about wearing a wide open neck shirt. It might show my big scar to other people by accident. Should I wear a scarf? But it's hot. I felt really low. I don't care about being looked at by other people but I feel I should be careful about showing things to others accidentally. It's annoying having to think about that. It makes me feel miserable. I feel like I have no future. It makes me tired a lot.

patients. Days passed by doing those kind of housekeeping errands.

My progress was good so I soon left hospital. The nurse said "Eat and drink as you like. You can also play sports . Everything's OK for you". Ummm…? You have changed completely, haven't you? Before you just said "Don't do this. Don't do that. Be careful". I became embarrassed all of a sudden hearing "Everything is OK". What was this feeling? Had I been abandoned?

I was happy in those overprotected hospital days. I became unhappy back in my home. It was boring. I had been hyperactive during many events — anticancer care, operation and days in hospital.
After I went back home, suddenly I went into depression. I suffered a lot.

Reconstruction?

When my physician in charge recommended a complete breast removal operation, I didn't want to be particular about preserving my breast. If the possibility of longer life would be promised, I'd cut it off without hesitation.
I was naturally interested in unique appearances. I tried many hair styles; very short hair, dreadlocks and rainbow colored hair…. I was able to also try having a skinhead due to the side effect of the anticancer drugs. I can't bear pain so I've never tried tattoos or piercings though.

Many of the patients who did complete removal surgery chose breast reconstruction. Recently it is covered by health insurance. So doing removal and reconstruction at the same time is popular now. The nipple needs to be removed too but it can be replaced by tattooing. Patients can choose whether to fill with silicon or one's own tissue — fat from the belly or the back.

Why didn't I reconstruct? Before my operation, I said "I won't do the reconstruction surgery" to my doctor and nurse.
Once I saw a TV show. Some transgender celebrities talked about after their operations. One older woman said to the younger woman "You should massage your breasts everyday even if it is very painful. If you don't, you will never get beautiful breasts. Because silicon form in the wrong way. It'll be ugly!" — At that time I thought "Being a woman is really hard". And when I was a writer, I wrote a book about plastic surgery as a ghost writer. At that time I got some knowledge about plastic surgery. Once people do the operation, he/she needs to do

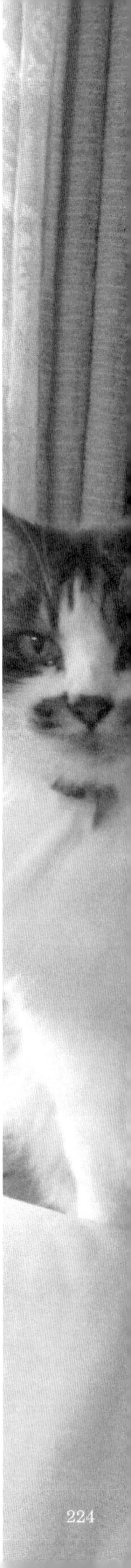

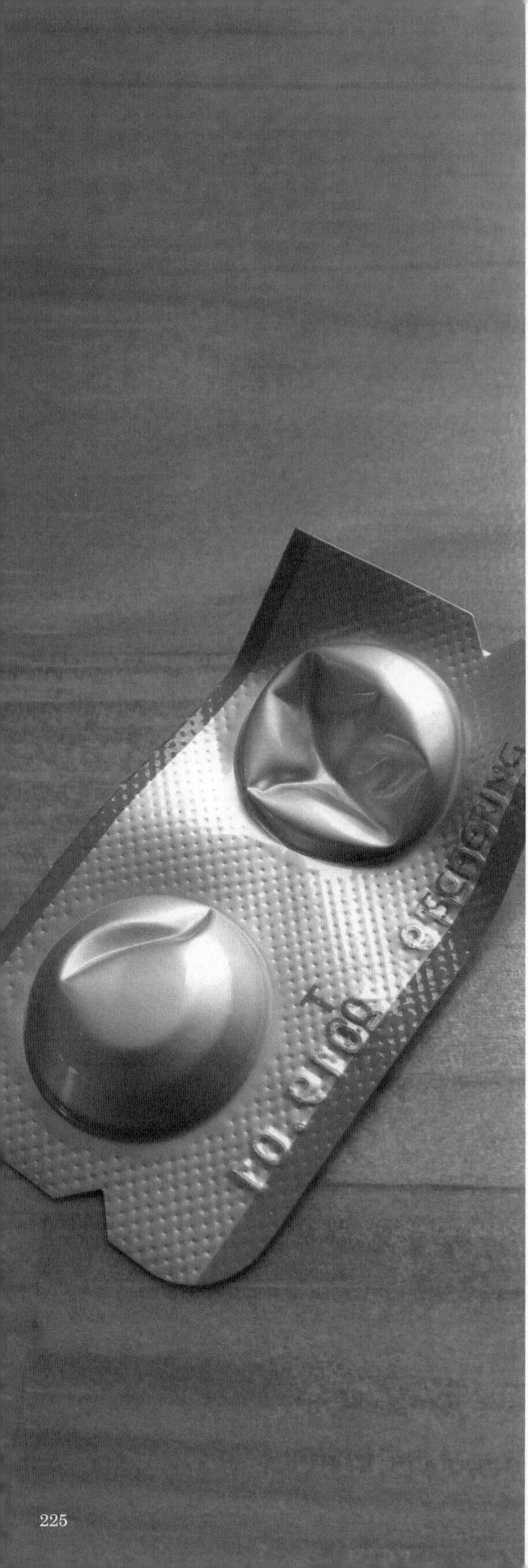

Days spent in the hospital

I had total removal surgery of my left breast on 16 April 2014. It was successful. I was hospitalized during the days leading up to the surgery from 15 to 22 April. The hospital was comfortable! There was a beautiful garden, sheep and a big aquarium for therapy. I could see beautiful landscape from the window.

Regarding the operation itself, I didn't have time to fear. Many papers that needed to be signed were rushed to me. I hardly even noticed that the time to have surgery had come because I was so busy. I was tied onto the operation table and they started a saline injection.
An anesthetist said "We will start", then I felt something cool in my blood vessel and soon I fainted away. It felt so good! If I have the chance I want to have a general anesthetic again.

And before I knew it, my left breast had become flat. Extracting a tooth was more painful. For a few days after the surgery I couldn't sleep well because of the indwelling drain stuck in my body. But day by day, I could gradually do more and more as the needles and tubes were taken out — a catheter, a drip injection and an indwelling drain. The hospital became a big field that I explored.

Yes. My days being hospitalized were almost like a backpackers' tour. Wires and clothes pegs were useful to have by your bedside in the dormitory. After breakfast I rushed to the laundrette to wash my things quicker than the other

Doctors

I didn't like my father who passed away in 2003. I am not close to my brother who is five years younger than I. My mother, Yoko, was the only person in my family who I got on well with. And my love of people who work in the medical field seemed to come from my mother and relatives on my mother's side of the family.

My grandfather was a doctor in downtown Osaka. During World War II he went to China as an army doctor. There was a painful experience at the end of his life — just when he was about to pass away he said in delirium "I am sorry soldiers. There is no more medicine, no more bandages… "
When he was well, I can remember I was loved by him a lot.
I spent my summer holidays in his clinic. I played with grandfather, grandmother and the housekeeper. I would take naps in the disinfectant-smelling clinic.

He was urology doctor and he was good at surgery. My mother assisted the phimosis operations as a nurse. Maybe because she was open about sexual things, when I was a college student she gave me a pack of condoms when I said I was going to travel with my boyfriend.
My uncles and cousin are all doctors. If any family member has health trouble, my mother calls relatives and gets advice. Even for small things like a cold, we would go to see our GP straight away.
But even my mother, who was so used to hospitals and medicine, was afraid of the large intestine cancer operation she had in 2015. Fortunately the operation was successful. She was born in 1936 so she has had a long life but I want her to have an even longer life.

Before my operation, a tall and handsome doctor came to my bedside and kneeled down. He said "My name is XXX, and I'm your anesthetist". Next a young male nurse in charge of the operation came. Was it a host club there!? A good looking man in white would put me under with general anesthesia and then my body would be cut with a surgical knife…I felt so excited about it. Was I a masochist?
Anyway, being a masochist was a good idea while having cancer care. There were many painful and fearful things.

A big hospital is almost like a city in a parallel world. Just seeing people in that city makes me happy.

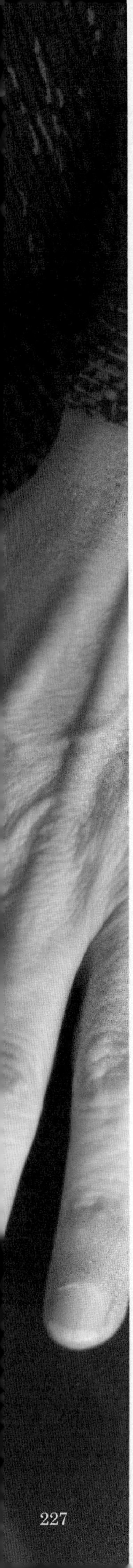

Counseling

What is the difference between a psychiatrist and a counselor? I think a psychiatrist is a doctor who writes a prescription. A counselor is the person who listens and helps patients rediscover him or herself.
There are some psychiatrists who prescribe too much medicine. Luckily my psychiatrist is not that type of psychiatrist. He has been my psychiatrist for around 15 years. I developed bipolar disorder which affects about 3% of people and they usually never recover. It's a lifetime illness but controllable by medicine.

During the anticancer care I suffered uncomfortable irritation and emotional instability. I didn't know the reason why but I felt it was different from bipolar disorder. I thought that I wouldn't get better from taking medicine, so I asked my psychiatrist to introduce a counselor. One hour session was only 470 yen using health insurance.

At first glance my counselor seemed young and unreliable. But he was a stable 'wall'. I could throw balls of my thoughts at that wall and got the power to catch the balls that bounced back. He didn't talk too much but when he did he gave me very interesting replies that I would never have thought of. He gave me a chance to look within myself. A counselor doesn't tell fortunes, nor are they a part of any cult. Finding one's self is the point. It's not for people who want to be told what they should do. A good counselor says nothing I think.

Money

I have been insured against cancer since my 20's because I lost many family members due to cancer. My grandfather, my father, a cousin of my father ...and more.
When I was a child, I believed every human being would die from cancer. "Everybody will die someday" meant "everybody will get cancer someday" to me. It was my first idea about death. And because I thought that, I thought that someday I would get cancer too. At that time I had no idea it would be breast cancer. Anyway, "Cancer" has been a familiar and not so special disease for me for a long time.

In my mid 20's, I worked as a copywriter in Tokyo and was a chronic chain smoker. One day when I was writing a stupid article in the smoky office, a sales woman knocked on the door.
"Good afternoon everyone. Is there anyone who has any interest about life insurance against cancer?" I rose my hand on the spot. It must have surprised her to have such an easy business contract.

Time flies...I've been paying insurance money for 20 years or more. Then finally I got cancer. Hooooray! I hadn't wasted my insurance!

Regarding money for my cancer care, I guess I was very lucky.

Verbal Violence

"Suddenly you behave like a husband 'cause of my cancer?"
I declared then cried at a restaurant near my house.
It was at a dinner we had on the day I and my partner met with my doctor. I knew it was something I shouldn't say but I couldn't stop myself. When I suffered depression heavily, he never came with me to the mental hospital. He said he was too busy to come. Now I had cancer, this time he changed his schedule and came with me to the hospital. I thought "Why do it this time? You were never beside me during my hardest days!"
That's my say. I knew he had his say. I used many violent words when my bipolar disorder was severe. Especially with depression, I couldn't do anything except stay in bed. My partner had to do all the housekeeping. Can you imagine? After his long day at work, he would pick up the shopping bag and run to the supermarket in the hard rain. He came back and cooked dinner but then he would hear me say from under the duvet covers "I don't want to eat". Furthermore, I also said things like "The kitchen is so messy and dirty after you use it". It was only natural that he would lose his temper after hearing this.
Of course I had my say — I was exhausted from fighting thoughts of suicide all day long. It was the bipolar disorder making me say those things to him.

I think that the emotional instability from bipolar disorder and the irritability from menopause were distinct from one another. Without any reason I felt irritated when I found my partner in our living room when I got back home. Someone told me, "Lettuce is good to stop you being irritated". I bought many lettuces. When I felt irritated, I would eat lettuce. It worked.

Through the anticancer care, operation and hormone therapy I felt I had become more emotionally stable. I was released from the rollercoaster ride of female hormones. My irritability decreased and violent words became fewer. Regardless, bipolar disorder is a lifetime friend of mine though

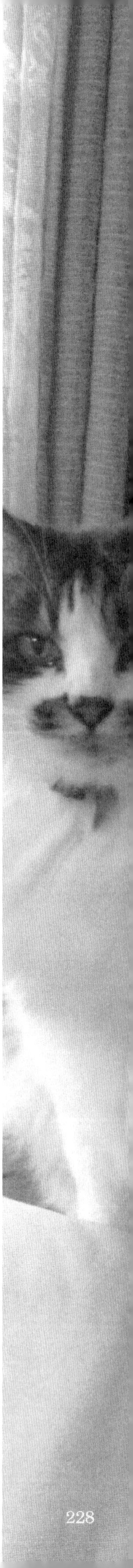

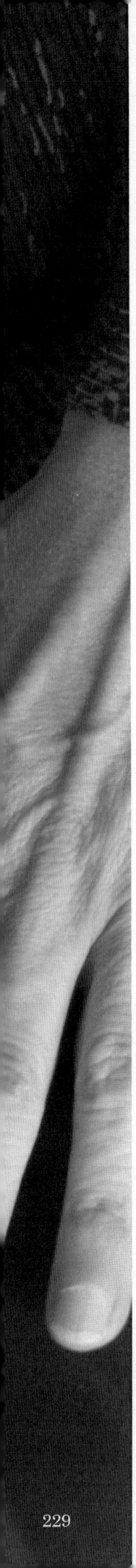

Menopause

I can remember my first menstrual period. It was in November 1976 when I was 12 years old. I named my period "rabbit fairy". Every month she did her performance for 5 to 7 days. I started anticancer care from 27 November 2013. The next day my period started. I thought it would be the last but the rabbit fairy did an encore on 20 December. This time was the real last performance. My ovaries that had kept on working for 37 years stopped.

Young breast cancer survivors often have kids after their care. But I was already 48 years old when the cancer was found and I chose to not have kids myself when I was younger.
Anticancer drugs stop the ovaries working but when you stop taking the drugs the ovaries work again. Female hormones increase the risk of recurrence of the breast cancer. So after the operation, you have hormone therapy for 5 years. You just take a small pill everyday. In my case, it caused my menopause.

Regarding the effects of menopause, the hot flushes made me feel bad. Even in winter, I couldn't wear turtle neck sweaters and I had a fan with me all the time. Suddenly the hot flushes would come. I would open my collar and fan myself. Soon I would feel a chill, stop fanning and wrap my head and neck with a big scarf. Then I would have a hot flush again...and this cycle would keep repeating.

Another bad thing was irritability. My partner irritated me for no reason. It made me mean and say horrible things to my partner. It was a really terrible thing.

Before my skin was strong but now it was very sensitive. I got skin eruptions for the first time due to synthetic detergents. Those pains and no sense of taste calmed down day by day in one week to 10 days. So I just had to bear through it.

My immunity levels went down with next week's anticancer drugs. I had to go to hospital to have an injection that increased my white blood cells. If I had a cold it would be serious. The flu could kill me. I didn't like wearing a surgical mask but I had no choice. I had to put on a surgical mask whenever I went out. After I came back home, I washed my hands for a long time.

The most horrible experience was getting pneumonia. Just getting up to go to the toilet made me breathless. I checked a pamphlet that the chemotherapy nurse gave me. It said that one of the serious side effects was interstitial pneumonia. "The worst case is death" it said clearly. Luckily that was not my case. It was slight pneumonia — but it was hard enough. If I got serious pneumonia I wonder how hard it would be! — The pamphlet also said — your paralyzed limbs wouldn't get better your whole life. The after effects would come 20 years or more after the anticancer care — The most common after effect is swelling of the lymph gland which swells to double its size on the arm on the side that was operated on.

Every medicine is weakened poison. Anticancer drugs are almost poison itself. So it makes sense that there are these kinds of side effects.

I could took that poison safely due to the many animals and patients who sacrificed their lives. I read many books by cancer survivors. My side effects were light in comparison fortunately.

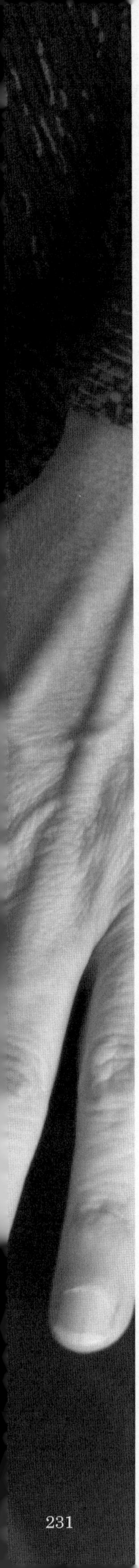

Hair loss

I had always wanted to try shaving my head once in my life.
"Sorry. This drug's side effect is hair loss…" the chemotherapy nurse said and passed me a catalog of wigs. "Hair loss? I welcome it!" I thought.

2 weeks after the first anticancer care, my hair loss started. It was not like normal fallen hairs. I didn't feel so bad but my head felt very itchy because I wore a night cap when I slept. I almost went mad.
To lose 100,000 hairs took 1 week or so. After that I felt released. No more itchiness.

My ideal appearance was a perfect skinhead shaved with a razor. But the nurse said, "Don't shave! Your immunity system doesn't work well now!" So my skinhead was not 100%, maybe 99%? It looked like Gollum in "The Lord of the Rings".

Later I found not razor but 2mm hair clippers were safe. Finally I achieved a perfect skinhead just before my operation in the early spring of 2013. Anyway I couldn't go to clubs to show my cool skinhead because I was afraid of getting an infection.

I ordered an expensive wig. It cost about 60,000 yen! I wore it just few times. I didn't like caps, so wigs were not my type of thing.
Does anyone want it?

Side effects

Right after the anticancer care I felt fine. I could eat and drink well. No pain. But 2 or 3 days after I felt a chill, dullness and pain. Imagine terrible arthritis when you have the flu. It's almost like suffering people being poisoned. No fever but I couldn't do anything in bed. This terrible experience was only the first time. From the second time, the pain in my bones became milder. On the other hand, the accumulated anticancer drugs made my body swell. Walking on my swollen feet was so hard.

Lots of people talked about sickness. For me luckily I didn't have any sickness but I lost my sense of taste. 3 days after the drugs I found potato chips weren't salty at all. Also I felt like a pregnant woman. Like morning sickness I felt sick at the smell of rice or hot dishes. I had hypersensitiveness to chemicals. I couldn't enjoy eating but I had to eat something. It was hard.

Chemotherapy

I had chemotherapy before the operation so I went to the hospital once every 3 weeks. The IV drip of the anticancer drug took 3 hours or so. I called this a "30,000 yen luxury spa". The nurse never left my side and was almost like an esthetician.

First of all, the nurse measured my weight, temperature and blood pressure then started a saline IV drip. After that 2 kinds of anticancer drugs followed — Cyclophosphamide and Docetaxel. The side effect of Docetaxel damages nails. So the nurse recommended "cold nail service(?)". Ice makes the blood stream dull in finger and toe nails so that the drug doesn't reach the very tip. That's why nails would not be damaged a lot. I answered "Yes please do that". The nurse said "OK, I'll put these ice pillows on with rubber bands like this. Do you feel OK? Please let me know if anything is bad or anytime you want something" I said "Everything's fine... Oh, could you change the TV channel?"

I spent time watching free TV, reading books or enjoying the nice view from the windows. Then I felt warm and sleepy... was it the effect of the drugs? It's almost paradise.
But this nice feeling was false. Why did the nurse measure my weight everytime before the IV drip? Why did the nurse wear protective clothing? The anticancer drugs were a powerful drug...almost poison. The nurse never left my side to supervise incase of any accident for example allergic shock.

Around noon everything was done. I went to the pharmacy to pick up some medicine for nausea and an antibiotic just in case. The pharmacist said "The flu is going around at the moment so be careful. If you get a cold it'll be serious". The nurse said "When you have a fever higher than 38°C or anything unusual happens please call me anytime". They are so kind. I wanted to be with them more — such a strange patient! — I didn't want to go home and have to wait 3 weeks to see them again.

I did this "spa" 6 times before the operation. Everytime I got different types of side effects. This 4 month long chemotherapy was not as hard as I expected. Even though I could say "No more please" at the end.

In the chemotherapy room I saw many patients. Everytime I went there I went alone. Once I saw an elderly patient with her partner who seemed to value their time together. The nurse said "Some patients bring their PC and do their work while on the IV drip". One guy said "My side effect is not so painful but I feel numbness. It makes me feel terrible" Yeah I could see that from looking at him.

In my case, I didn't need to be hospitalized for chemotherapy. From early winter to spring I saw the beautiful snow while on the IV drip. Yes. I think I enjoyed it. The drugs were so expensive; over 30,000 yen each time. Why not enjoy it?

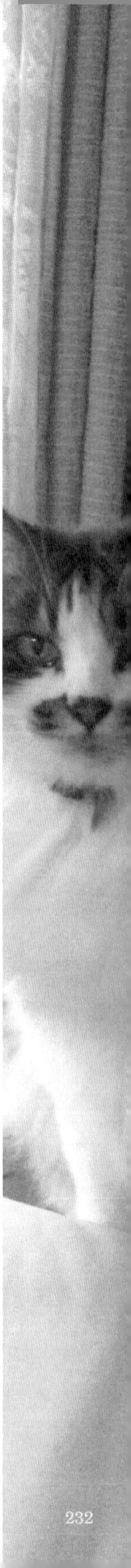

Checks

I'd like to explain about what a typical check is like before cancer treatment.

MRI —— Everybody hates it, especially people who have claustrophobia. The patient is put into a narrow tube and attacked by extremely noisy sounds.
But for me it was OK because for a long time I've been a noise music artist ;-)
Cost: Approximately 10,000yen.

Bone scintigram —— A specialized R-ray that scans the bones. First, the patient should be injected with a radio isotope. This scintigram diagnoses the condition of all the bones. I could see my whole skeleton as a picture. Cool, isn't it?
Cost: Approximately 30,000yen.

CT —— This is a common check. Just put the patient into the tube and scan. In my case, every time before scanning, I had an injection of contrast medium. It made my body feel so hot! It's my favorite check ;-)
Cost: Approximately 5,000yen.

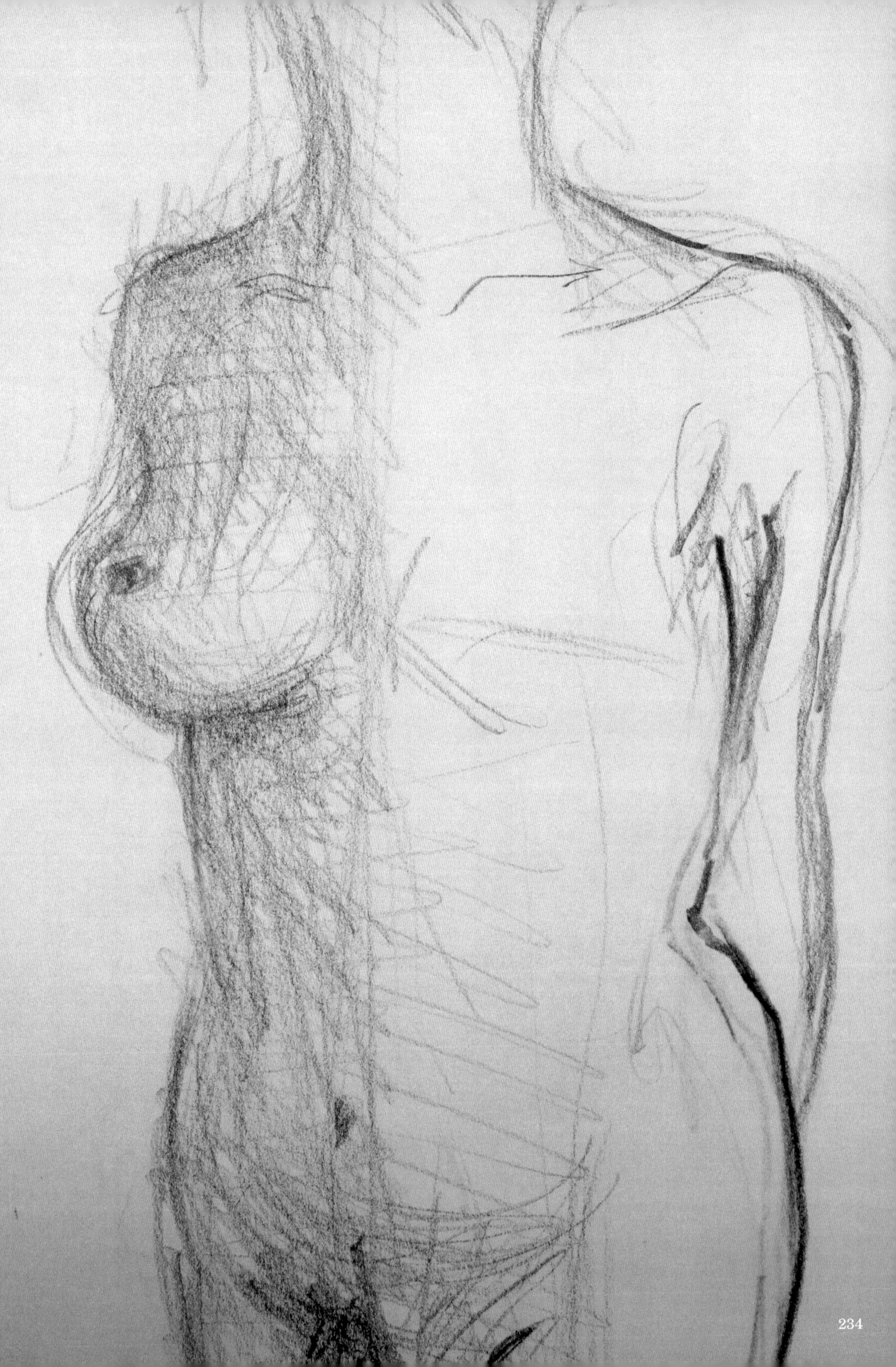

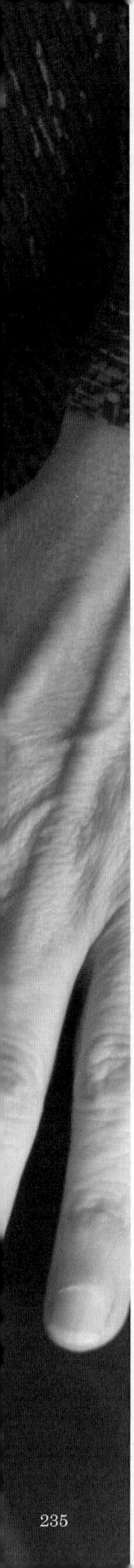

Nude

My friend Yuhei Taichi took my picture before the operation. I wanted to keep a memory of my twin peaks. It's in the part of "2013.12.27" in this book. In the photo I had hair loss and my body was swollen, but I had two breasts. And also he took photos after the operation—"2015.3.7".

At first, these photo sessions were just for my memory. I didn't think I would show those pictures to others. But one day I changed my mind casually—"Maybe I should show them."

One in eleven Japanese women get breast cancer in their lifetime according to cancer statistics 2018. The scar after breast removal surgery is common actually but people don't show their scars. I want to show my body as "cool". So I thought "Why don't I show my pictures?"

At that time, my old friend Tokie Itoh sent me e-mail. She is an artist and especially now she is interested in nude sketches. Oh, "Nude"!? Women's nude images have a long history. Longer than photograph and movies. Soon I decided to be a model of her sketch works. My debut as a nude model was at 50 years old. My heart beat fast.

Tokie came with a big sketch book and an easel. She proposed some poses— lie down on a sofa, sit down on a chair, stand up.... Once the pose was fixed, I couldn't move at all. I was afraid that I couldn't keep the pose even 1 minute but I could keep it for 10 minutes or more! When I was in a relaxed pose, I almost fell asleep. I felt tense, excited and calm while my friend drew me.

Once I attended Tokie's workshop "Nude sketch for women". At that time I didn't expect to be a nude model myself.
I was moved by the human body's simple beauty. I could draw from the top of the nipple to the forefinger with just one stroke of the brush. When I was a student, the art teacher made us draw "My friend". Drawing people with clothes on was more difficult than nude people. Drawing the wrinkles of clothes was really difficult. Nude sketches are simple and fun!

Tokie said "The model is the muse of the sketch workshop. Keeping an interesting pose for a long time will bring out the potential in artists". We did some sessions and once I was invited as a professional model to the sketch class that Tokie is a member of. Also we held a sketch workshop in a performance festival, I was the model and she was the facilitator. We want to keep doing those kind of workshops.

whether to have it before or after the operation. The physician in charge and I would talk about the plan and schedule, etc...

Also I told Dr. Akamatsu about myself. Especially about the memory of my father who I dislike. When he was hospitalized with prostate cancer, I only saw him a few times before his death.
"It's a punishment for that" I said.
"Don't think that" he said at once. I was so touched.
At the same time, I told him about my history of bipolar disease. It was good I think.
Dr. Akamatsu introduced a nurse called Ms. Nagayama who was a specialist of breast cancer. She and I talked for a rather long time, about 2 hours or so about money, the operation and what the full body check would be like.
"How much will the injection hurt? Is it the same as an anesthetic injection?" I asked her.
"No. Not that painful I suppose" she answered.
After chatting with her my mind was put at ease about many of my small anxieties because I now knew what would happen. It was past 2 o'clock when I left the hospital.

My full body check was done on 15 November 2013. On 20 November, my partner and I went to the hospital. I met Dr. Teramura who was the mammary surgeon instead of Dr. Akamatsu. He would be my physician in charge and operation doctor. He looked like a "friendly home doctor" type. So when he explained to me "The cancer is not only one, but maybe two or three maybe." He recommended total mastectomy, not a "breast-conserving surgery" I didn't mind either. And luckily, the cancer hadn't spread.

The main subject of the discussion was when I would have chemotherapy. Before or after the operation. Dr. Teramura explained about it but I couldn't understand well.
"Before or after... Which do you recommend, doctor?" I asked.
"Well...probably...before?" the doctor answered.
"Why is that?" I asked further.
"If you have chemotherapy after the operation it is difficult to know if it was effective. Recently having chemotherapy before the operation is the most common."
"OK. I'll have it before" I said.
From 27 November once every three weeks on Wednesdays, I had scheduled chemotherapy.

The day before 26 November I and my partner had an orientation from Ms. Kinoshita who is a cancer chemotherapy nurse.
"Previously people had to be hospitalized but now and in your case you can go home after the therapy."
She also explained about money, predicted side effects, hair loss, information about caps and wigs...etc. The chemotherapy room was on the 8th floor. There were big windows and nice view.

I had chemotherapy 6 times and each therapy was 3 weeks apart. During this time I got pneumonia once because my immunity had weakened. So my chemotherapy took about 4 months. Then on 16 April 2014 in the afternoon I had a total mastectomy operation on my left breast. I was hospitalized for around 1 week. After that, I went to the hospital every 2 months to check progress and took hormone treatment for 5 years. That's my "Progress".

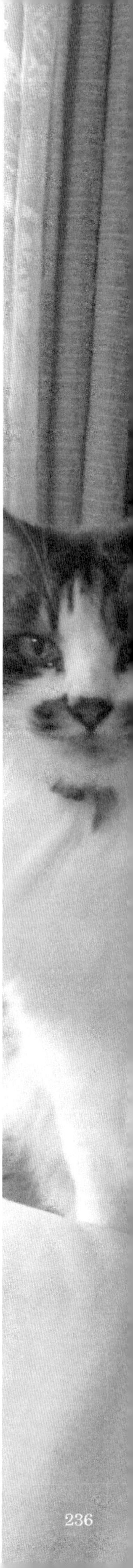

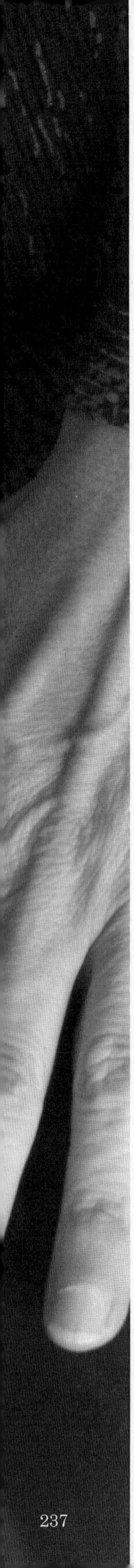

Progress

I found a lump in my left breast while I had chronic bipolar disease. It didn't hurt. It was about the size of a thumb. Going to my general practitioner(GP) was hard because I was in the middle of depression. Anyway I went a clinic on 25 October 2013.

"Ummm...it should be checked by ultra sound and mammography..." Dr. Sumiyoshi said and booked me in for 2 checks.
I went to the hospital and had these checks. I'd had mammography before but echo ultra sound was the first time. The young doctor took many pictures of my breasts with the ultra sound machine. His facial expression made me nervous. After a long waiting time I got an answer from the doctor—the result of the checks would be sent to my GP. I was very anxious!

> *Like the normal cell, the cancer cell relies on growth in the most basic, elemental sense: the division of one cell to form two. In normal tissues, this process is exquisitely regulated, such that growth is stimulated by specific signals and arrested by other signals. In cancer, unbridled growth gives rise to generation upon generation of cells. Biologists use the term clone to describe cells that share a common genetic ancestor. Cancer, we now know, is a clonal disease. Nearly every known cancer originates from one ancestral cell that, having acquired the capacity of limitless cell division and survival, gives rise to limitless numbers of descendants.*
>
> Siddhartha Mukherjee "The Emperor of All Maladies"

The next day I went to Sumiyoshi clinic again. Dr. Sumiyoshi said, "Well... regarding your case we still can't tell from the mammography and ultra sound. So you should go to another hospital which has a mammary surgery department. Having a cellular tissue test should make everything clear. Which hospital do you want to go to?" I selected a municipal hospital because I had a good impression about it before.
Dr. Sumiyoshi wrote a letter to Dr. Teramura who is the mammary surgery doctor and also the vice director of the hospital. I made this decision just by chance but now I think about it, it was a good decision.

I went to the municipal hospital with Dr. Sumiyoshi's letter. Dr. Akamatsu came and told me how the check would be. They would take some cellular tissue using a big syringe. "The 'Bang!' sound may surprise you when we take it." Dr. Akamatsu looked like a typical surgeon, for example he had silver-rimmed glasses, but he was as kind as a children's doctor I felt.

One week later on 7 November 2013 I went to the municipal hospital again by myself.
"Sorry. It is not good" Dr. Akamatsu said softly. When I heard that my anxiety disappeared. I had been waiting so long for an answer. So I was rather relieved.

Dr. Akamatsu explained what the further inspection would be. He explained the chemotherapy, operation etc., using black and red pen. He drew a flow chart —first of all I would have a whole body inspection, and if the cancer had spread, my stage would go up to the 4th stage immediately. The treatment plan would be based on the result of the inspection. Regardless I must have chemotherapy. I can choose

Prehistory

I was born on 29 December in Osaka, Japan.

1983 I entered college and graduated in sociology then moved to Tokyo in 1987 to get a job.

Late 80's In Japan it was the "bubble era". I worked in a commercial writing office. I misunderstood myself as a cool copy writer in the big metropolis. Working all day and all night long, I drank like a whale…I had a really unhealthy urban life.

I remember the early 90's. Almost every weekend I stayed in bed. It wasn't depression, I was just tired. There was nothing I wanted to do, so I just drank…
On the other hand, suddenly I felt a lot of energy. For example going abroad and travelling around by myself.

1996 I moved from Tokyo to Shiga prefecture to live with my partner. The town where we lived was in the suburbs. At that time commercial use of internet just began, so I started struggling with it and became a freelance writer. But actually I was just a house wife in the suburbs.
Besides my writing job, I made music in Japan and abroad under the name of "Yuko Nexus6". The genres I worked in were avant pop, strange music, noise and field recording. I released some CDs. But to be honest being an "artist" is almost the same as "being unemployed"…

2001 Luckily I got a part time teacher job in art school. It was fun! But this happiness didn't last long.

2002 spring : I was struck down by terrible depression and went to a psychiatrist. It was from the 90's that I think my mental health worsened and eventually I was diagnosed with bipolar disorder.

2008 I lost and quit all my jobs. I had absolutely no work and nothing to do. I lay in bed for 8 months. Almost all the time I thought about suicide.
I had a good partner. He fed me. Yes, I was a lucky housewife but obviously unhappy.

2013 I got depression again in September. I had been slept day and night. One day, in bed, I found a stiffness in my left breast.

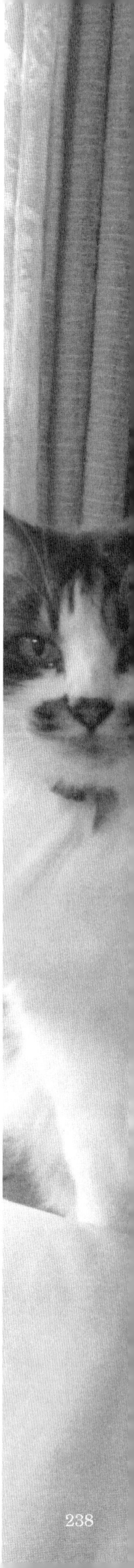

太 地 悠 平　Yuhei Taichi —— Photograph

1984　愛知県名古屋市千種区生まれ
2008　フォトグラファーとして活動を開始
2012　写真集 “no boy no cry/get train with Lei ” *
“Blue Bird” 出版 *自費
2013　個展 “instant lover. everything is on SALE (The SNACK)”
“The One And Only?(Gallery PULP)”

1984　Born in Nagoya city Japan.
2008　Started career as a photographer.
2012　Published photo books “Blue Bird” *
“no boy no cry / get train with Lei” * self publishing
2013　Exhibition “instant lover. everything is on SALE (The SNACK)” “The One And Only? (Gallery PULP)”

渭 東 節 江　Tokie Ito —— Drawing

大阪生まれ大阪育ち。約 8 年間の東京生活を経て 2014 年より福岡在住。調理や手芸、折り紙などの技法や既成品などを用いながら、場所の記憶を視覚的に記述することに取り組んでいる。福岡での主な展覧会は、糸島国際芸術祭糸島芸農（2016、2018）津屋崎現代美術展（2017、2018）など。

Born and raised in Osaka, she lives in Fukuoka which she moved to in 2014 after 8 year living in Tokyo. Her artistic work is characterized as visual description of the memory of places, applying the techniques of cooking, knitting and Origami paper and using ready-made products. Major exhibitions in Fukuoka include Itoshima International Art Festival: Itoshima Arts Farm (2016, 2018) and Tsuyazaki Contemporary Art Exhibition (2017, 2018).

#tbk_yuko

2019年2月5日 第1刷発行

著者 Author Yuko Nexus6
http://yukonexus6.com

発行者 Publisher 有限会社ぶなのもり
Bunanomori Co., Ltd.
〒332-0034　川口市芝樋ノ爪 1-6-57-301
Tel：048-483-5210　Fax：048-483-5211
Email：info@bunanomori.jp
http://bunanomori.jp

Book Design 植松頌太 Shota Uematsu
https://uematsu.jp

Cooperation from Katie Funnell

印刷・製本 Printed by 株式会社フジプラス Fujiplus Inc.
〒530-0054　大阪市北区南森町 1-2-28
Tel：06-6365-8081　Fax：06-6360-2166
http://fujiplus.jp

ISBN978-4-907873-05-9 C0095

Special thanks
神田明日香 Asuka Kanda, 北村洋子 Yoko Kitamura,
タカハシ‘タカカーン’セイジ Seiji ‘Takakhan’ Takahashi,
中西美穂 Miho Nakanishi, 仲俣暁生 Akio Nakamata,
林ちゑ Chie Hayashi, 細馬宏通 Hiromichi Hosoma,
松井美耶子 Miyako Matsui, 吉田アミ Ami Yoshida